오테사 모시페그 Ottessa Moshfegh

1981년 미국 매사추세츠주 보스턴에서 태어났다. 바너드 칼리지에서 영문학을 전공하고 브라운대학교에서 문예창작 석사학위를 받았다. 2007년부터 〈바이스〉 〈파리 리뷰〉 〈그랜타〉 〈뉴요커〉 등에 단편소설을 게재했다. 2014년 중편소설 「맥글루*McGlue*」로 펜스 모던상과 빌리버 북 어워드를 수상했다. 2015년 발표한 첫 장편소설 『아일린』으로 놀라운 장편 데뷔작이라는 찬사와 함께 2016년 펜/헤밍웨이상을 받고 맨부커상 최종 후보에 올랐다. 2017년 소설집 『별세계를 그리워하며*Homesick for Another World*』로 스토리상 최종 후보에 올랐다. 2018년 두번째 장편소설 『내 휴식과 이완의 해』가 연이은 호평을 받으며 〈뉴욕 타임스〉 〈워싱턴 포스트〉 〈타임〉 〈가디언〉과 아마존 '올해의 책'에 선정되면서 개성과 문학성을 겸비한 유망주로 자리매김했다. 십 년 주기로 발표되는 〈그랜타〉 미국 최고의 젊은 작가(2017)에 선정되는 등 오늘날 영미 문학계가 가장 주목하는 인물이다.

디자인 표지 김현우 **본문** 최미영

그녀
손안의
죽음

DEATH IN HER HANDS
by Ottessa Moshfegh

그녀 손안의 죽음

오테사 모시페그
장편소설
민은영 옮김

Death in Her Hands
Ottessa Moshfegh

문학동네

일러두기

1. 주석은 모두 옮긴이주다.
2. 본문 중 고딕체는 원서에서 이탤릭체 등으로 강조한 부분이다.
3. 문학작품과 기타 단행본은 『 』, 연속간행물 · 영화·방송·음악·미술작품 등은 〈 〉로 구분했다.

차례

하나

그녀의 이름은 마그다였다. 누가 그녀를 죽였는지는 아무도 모를 것이다. 나는 아니다. 여기 그녀의 시신이 있다.

하지만 시신은 없었다. 핏자국도 없었다. 땅에 떨어진 거칠거칠한 나뭇가지에 머리카락 뭉치가 걸려 있지도 않았고, 아침 이슬에 눅눅해진 빨간 털목도리가 덤불 위에 늘어져 있지도 않았다. 땅에 놓인 그 쪽지만이 내 발치에서 부드러운 5월의 바람에 들썩일 뿐이었다. 나는 그 쪽지를 새벽 산책길에 우연히 발견했고, 자작나무 숲 사이로 난 그 길에는 나의 개 찰리가 함께 있었다.

나는 지난봄 찰리와 함께 러밴트로 이사한 직후 그 숲길을 발견했다. 우리는 봄, 여름, 가을 내내 그 길을 닳도록 걷다가 겨울에는 발길을 뚝 끊었다. 그 가늘고 희끗희끗한 나무들은 눈이 내리면 잘 보이지 않았고, 안개 낀 아침이면 박무 속으로 완전히 사라졌다. 얼음이 녹을 무렵부터 찰리는 아침마다 날이 밝자마자 나를 깨웠다. 우리는 흙길을 건너 야트막한 언덕의 완만한 오르막과 내리막을 터벅터벅 걸어간 다음 자작나무 숲을 이리저리 누비고 다녔다. 그날 아침, 숲길에 반듯이 놓인 그 쪽지를 발견했을 때는 숲속으로 1킬로미터 넘게 들어간 뒤였다.

찰리는 걸음을 늦추거나 고개를 갸웃거리거나 코를 땅에 대고 냄새를 맡으려 하지도 않았다. 쪽지를 철저히 못 본 체하는 찰리의 모습이 내게는 아주 이상해 보였다. 언젠가 죽은 새를 가져오려고 목줄을 끊고 고속도로 건너편으로 질주했던 나의 찰리, 죽은 것을 찾아내는 찰리의 본능은 그렇게 강했으니까. 그렇다, 찰리는 그 쪽지를 두 번 다시 쳐다보지 않았다. 쪽지가 움직이지 않도록 땅 위에서 누르고 있는 건 조그맣고 까만 돌멩이들이었는데, 그 하나하나가 종이의 위아래 여백을 따라 꼼꼼히 놓여 있었다. 나는 허리를 숙이고 그 내용을 다시 읽었다. 손바닥에 닿는 땅에서는 거의 온기가 느껴졌고, 부슬부슬한 검은 흙바닥 여기저기에 연한 풀이 수줍게 돋아났으며, 막 밝아지기 시작한 햇빛은 은색에서 노란색에 걸친 빛깔이었다.

그녀의 이름은 마그다였다.

이건 농담이다, 나는 생각했다. 장난, 속임수다. 누군가가 게

임을 벌이고 있다. 그게 내가 처음 받은 인상이었다. 돌이켜보면 그렇게 무해한 결론으로 펄쩍 뛰어넘은 내 정신, 참 재미있지 않아? 일흔두 살이 되도록 그 긴 세월을 살아놓고 여전히 그런 순진한 상상을 했다는 거잖아. 그만큼 경험을 했으면 첫인상은 오해를 불러일으킬 때가 많다는 사실을 알았어야지. 나는 흙바닥에 무릎을 꿇고 세부를 살폈다. 쪽지는 유선 스프링 노트에서 찢어낸 내지였고 일렬로 구멍이 뚫린 한쪽 가장자리는 깔끔하게 뜯겨나와 너덜너덜하지 않았다. 글씨는 파란색 볼펜으로 또박또박 조그맣고 조심스레 쓰여 있었다. 필체로 알아낼 만한 점은 별로 없었는데, 그렇게 되도록 의도한 것 같았다. 개인 주택 마당에서 열리는 중고품 장터에서 서명할 때나 치과에서 진료 신청서를 작성할 때 쓸 법한 깔끔하고 몰개성적인 정자체였다. 현명하군, 나는 생각했다. 똑똑해. 쪽지를 쓴 이가 누구든, 개인의 특성을 감춰야 권위적인 분위기를 낼 수 있다는 점을 이해하는 사람이었다. 익명성처럼 위풍당당한 것도 없지. 하지만 내용을 소리 내어 읽어보니 글 자체는 재치 있었다. 노동계층의 둔감한 사람들이 주민 대다수를 이루는 러밴트에서 흔치 않은 특성이었다. 쪽지를 다시 한번 읽다가 끝에서 두번째 문장에서 킥킥 웃을 뻔했다. 나는 아니다. 물론 아니시겠지.

쪽지가 장난이 아니라면 소설의 서두일 수도 있었다. 출발이 잘못됐다고, 도입부가 나쁘다고 해서 내쳐진 소설. 나는 그 망설임을 이해할 수 있었다. 소설의 서두치고는 좀 어둡고 가망 없는 방식이긴 하지. 조사해봤자 무용한 미스터리를 다짜고짜 내놓다니. 누가 그녀를 죽였는지는 아무도 모를 것이다. 이야기가 시작되자마자 끝나버린 거잖아. 무용함은 탐구할 가치가 있는 주제일까? 분명 쪽지는 행복한 결말을 기약하지 않았다.

여기 그녀의 시신이 있다. 틀림없이 더 나와야 할 말이 있었다. 마그다는 어디에 있는가? 시신을 묘사할 표현을 생각해내기가 그렇게 힘들까? 쓰러진 나무 밑 덤불 속에 뒤엉킨 사지, 부드럽고 검은 흙에 반쯤 파묻힌 얼굴, 등뒤로 묶여 있는 양손, 칼에 찔린 상처 곳곳에서 흘러나와 땅으로 배어드는 피, 이런 식으로 말이다. 조그만 금색 로켓*이 축축한 자작나무 이파리 사이에서 번쩍 빛나고, 끊어진 목걸이 줄이 연하고 보송보송한 새 풀잎 사이에 던져진 장면을 상상하기가 그리도 어려울까? 로켓 한 면에는 이가 빠진 어린아이—다섯 살의 마그다—의 사진이, 다른 면에는 군모를 쓴, 그녀의 아버지로 추정되는 남자의 사진이 있을 수 있다. 어쩌면 양손이 '등뒤로 묶여' 있다는 묘사는 조금 강할지도 모른다. '칼에 찔린 상처'라는 표현도 너무 자극적이고 섣부

* 사진 등을 넣어 목걸이에 다는 작은 갑.

르다. 모르긴 해도 살인자는 썩어드는 나뭇가지 아래로 그녀의 팔이 뻗어나가면 시선을 끌까봐 양팔을 등뒤로 돌려놓았을 뿐일 거다. 검은 땅 위에 놓인 마그다의 창백한 손은 숲길에서 발견한 흰 종이처럼 눈에 확 띄겠지, 나는 상상을 이어갔다. 좀더 잔잔한 묘사로 시작하는 편이 나을 것 같았다. 차라리 내가 그 책을 쓸 수도 있겠다. 내가 그럴 만큼 진득하다면, 그리고 누군가 그 책을 읽을 거란 생각이 든다면 말이지만.

다시 일어서는데 머리와 눈에 극심한 통증이 일면서 이런 생각들은 하얗게 지워지고 끊어졌다. 가끔 너무 빨리 일어서면 그럴 때가 있었다. 나는 늘 혈액순환 장애와 저혈압에 시달렸는데 남편은 그걸 '심약함'이라고 표현했다. 그저 배가 고팠는지도 모른다. 주의해야 해, 나는 속으로 말했다. 언젠가 이상한 곳에 쓰러져 머리를 부딪히거나 차를 운전하다 사고를 낼지도 모른다. 그러면 끝장이겠지. 내가 앓아눕더라도 보살펴줄 사람이 아무도 없었다. 나는 시골의 싸구려 병원에서 죽을 테고, 찰리는 동물수용소에서 도살당하겠지.

찰리가 내 어지럼증을 감지한 양 옆으로 와서 손을 핥았다. 그러면서 쪽지를 밟았다. 종이가 구겨지는 소리가 들렸다. 그 새하얀 종이가 개 발자국으로 더럽혀지고 말다니. 하지만 나는 찰리를 나무라지 않았고, 부드러운 털이 난 머리를 손가락으로 긁어주었다.

내 상상이 지나친 건가, 나는 다시 쪽지를 슬쩍 보며 생각했다. 숲을 배회하는 어느 고등학생 소년이 그려졌다. 그는 재미있는 잔혹 소설을 구상하며 처음 몇 문장을 이렇게 썼다가 흐름을 잃고 포기한 뒤 더 그려내기 쉬운 다른 이야기로 옮겨갔다. 예컨대 잃어버린 양말, 축구장에서 벌어진 싸움, 낚시하러 가는 남자, 차고 뒤에서 여자애와 나눈 키스 등에 관한 이야기로. 러밴트에 사는 십대 아이에게 마그다와 그녀를 둘러싼 미스터리가 무슨 필요가 있겠는가? 마그다. 이는 제니, 샐리, 메리나 수 같은 이름이 아니었다. 마그다는 실체가 있는, 신비한 과거를 지닌 인물의 이름이었다. 이국적이기까지 한 과거. 그런데 이곳 러밴트에서 누가 그런 이야기를 읽고 싶어할까? 굿윌* 상점에서 파는 거라곤 뜨개질과 2차대전에 관한 책들뿐이었다.

"마그다, 그앤 좀 이상해." 사람들은 말할 것이다.

"제니도 샐리도 마그다 같은 여자애랑 어울리게 하고 싶지 않아. 어떤 가치관 속에서 자란 아이인지 알 게 뭐야?"

"마그다, 무슨 이름이 그래? 이민자인가? 다른 나라 말이야?"

그 소년이 마그다를 그리도 빨리 포기한 건 당연했다. 마그다

* 미국에서 저소득층의 자립을 돕는 비영리단체.

가 처한 상황은 어린애가 이해하기에 너무 복잡하고 미묘했다. 현명한 정신의 소유자만이 마그다의 이야기를 제대로 다룰 수 있을 것이다. 어쨌거나 죽음은 들여다보기 힘든 주제니까. “관두자.” 처음 몇 문장을 썼다가 내팽개치며 그렇게 말하는 소년이 눈앞에 그려진다. 그리고 그 행위와 함께, 마그다와 그녀의 모든 가능성은 버려졌다. 하지만 쪽지에는 대충 썼다거나 쓰다가 괴로워한 흔적이 없었고, 고쳐지거나 다시 쓰인 부분도 없었다. 오히려 그 문장들은 처음부터 깨끗하고 고르게 쓰여 있었다. 끄적여서 지운 부분도 없었다. 종이를 구기거나, 심지어 접지도 않았다. 그리고 그 작은 돌멩이들……

“마그다?” 나는 정확한 이유도 모른 채 소리 내어 말했다. 찰리는 내 말에 신경쓰지 않는 듯했다. 흩날리는 민들레 갓털을 쫓아 나무들 사이를 누비느라 정신이 없었다. 나는 몇 분간 숲길을 따라 왔다갔다하며 흙바닥에 어울리지 않는 뭔가가 있는지 세심히 살폈고, 그다음에는 주변 지역을 나선형으로 좁혀가며 걸었다. 다른 쪽지나 다른 단서가 나오기를 바랐다. 찰리가 너무 멀리 갈 때면 휘파람으로 불러들였다. 시야에 들어오는 나무들 사이로는 새로 다져진 수상한 길이 없었지만, 물론 내가 터덜터덜 걸어다니며 사방을 어지럽혀놓는 바람에 더 분간이 되지 않았다. 그래도 어쨌거나 아무것도 없었다. 나는 아무것도 찾지 못했다. 담배꽁초나 우그러진 탄산음료 캔조차도.

예전에 먼리스에 살 때는 집에 텔레비전이 있었다. 나는 살인 미스터리 드라마를 아주 많이 보았다. 질질 끌려가는 시신의 발뒤꿈치가 흙바닥에 파낸 나란한 두 줄 고랑이 눈앞에 그려졌다. 혹은 시신이 놓였던 바닥에 난 흔적, 예컨대 풀이 납작하게 눌리고 연한 어린나무가 꺾이고 버섯이 으깨진 자국 따위. 그리고, 당연히, 새로 생긴 얕은 무덤을 덮은 검은 생흙도. 하지만 자작나무 숲의 땅바닥은 내가 알아볼 수 있는 한 전혀 손을 타지 않았다. 모든 것이, 적어도 그 좁은 구역 안은, 전날 아침에 있던 그대로였다. 숲 전체를 훑으려면 며칠, 아니 몇 주가 걸릴지도 모른다. 마그다, 어디 있는지 몰라도, 참 불쌍하구나, 나는 그렇게 생각하며 무언가 삐죽 튀어나온 것—신발 한 짝이나 플라스틱 머리핀—을 놓치진 않았는지 천천히 주변을 둘러보았다. 숲길에 놓인 그 쪽지는 그녀가 근처에 있다고 알리는 것 같았다, 그랬지? 쪽지는 지어낸 이야기라기보단 묘비에 더 가까웠지? 마그다 여기 묻히다, 그 쪽지는 말하는 듯했다. 꼬리표나 제목과 달리 지시하는 대상이 근처에 있지 않다면, 아니 실은 어디에도 없다면, 그런 쪽지는 대체 무슨 소용이지? 그곳은 공익신탁에 맡겨진 땅이라 누구에게나 통행의 권리가 있었고, 나 역시 그 사실을 알았다.

러밴트는 특별히 아름다운 곳은 아니었다. 지붕이 씌워진 다리나 식민지시대풍 저택, 박물관, 역사적인 시청 건물 따위는 없었다. 하지만 인근의 소도시 베스매인과 다르게 자연경관이 꽤 볼만했다. 이 지역은 해안에서 두 시간 거리였다. 큰 강이 베스매인을 가로질러 흘렀는데, 여름이면 머콘세트에서 사람들이 배를 타고 와 그 강을 지나기도 한다는 얘기도 들었다. 그러니 그곳은 바깥세상으로부터 철저히 외면당한 건 아니지만 여전히 어떤 식으로든 여행지가 될 수도 없었다. 베스매인에는 볼만한 경치가 없었다. 중심가의 건물들은 판자로 폐쇄됐다. 과거에는 벽돌 보도가 깔리고 오래된 창고들이 있는 공장 도시였는데, 그것들이 아직 남아 있다면 매력적인 구시가를 이루었을 것이다. 하지만 그곳에는 유령도 로맨스도 남지 않았다. 이제 베스매인에는 쇼핑몰 하나와 네온사인이 번쩍이는 볼링장 겸 술집 하나, 매일 정오면 문을 닫는 작은 우체국과 고속도로 출구 근처의 패스트푸드점 몇 개가 전부였다. 러밴트에는 따로 우체국도 없었다. 뭐, 나야 우편물을 많이 보내고 받는 사람도 아니었지만. 주유소가 하나 있고 거기에 딸린 작은 잡화점에서 낚시용 미끼와 생필품, 통조림, 사탕, 싸구려 맥주를 팔았다. 러밴트의 얼마 안 되는 주민들이 술을 마시거나 베스매인에 가서 볼링을 치는 것 말고

여가로 무엇을 즐기는지 나는 알지 못했다. 경치 좋은 곳을 거닐 만한 사람들 같지도 않았다. 대체 누가 내 사랑하는 자작나무 숲을 찾아와 시신 운운하는 쪽지로 혼란을 일으켰단 말인가?

"찰리?" 다시 숲길로 돌아와 나는 소리쳤다.

따스한 바람에 아직도 부드럽게 들썩이는 쪽지 쪽으로 돌아갔다. 잠시 어쩐지 그게 살아 움직이는 것처럼 보였다. 검은 돌멩이에 눌려 빠져나오려고 애쓰는 기이하고 연약한 생물, 나비 혹은 날개가 부러진 새처럼. 마그다도 그렇게 느꼈겠지, 나는 상상했다. 자신을 죽인 이의 손에 짓눌린 마그다. 누가 그런 짓을 할 수 있었을까? 나는 아니다, 라고 쪽지는 주장했다. 그러자 그날 아침 처음으로, 그제야 문득 무서운 생각이 든 양, 오싹한 한기가 뼈를 타고 흘렀다. 그녀의 이름은 마그다였다. 갑자기 그 상황이 너무 불길하게 느껴졌다. 너무 진짜 같았다.

이놈의 개는 어디 있을까? 찰리가 자작나무들 사이로 껑충껑충 달려오기를 기다리고 있는데, 높은 델 쳐다보면 안 될 것 같은, 누군가 나무 위에서 나를 지켜보는 듯한 느낌이 들었다. 나무 위 광인. 유령. 신. 혹은 마그다 자신. 굶주린 좀비. 살아 있는 몸을 차지하려고 찾아다니는 연옥의 영혼. 찰리가 나무들 사이로 번개처럼 달려오는 소리가 들렸을 때 나는 큰맘 먹고 위를 올려다보았다. 물론 거기에는 아무도 없었다. "이성적으로 굴어."

나는 속으로 말했다. 어지럼증을 각오하면서도 용기로 극복할 수 있기를 바라며 무릎을 꿇고 검은 돌멩이들을 주워담았다. 외투 주머니에 돌멩이들을 넣은 뒤 쪽지를 주웠다.

내가 그 숲속에서 개 없이 혼자였더라도 그렇게 대담하게 굴었을까? 아마 나는 숲길 위에 쪽지를 그대로 두고 집으로 달려간 뒤 차를 몰아 베스매인의 경찰서로 갔을 것이다. "살인 사건이 일어났어요"라고 말했을지 모른다. 얼마나 횡설수설할지. "숲속에서 쪽지를 발견했어요. 이름이 마그다라는 여자예요. 아뇨, 시신은 못 봤어요. 그냥 쪽지만. 당연히 거기 놔뒀죠. 근데 그 여자가 살해당했다고 쓰여 있어요. 현장을 훼손하고 싶지 않았다고요. 마그다. 그래요, 마그다. 성은 몰라요. 아니, 모르는 여자예요. 마그다라는 사람은 평생 만난 적도 없어요. 그 쪽지를 본 것뿐이에요, 바로 좀전에. 어서, 서둘러줘요. 아, 곧장 거기로 가달라고요." 나는 발작적으로 보였을 것이다. 과도한 흥분은 내 건강에 해로웠다. 감정적으로 굴면 심장에 크게 무리가 된다고 월터는 늘 내게 말했다. "위험구역이군." 그는 그렇게 말하며 나를 기어이 침대에 누인 뒤 조명을 어둑하게 줄이고 낮이면 커튼을 닫았다. "발작이 지나갈 때까지 누워서 쉬는 게 제일이야." 내가 불안해지면 정신을 제대로 차리지 못하는 건 사실이었다. 행동이 서툴러지고 어지럼증을 느꼈다. 그렇게 불안한 마음을 품고 돌아갔다면 내 오두막집까지 달리지 않고 걸었더라도 발을 헛디뎌 넘어졌을 수 있다. 자작나무 숲에서 야트막한 언덕 아래 도로까지 구르며 팔이나 엉덩이뼈를 부러뜨렸을지도 모른다. 누군가 차를 몰고 지나가다 나를 보았을 수도 있다. 흙투성이가 되어 두려움에 떠는 늙은 여자, 그런데 그 두려움의 원인이 바로…… 종이 쪼가리? 나는 양손을 흔들었을 것이다. "멈춰요! 살인 사건이 일어났어요! 마그다가 죽었다고요!" 얼마나 소동을 벌였을까. 얼마나 창피스러웠을까.

하지만 찰리가 옆에 있어서 나는 침착했다. 누구도 내가 침착하지 않았다고 말할 순 없다. 나는 일 년 내내 러밴트에서 평온하고 만족스럽게 잘 살았고, 먼리스에서 국토를 가로질러 수천 킬로미터 떨어진 이곳으로 과감하게 이주하기를 잘했다고 뿌듯함을 느끼고 있었다. 배짱 좋게 집을 팔고 짐을 챙겨 떠난 나 자신이 자랑스러웠다. 진실을 말하자면, 찰리가 아니었다면 나는 아직도 그 오래된 집에 남아 있었을 것이다. 이사할 용기가 없었을 거다. 늘 곁에 머물며 내 애정을 원하는 동물이 있어서, 관심을 쏟고 보살필 대상이 있어서 마음이 편안했다. 함께 고동치는 다른 심장, 살아 숨쉬는 기운이 방안에 있다는 사실만으로 기분이 밝아졌다. 내가 얼마나 외로웠었는지 그제야 깨달았는데 문득 보니 나는 혼자가 아니었다. 내게는 개가 있었다. 다시는 외로워지지 않을 거야, 나는 생각했다. 어린아이이면서 보호자 같은 동반자, 많은 면에서 나보다 현명하면서도 나만 보면 좋아서 어쩔 줄 모르는 충성스럽고 다정한 존재가 옆에 있다는 건 얼마나 큰 선물인가.

찰리를 들인 이후 가장 괴로웠던 때는 먼리스에서 죽은 새 때문에 소동을 겪은 날이었다. 그전까지 찰리는 리스게이트 그린스에 있는 반려견 공원의 울타리 안에서가 아니면 목줄을 풀고 다녀본 적이 없었다. 고속도로를 건너 달려가는 찰리를 보면서 개를 영원히 잃을 거란 느낌이 들었다. 우리가 함께 산 지 몇 달 안 된 때였고, 나는 여전히 조금은 수줍고 망설이는—자신이 없는, 이라고 해야 하나—상태여서 반려인으로서 안착하지 못하고 있었다. 그때 나는 거기 선 채 걱정에 잠겨 생각했다. 우리 사이의 유대가 끈끈하지 않아 찰리가 더 나은 삶을 쫓아가고 새로운 환경을 탐색하며 내 곁에서보다 더 개답게 살려는 거라고. 결국 나는 인간일 뿐이니까. 나는 제약이 많지 않았던가? 따분한 사람? 그런데 또 이런 생각이 들었다. 내가 그 녀석에게 제공해 줄 수 있는 삶보다 나은 게 뭐가 있을까? 정말로 뭐가 있지? 먼리스의 산속에서 들꿩을 쫓으며 자유롭게 달리는 것? 코요테에게 잡아먹히고 말 테지. 그리고 어쨌거나 찰리는 그런 부류의 개가 아니었다. 녀석은 봉사하도록 사육된 개였다. 가져오고 되찾아오고 언제나 돌아오는 개. 나는 고속도로 건너편으로 사라지는 찰리를 보면서 녀석이 더 편안하게 지내도록, 자신이 중요하다고, 사랑받고 있다고, 하여간 뭐든 낫다고 느끼도록 해주기 위해 무엇을 할 수 있었을지 자문했다. 부족함을 느끼게 했나? 뜻을 받아주지 않았나? 내가 직접 음식을 만들어줄 수도 있었을 텐데, 나는 생각했다. 반려견 공원에서 만난 여자는 '유명 브랜드 사료의 독성'에 대해 말했었다. 아, 한 생명의 행복을 위해 좀더 해줄 수 있는 일이 언제든 있었다. 촉촉한 골수가 꽉 찬 뼈를 요리해줄걸, 나는 생각했다. 내 침대에서 함께 자게 해줄걸. 반려견 침대와 보송보송한 플리스 담요가 있긴 했지만, 먼리스의 그 오래된 주택은 부엌이 너무 추웠다. 낡고 외풍이 심한 그 집에 찰리가 온 날 밤, 나는 담요로 녀석을 감싸고 신생아처럼 품에 안았다. 울고 또 우는 찰리를 달래며 나는 약속했다. "절대로 네게 나쁜 일이 일어나지 않을 거야. 내가 그러도록 두지 않아. 널 너무 사랑하니까. 장담할게. 넌 이제 안전해. 여기서 나와 함께 영원히."

그러다 몇 달 뒤—녀석은 얼마나 빨리 자랐는지!—산책에 데리고 나갔을 때 찰리가 줄을 확 잡아채고 도망쳤다. 그날 아침 먼리스에서 목줄은 간단히 끊겼고, 찰리는 얇게 쌓인 눈을 헤치고 언덕을 내려간 뒤 고속도로 위로 달려갔다.

바로 어제 일 같구나, 나는 생각했다. 그로부터 일 년이 넘게 지나 러밴트의 자작나무 숲에서 쪽지를 가지고 격한 심장박동을 느끼며 집으로 돌아가는 중이었다. 찰리가 없었으면 어쩔 뻔했나. 먼리스에서 그날 얼마나 아슬아슬하게 그 녀석을 잃을 뻔했던가. 물론 나는 곧장 뒤를 쫓아갔지만 찰리가 그토록 가뿐히 뛰어넘은 날카로운 금속 가드레일을 넘어설 엄두는 나지 않았다. 자동차 한두 대만이 빙판 위를 천천히 달리고 있는 아주 이른 시간이었는데도 고속도로 아스팔트는 발을 들여놓기에 너무 위험해 보였다. 나는 어떤 규칙도 잘 어기지 않고 살아왔다. 시민의 의무나 긍지라든가 도덕적 확신을 느껴서가 아니라 그저 내가 양육된 방식이 그랬다. 실제로 내가 유일하게 책망을 들은 때는 유치원에 다니던 어느 날이었다. 음악실로 가는 길에 줄에서 벗어났더니 선생님이 목소리를 높였다. "베스타, 어디 가는 거야? 그렇게 여왕처럼 혼자 거닐 만큼 네가 특별하다고 생각하니?" 나는 나 자신을 용서하지 않았다. 그리고 어머니도 훈육을 대단히 중시했다. 매를 맞거나 억압을 당한 적은 없지만, 언제나 질서가 있었고 그것을 무시하고 행동하면 교정을 받았다.

어쨌거나 나는 빙판에서 미끄러졌을 수도 있다. 차에 치였을 수도 있고. 위험을 감수할 가치가 있었을까? 오, 그랬다, 정말로 그랬다. 내 귀하고 다정한 개를 잃지 않기 위해서라면. 하지만 나는 꼼짝도 할 수가 없어 가드레일 뒤에 붙박인 채 찰리의 꼬리가 팔랑팔랑 멀어지는 모습을 바라볼 뿐이었다. 녀석은 고속도로 건너편의 둔덕을 내려가 아래쪽의 얼어붙은 습지로 사라졌다. 나는 너무 두려운 나머지 소리를 지르지도 눈을 감지도 숨을 쉬지도 못했다. 휘파람을 불려고 했지만 입이 움직이지 않았다. 악몽 같았다. 손도끼를 든 남자가 점점 다가오는데 비명을 지르고 싶어도 소리가 안 나오는 그런 꿈. 내가 할 수 있는 일이라곤 지나가는 몇 안 되는 자동차를 향해 빨간색 장갑 낀 손을 바보처럼 흔드는 게 다였다. 차가운 바람과 공포 때문에 눈가에 눈물이 맺혔다.

그런데 그때 찰리가 돌아왔다. 빙판 위를 전속력으로 뛰어오는 그 순간 고속도로 위는 쥐죽은듯 고요했다, 감사하게도. 찰리는 죽은 새—들종다리—를 송곳니로 가볍게 물고 와 내 발밑에 놓고는 그 옆에 앉았다. "착한 녀석." 제멋대로 터지는 감정 때문에 내 개 앞인데도 민망했다. 눈물을 닦고 찰리를 껴안은 나는 양팔로 그 목을 감싸고 머리에 입을 맞췄다. 추운 공기 속에서 녀석의 숨결은 증기기관 같았고 심장은 쿵쿵 뛰고 있었다. 오, 찰리를 얼마나 사랑했는지. 그 북슬북슬한 것 안에 우르릉거리는 생명력이 얼마나 엄청난지 그저 놀라울 뿐이었다.

그때부터 찰리에게 막대기나 형광빛 노란색 테니스공 등을 되

찾아오게 가르쳤다. 테니스공은 갈색으로 변하고 침이 배어들어 축축해졌다가 표면이 갈라지며 회색으로 변했고, 언젠가 내가 던져놓고 잊어버린 뒤로는 자동차 앞좌석 아래서 이리저리 굴러다녔다. "얘는 레트리버*예요. 래브라도와 바이마라너의 교배종이죠." 먼리스의 수의사가 내게 말했었다. 들종다리를 가져온 아침은 아마 찰리에게 의미 있는 날이었을 것이다. 자신의 타고난 목적을 발견했고, 본능이 모습을 드러냈다. 하지만 내가 뭐하러 그 죽은 새를 원한단 말인가? 나는 그 새를 쏘아 떨어뜨리지 않았다. 아무도 그러지 않았다. 되찾아오려는 충동을 느끼기엔 이상한 대상이었다. 그런 게 본능이지. 본능은 매번 합리적이지 않고 종종 우리를 위험한 길로 이끈다.

휘파람을 불었더니 찰리가 왔다. 썩어 부스러진 붉은 나뭇조각이 부드러운 입술 사이로 삐죽 나와 있었다. 나는 목줄을 채우고 말했다. "혹시 모르니까." 찰리가 불만스레 나를 보았지만 줄을 당기지는 않았다. 나는 집으로 걸어 돌아가는 길에 숲길을 주시하며 한 손으로 찰리의 목줄을 잡고 다른 손은 외투 안에 찔러 넣은 채 쪽지를 꽉 쥐었다. 잘 보호해야 하니까, 나는 속으로 말했다.

---

* 사냥터에서 사냥당한 동물을 주인에게 찾아다주는(retrieve) 개의 역할을 뜻하는 명칭.

나는 아니다.

이 나는 누구일까? 궁금했다. 여자가 시신을 숲에 버리지는 않을 것 같았고, 그래서 이 쪽지를 쓴 사람, 나, 이 인물, 이야기 속 나를 남자라고 추측해도 무리는 없을 거라고 느꼈다. 이 남자는 정말이지 자기확신이 강한 듯했다. 누가 그녀를 죽였는지는 아무도 모를 것이다. 그걸 그는 어떻게 알까? 그리고 왜 굳이 그런 얘기를 할까? 일종의 마초다운 조롱일까? 네가 모르는 걸 나는 안다. 남자들은 그런 식일 수 있다. 하지만 살인을 두고 그런 자랑이 적절할까? 마그다가 죽었다. 웃어넘길 일이 아니다. 누가 그녀를 죽였는지는 아무도 모를 것이다. 이런 식으로 의심을 물리치려 하다니 얼마나 어리석은가? 사람들이 그렇게 잘 속아넘어간다고 생각하다니 얼마나 오만한가? 나는 그렇게 잘 속는 사람이 아니다. 우리가 전부 다 멍청이는 아니다. 우리가 전부 다 레밍이나 양이나 바보는 아니다. 월터는 늘 사람은 다 그렇다고 말했지만. 마그다를 누가 죽였는지 아는 사람이 있다면 그건 '나'다. 이제 마그다는 어디에 있을까? 분명 나는 쪽지를 쓰는 동안 시신과 함께 있었다. 그렇다면 그녀는 어떻게 된 걸까? 누가 그녀의 시신을 갖고 달아난 걸까? 살인자가 그랬을까? 그, 나, 아무튼 그 사람이 쪽지를 쓰고 놔둔 뒤에 살인자가 다시 온 걸까?

내 쪽지, 나는 그렇게 느꼈다. 내 것이었다. 이제 나는 그것을 소유했고, 내 두꺼운 다운코트의 온기 속에 간직한 채 구기지 않으려고 애썼다.

이 나의 이름, 쪽지를 쓴 사람의 이름이 필요했다. 처음에 나는 그저 플레이스 홀더*가 되어줄 이름이 필요하다고 생각했다. 나를 너무 특정하게 묘사하지 않도록 인격이 덜 드러나는 이름. 쓴 사람을 알 수 없게 또박또박 쓴 글씨 같은 이름. 열린 마음을 유지하는 게 중요했다. 나는 그 누구일 수 있다. 하지만 진지하고 젊은 느낌을 주는 볼펜, 정확한 인쇄체, 어딘가 이상하게 부인하는 말, 나의 희박한 정체성 등에서 파악되는 것이 있었다. 블랭크**는 어떨까? 남편의 이름인 월터는 내가 가장 좋아하는 이름 중 하나였다. 찰리는 개 이름으로 좋지, 나는 생각했다. 제왕 같은 분위기를 내고 싶으면 녀석을 찰스라고 부르기도 했다. 귀가 쫑긋 솟고 왕좌에 앉은 왕처럼 눈을 아래로 내리깐 모습이 때로는 정말 위풍당당해 보였다. 하지만 찰리는 너무 성격이 좋아서 진정으로 제왕다울 순 없었다. 오만한 개가 아니었다. 푸들이나 세터나 스패니얼이 아니었다. 나는 늠름한 품종을 원했는데 먼리스에 있는 개 사육장에 갔더니 거기에 찰리가 있었다.

---

* 문장에서 가주어나 가목적어처럼 구조상 필수적이지만 자체의 의미는 없는 요소.

** Blank. 영어로 '빈칸·여백' 등을 뜻한다.

'유기된' 개라고 그곳 사람들이 말해줬다. "두 달 전, 강둑 위에 있던 검은 더플백 속에서 발견됐어요. 태어난 지 삼 주도 채 안 돼서요. 한배 태생 가운데 유일하게 살아남았죠." 나는 일 분가량 지나서야 그 말을 완전히 이해할 수 있었다. 어떻게 그런 끔찍한 일이! 그러고선, 어떻게 그런 기적이! 그때부터 다리 아래 강줄기가 가늘어지는 곳의 진흙탕에서 그 검은 더플백을 발견한 사람이 나라고 상상했다. 바로 내가 가방의 지퍼를 열고 그 안에 우글우글 모여 있는 강아지들을 발견했는데, 아찔한 건포도색 강아지들 중 단 한 마리만 숨을 쉬고 있었고 바로 그 녀석이 내 것이었다고. 찰리였다고. 그렇게 소중하고 조그만 동물들을 유기하다니 상상이 되는가?

"대체 누가 그런 짓을 하죠?"

"험한 시절이죠." 그 여자가 내게 말했다.

나는 필요한 서류를 작성하고 건강검진과 예방접종을 위해 100달러를 냈으며, 찰리에게 중성화 수술을 해주겠다는 서약서에 서명했지만 그뒤로도 수술은 하지 않았다. 내가 고작 몇 달 후면 일곱 개 주를 가로질러 동부에 있는 러밴트로 이주할 거라는 말도 하지 않았다. 이런 개 보호소 사람들은 보증을 원했다. 동물을 잘 돌보면서 바른 방식으로 키우겠다는 서면 약속을 원했다. 나는 개를 학대하거나 번식시키거나 들개처럼 거리를 뛰어다니게 하지 않겠다고 약속했다. 서명 하나가, 기껏해야 종이에 휘갈긴 글자에 불과한 그것이 운명을 밀봉할 수라도 있다는 듯이. 나는 내 개를 거세하고 싶지 않았다. 비인도적인 짓 같았다. 그런데도 계약서에 서명했다. 의도적인 속임수를 저지른 적이 거의 없이 살다가 그런 짓을 하자니 심장이 거세게 뛰었고, 발각된다는 생각만 해도 얼굴이 붉어지고 몸이 덜덜 떨렸다. "어떤 역겨운 인간이 자기 개에게 중성화 수술을 안 해줄까요? 어떤 비뚤어진 인간이……" 사실 순진한 거지, 겨우 서명 하나에 그런 구속력이 있다고 생각하는 건. 종이에 묻힌 잉크 몇 방울, 휘갈긴 글씨 몇 자, 그냥 내 이름일 뿐인데. 펜을 좀 휘둘렀다는 이유만으로 그들이 뒤쫓아와 나를 먼리스로 끌고 가지는 못할 테지.

그래서 나는 무사히 빠져나갔다. 월터의 장례식 후에 먼리스의 집을 전부 정리하고 그곳과 그곳이 내게 주던 모든 괴로움에 작별을 고했다. 옛집이 팔리고 러밴트에 새집이 마련되어 그곳을 벗어날 때 얼마나 안도했는지! 사진들로 본 러밴트의 주택은 내가 꿈꾸던 집이었다. 호숫가의 시골풍 오두막집. 주변 땅은 정돈이 필요했다. 썩어가는 나무들과 웃자란 풀 따위가 보였다. 나는 현장을 직접 보지 않고 헐값에 집을 샀다. 육 년째 압류 물건으로 남아 있던 집이었다. 험한 시절, 맞다. 그리고 나는 거기로 갔다. 먼리스의 집에 대해서는, 새 주인이 그 안에서 무엇을 하고 겨울 동안 바깥 현관이 무사했는지 따위를 너무 많이 생각하지 않으려 했다. 그리고 이웃들이 무슨 말을 할지도. "그 여자는 밤도둑처럼 그냥 떠나버렸어." 하지만 그건 사실이 아니었다. 나는 알았다. 나는 좋은 여자였다. 드디어 조금이나마 평온을 누릴 자격이 있는 사람이었다.

나는 이 나에 붙일 이름에 대해 좀더 생각했고, 결국 블레이크로 정했다. 그 당시 부모들이 아들에게 많이들 붙인 이름이었다. 그런 의미에서 약간 허영기도 풍겼다. 블레이크, 스케이트보드를 타는 덥수룩한 금발 소년, 통에서 아이스크림을 퍼먹는 소년, 물총을 든 소년. 블레이크, 방 좀 청소해. 블레이크, 저녁 먹을 시간에 늦지 마. 이런 연상들을 고려할 때, 그 이름은 교활하고 약간 멍청하며, 나는 아니다, 라고 쓸 만한 소년과 어울렸다.

정신이 하는 일이란 참 이상하기도 하다. 내 정신, 찰리의 정신, 정신이란 대체 무엇인지 가끔 궁금했다. 정신이 내 뇌 안에 갇힌 무엇일 리는 없었다. 발이 차갑다고 생각하기만 해도 찰리에게 고개를 돌려 턱으로 내 발을 덮어달라는 부탁이 전달되고 찰리는 또 그렇게 해주는 일이 어떻게 가능하겠는가? 그런 순간에는 우리의 정신이 일치하지 않을까? 그리고 내가 찰리와 공유하는 정신이 있다면, 나만 쓰는 별도의 정신도 있을까? 내가 자작나무 숲길을 걸으며 쪽지를 생각하고 상상하고 논쟁을 벌이고 뭔가를 기억하는 지금, 작동하는 건 누구의 정신일까? 가끔은 내 정신이 나를 구름처럼 부드럽게 둘러싼 대기에 불과해서 날아드는 것은 뭐든 받아들여 빙글빙글 돌렸다가 다시 하늘로 돌려보낸다고 느껴질 때도 있었다. 월터는 내가 그런 식으로 마법에 이끌리는 사람이라고, 몽상가라고, 그의 작은 비둘기라고 늘 말했었다. 물론 월터와 나도 정신을 공유했다. 부부는 그런 식이 된다. 침대를 함께 써서 그런가 싶기도 하다. 자는 동안 고삐 풀린 정신이 위로 빠져나와 춤을 추는데, 때로는 짝을 지어 춘다. 꿈속에서 서로에게 많은 것이 전달된다. 이제 월터가 꿈에 나오면 그는 다시 젊은 모습이었다. 내 정신 속에서 그는 여전히 젊었다. 아직도 나는 그가 장미 꽃다발을 들고 달콤한 시가 냄새를 풍기며 바스락거리는 셀로판 포장지를 소중하게 꽉 쥐고 문으로 들어오기를 바랄 때가 있었다. "당신을 위한 꽃이야, 내 비둘기." 그가 말한다. 장미가 아니라면, 내가 좋아하겠지 싶어 고른 책. 아니면 새로 나온 음반이거나 완벽한 모양의 복숭아나 배 한 개. 나는 그의 사려 깊은 선물이, 외투 주머니에서 나오던 작은 깜짝 선물들이 그리웠다.

러밴트의 오두막집은 월터가 내게 준 마지막 선물이 아니었나 생각한다. 보험금을 타서 그 집을 사고 이사를 했다. 먼리스에 있는 집을 팔아 생긴 수익은 죽을 때까지 먹고살 수 있는 액수였다. 예금해둔 돈도 있었다. 월터는 은퇴 이후를 잘 대비해두었다. 항상 검소하게 살았고, 그래서 그의 작은 선물들이 더욱 사랑스러웠다. 어쨌든 장미는 비쌌으니까. "이걸 사느라 팔 하나와 다리 하나를 팔았어." 그는 말했다. "그래서 절름발이처럼 껑충거리며 집에 왔지." 월터가 내 오두막집을 보았다면 너무 작고 싸구려라고 생각했을 것이다. 그는 크고 널찍하게 트인 공간을 좋아했다. 먼리스도 좋아했다. 그 평원, 금속 빛을 내는 바위 언덕, 차가운 강물. 나는 월터가 그리웠다. 그가 없으니 커다란 집이 터무니없게 느껴졌다. 그래서 러밴트의 오두막집이 나타났을 때는 안도감이 들었다. 나는 조금 숨을 필요가 있다고 느꼈다. 내 정신이 배회할 세계가 좀 작아질 필요가 있었다.

다시 먼리스의 죽은 들종다리를 생각했다. 배가 노란 그 새는 창백하게 얼어붙은 자갈밭을 배경으로 보석처럼 아름다웠다. 선물. 이상하다, 이상해. 찰리는 그게 내 기분을 돋워주리라 생각했을까? 나는 새를 찰리가 내려놓은 그 자리에 두고, 개 목걸이를 잡은 채 어깨를 혹사해가며 찰리를 집 쪽으로 이끌었는데, 목줄이 망가졌으니 달리 방법이 없었다. 그뒤로 개 훈련법에 관한 책들을 읽었다. 이사를 위해 짐을 싸고 잡다한 서류에 서명하는 등 여러 일을 처리하는 동안 찰리와 유대를 다졌고 내게 복종하도록 가르쳤다. 찰리는 내게, 나는 찰리에게 맞춰나갔다. 이런 방식으로 우리의 정신이 서로 섞여들었다. 내가 읽은 책들은 개가 주인과 같이 자서는 안 된다고 단언했다. 처음에 우리는 그 규칙을 지켰지만, 차를 몰고 동쪽으로 가면서 도중에 길가 모텔에서 잘 때는 찰리가 침대로 기어드는 걸 제지할 수 없었다. 이사로 인해 녀석이 정신적 외상을 입을까 걱정스러웠고, 그때는 약간의 위안이 우리 둘 다에게 큰 도움이 됐다. 한없이 펼쳐진 도로는 너무도 외로운 곳이니까. 러밴트에 와서는 정말로 둘이 함께 자곤 했는데, 날이 추우면 찰리는 이불 안까지 들어와 포근히 자리를 잡았다. 하지만 여름에는 침대 발치에 있거나 아예 침대 밖으로 나가 아래층 식탁의 시원한 그늘에 널브러져 있었다. 이제는 목줄도 더 잘 견디게 됐지만 내가 그걸 쓰는 경우는 거의 없었다. 산책에 나설 때는 혹시 야생동물이 나타나면 녀석이 공격하려 들까봐 목줄을 챙겼다. 나는 찰리가 그러고 싶으면 사나워질 수 있다는 걸 알았다. 누군가 나를 위협한다면, 나쁜 일이 일어난다면. 그 또한 위안이었다. 찰리, 내 경호원. 근처를 배회하는 광인이 있다면, 마그다를 죽인 사람이든 누구든, 찰리가 공격할 것이었다. 찰리의 머리는 사람 허벅지 중간 정도에 닿을 뿐이었지만 어깨가 넓고 35킬로그램의 근육과 섬세한 연갈색 털로 이루어진 위풍당당한 개였다. 찰리가 이를 악물고 으르렁거리는 모습을 딱 한 번 보았는데 상대는 먼리스에서 맞닥뜨린 방울뱀이었다. 찰리는 여간해선 심하게 흥분하지 않았다. 러밴트 주변에 곰이 있다는 말을 들었지만 나는 믿지 않았다. 길 위에서 죽은 여우들은 봤다. 토끼와 라쿤과 주머니쥐도. 새벽에는 새와 작은 설치류를 빼면 밖에 나와 있는 생명체라곤 유순한 흰꼬리사슴뿐이었다. 사슴들은 찰리와 내가 지나가면 나무 뒤에 숨어 꼼짝도 하지 않았다. 존중하는 의미로 나는 눈을 똑바로 마주치지 않으려 했고, 사슴들을 건드리지 않도록 찰리도 훈련시켰다. 가만히 서 있기만 해도 남의 눈에 보이지 않는다고 생각하면 참 좋겠지. 사슴들은 아름다웠고, 어떤 것들은 말처럼 컸다. 사슴들은 얼마나 멋진 삶을 살까, 나는 생각했다. 숲속은 너무도 고요해서 때로는 녀석들이 숨쉬는 소리까지 들렸다.

블레이크는 분명 지난 이십사 시간 안에 왔을 거라고 나는 추측했다. 찰리와 내가 전날 아침에도 여기 왔는데 그때는 아무것도, 쪽지도 없었으니까. 집으로 돌아가는 길에는 이상한 발자국도, 블레이크의 스프링 노트에서 찢겨 나온 흰 테두리나 자잘한 종잇조각도 보지 못했다. 러밴트에서 산 지 만 일 년이 되고 나니 그 숲이 나와 찰리에게 속한 곳처럼 느껴졌다. 어쩌면 마그다가 살해당한 일보다 내가 더 꺼림칙하게 여기기 시작한 건 거기 내 숲에 다른 사람이 와서 내 바위를 만지고, 내가 다지고 넓혀온 자작나무 숲길을 걷는다는 사실이었을 것이다. 침입. 마치 밤

늦게 집에 돌아와 잠자리에 들었다가 깨어났는데, 누군가가 한밤중에 내 부엌에 들어와 음식을 먹고 책을 읽고 헝겊 냅킨으로 입을 닦고 내 욕실 거울로 그 낯선 얼굴을 응시했음을 알게 된 형국이었다. 그가 조리대 위에 그대로 놔둔 버터를, 빵 껍질을 발견한다면, 그것도 모자라 개수대 안에 놔둔 빌어먹을 칼, 혹은 쓴 다음에 씻어서 건조대에 말려놓은 칼을 발견한다면, 내가 어떤 분노와 두려움을 느낄지 상상할 수 있었다. ……아무도 모를 것이다. 그런 일이 일어난다면 누구든 돌아버릴 수 있다. 다시는 잠을 잘 수 없을지도 모르고, 자기 집 안에서도 더는 결코 안전하다고 느끼지 못할 수도 있다. 수많은 질문이 떠오르는데 그걸 자신 외에는 누구에게도 물을 수 없다고 상상해보라. 침입자가 아직 집에 남아 있을 수도 있다. 이럴 수가, 그가 부엌문 뒤에 웅크리고 있을 수도 있는데, 나는 양말에 목욕가운 차림으로 서서 건조대 위의 번쩍이는 칼을 보며 안달을 내고 있다. 저 칼로 양파를 다졌던가? 한밤중에 간식거리를 찾아 나왔다가 저 칼을 꺼냈고 이런저런 짓을 했는데 잊어버린 건가? 꿈에서 덜 깼나? 정말 그런가?

아니, 아니다. 이건 현실이었다. 여기 찰리가 있고, 여기 땅이 있고, 공기와 나무와 머리 위 하늘이 있고, 어여쁜 초록 싹이 나뭇가지에서 진동하며 어떤 어려움이 있어도 밖으로 밀고 나와 생명을 틔우고 있었다. 나는 이 숲을 알았다. 내 오두막집과 호수와 소나무들과 도로를 알았다. 규칙적으로 자작나무 숲을 거니는 사람은 내가 유일했다. 이웃들은 다들 각자의 자작나무 숲과 숲길을 누릴 수 있을 만큼 멀리 떨어져 있었다. 그리고 누구든 왜 굳이 여기까지 올라와 내 숲길을 걷겠는가? 내가 목적이 아니라면 블레이크는 왜 여기에 왔겠는가? 실수가 아니었다. 쪽지는 편지였다. 나 아니면 누가 그것을 발견했겠는가? 나는 선택된 것이다. 차라리 나를 수신인으로 하는 편이 나았을 텐데. 베스타에게. 당신을 지켜보고 있었어요……

블레이크는 이제 서둘러 숲에서 나가는 내 모습도 지켜보고 있을까? 십대 소년을 그려볼 수 있었다. 일탈 성향을 뒤에 숨긴 몰랑한 사춘기의 가면을 막 떨쳐낸 소년. 그는 그토록 놀란 나를 보며 이상한 기쁨을 느낄까? 그의 정신이 내 정신과 어떻게든 섞여들어 이런 생각들을, 이런 상상과 추론들을 내게 심고 있는 걸까? 베스타에게. 당신이 사는 곳을 알아요. 실은 숲이 내 것이 아니었다면. 실은 내가 침입자였고, 블레이크는 마침내 행동하지 않을 수 없어 나를 겁주어 쫓아내려고, 내 세계를 파괴해 혼자서 숲을 차지하려고 이 메시지를 보냈다면. 내 정신은 그런 가능성들을 두고 씨름하고 있었다. 걷다가 다시 한번 쪽지를 꺼내 읽었다. 그녀의 이름은 마그다였다. 그것만큼은 여전히 진실이었다.

숲 가장자리를 벗어날 때는 해가 떠올라 있었다. 시작될 날은 맑고 화창했다. 낮게 드리운 어두운 구름이나 상쾌한 봄의 대기를 스치는 날카로운 폭풍의 기미도 없었다. 긴장할 이유도 없고 나를 뒤쫓는 것도 없으니 달릴 필요가 없었다. 그래, 내가 쪽지를 발견했다. 그래서 어쨌다고? 그게 나를 해치지는 못한다. 마그다가 위협이 될 만한 존재였다 해도 이제는 죽어서 없다. 그리고 블레이크는 자신이 살인자가 아니라고 주장했다. 거기 글로 확실히 쓰여 있다. 나는 아니다. 나는 그 말을 믿으면 된다. 두려워할 건 아무것도 없다. 단지 글이 적힌 종잇조각에 불과하다. 그렇게나 의미를 두는 건 어리석지. 멍청하기도 하고. 멍청해.

우리는 언덕을 내려가 도로를 건너 오두막으로 들어가는 자갈길을 걸어갔다. 나는 현관문 앞에서 목줄을 내려놓고 늘 그렇듯이 걸레로 찰리의 발을 닦았고, 쪽지는 입에 문 채 입술을 안으로 말아 종이가 젖지 않도록 조심했다. 찰리가 고개를 들어 나를 보는데, 짜증은 나지만 동요하지는 않은 모습이었다. 뭐든 두려워할 게 있으면 찰리의 목덜미 털이 바짝 곤두서는 건 확실했다. 위험을, 죽음의 위협을 나타내는 그 날카로운 융기선. 나는 녀석의 벨벳 같은 귀를 문질렀다. 그리고 우리는 안으로 들어갔다.

자갈길과 조그만 텃밭을 마주한 서향 부엌은 여전히 서늘하고 어두웠다. 근래에 나는 부엌 창문 바로 앞 공터의 흙을 갈기 시작했다. 꽃을 심고 싶었다. 어쩌면 토마토나 호박이나 당근도. 전에는 텃밭을 일군 적이 없었다. 먼리스는 땅이 너무 메말랐고, 그 퀴퀴한 붉은 흙에서는 아무것도 자랄 수 없었을 것이다. 하지만 사방이 푸릇푸릇하고 예쁜 러밴트에서는 무언가 새로운 것을 생겨나게 하고픈 마음이 들었다. 나는 개수대 앞에 서서 창밖을 바라보며 내 텃밭이 어떻게 자라날지 그려봤다. 갈퀴로 파낸 흙 맞은편에는, 내 사유지 안에 딱 한 그루 있는 커다란 플라타너스의 굵은 가지에 가느다란 썩은 말총 밧줄들이 매달려 있었다. 이곳이 걸스카우트의 여름 캠프 장소이던 시절에 설치된 그네의 잔해이리라 나는 추측했다. 보트 창고는 헐렸지만 소녀들이 공예를 배우고 식사를 하는 본채였던 내 오두막집은 남았다. 나는 녹슨 실핀, 골무, 공깃돌, 부러진 뜨개바늘, 어린아이의 손에 맞는 조그만 가위 따위가 흙바닥의 애벌레와 지렁이들 사이에 박혀 있는 걸 발견했다. 그 조그만 유물들은 이제 이십 년이나 삼십 년은 족히 되었고, 어쩌면 그보다 더 오래됐는지도 모를 일이었다. 그 플라타너스와 거친 그루터기만 남은 썩은 참나무 몇 그루를 제외하면 사유지 안에 있는 나무는 전부 높다란 소나무 종류이고 대개는 스트로브잣나무였다. 지역의 식물군에 대해 공부할 작정으로 도서관에서 책을 한 권 빌렸으나 내용이 지나치게 과학적이고 기술적인데다 관심을 끌 만한 그림도 충분하지 않았다. 내게는 과학에 대한 감성이 없었다. 월터와 그의 이성적인 정신에 시달리다보니 그런 종류의 정신적 야단법석에는 인내력이 바닥났다. 그가 죽은 뒤로 나는 좀더 시적으로 사고하게 됐다. 마법이 차가운 논리에 뭉개져버릴 때가 너무 많았으니까.

도로 건너편의 자작나무 숲이 새벽 산책에 좋았다면 오래 묵은 내 소나무들은 한밤중에 더 좋았다. 굵은 가지들이 이룬 덮개 아래에 들어가 있으면 주변의 소리는 내 발밑의 마른 솔잎으로 된 포근한 카펫에 부딪혀 먹먹해졌다. 소나무가 만든 공간은 마치 실내처럼, 가만히 앉아서 책을 읽고 음반을 들을 수 있는 서재처럼 느껴졌다. 버번위스키 한 잔, 따뜻한 모직 스웨터, 유리로 된 초록색 탁상 램프, 짙은 색 벽난로 선반, 이런 것들이 그곳에 멋지게 어울렸을 테다. 그래도 소나무들 사이로 깊이 들어가지는 않았다. 두 번쯤 400미터 넘도록 깊이 들어갔었는데 매번 숨이 가빠졌다. 내게 알레르기 반응을 일으키는 곰팡이나 포자일 걸로 추측되는 무언가가 있었다. 나는 그 울창한 소나무 숲이 내 안전을 지켜줄 거라고 생각했었다. 그 유독한 공기가 어떤 불한당도 물러가게 할 거라고. 하지만 마그다가 살해되고 나니 그다지 확신이 없어졌다.

찰리가 내 불안을 감지한 양 다가와 무릎에 얼굴을 비볐다. 다정한 것. 총이 필요할까? 경보장치? 이 집에 이사온 뒤 늘 현관문을 잠그지 않고 놔두었다. 어쨌거나 훔쳐가고 싶을 만한 게 아무것도 없었다. 하지만 이제는 오히려 소나무 숲이 위험을 초래할 것만 같았다. 숨기에 좋은 곳이 있다면 바로 그 울창한 나무들 사이였다. 살인자가 있는 곳이 저기겠구나, 나는 상상했다. 그늘에 웅크리고서 다시 공격할 기회를 엿보고 있겠지. 목구멍이 조여들었다. 나는 대담하게 뒤돌아서서 부엌 창밖의 소나무 숲을 어깨 너머로 살피려 했지만 그럴 수 없었다. 거기에 누군가 서 있을 수도 있다. 나는 헐렁한 체육복 반바지에 피가 튄 티셔츠를 입은 블레이크를, 뭔가에 홀린 듯 멍한 표정을 짓는 부루퉁하고 빼빼 마른 십대 소년을 상상했다. 나는 쪽지를 양손으로 잡았다. 그녀의 이름은 마그다였다. 그러고서 반항적으로 쪽지를 접어 현관문 옆 탁자에 쌓인 우편물 밑으로 밀어넣었다. 내버려두자. 이제 그만, 베스타, 나는 속으로 말했다. 나중에 무료할 때 다시 봐도 쪽지는 여기 있을 거야. 아침 나절 내내 상상은 충분히 했어. 괜히 문제를 자초하지 마. 그냥 하루를 시작해.

천장의 전등을 켜고 장화를 벗은 뒤 벽에 외투를 거는데, 찰리가 아침 먹을 시간이라 배가 고픈지 뒤에서 끙끙거렸다. "알아, 알아." 부엌의 모든 건 내가 놔둔 그대로였다. 커피를 새로 사야 한다는 걸 잊지 않으려고 조리대 위에 거꾸로 놓아둔 양철 커피통. 건조대 위에 놓인 깨끗한 접시들, 쟁반 하나, 컵 하나, 늘 그

렁듯 어지럽게 놓인 식사 도구, 그리고 보이지 않게 치워진 육류용 칼. 집 밖에 나갈 때 늘 켜놓는 라디오도 여전히 켜져 있었다. 그건 오래전에 들인 습관이었다. 아직 젊고 가난한 신혼부부였던 때—월터는 학위논문을 쓰느라 죽도록 고생하고 나는 의료비 청구 사무소에서 서기로 일했다—우리는 도심 아파트에 살면서 벽을 통해 들려오는 이웃들의 소음을 막으려고 라디오를 틀었다. 월터는 밤에 외출할 때면 언제든 라디오를 켜놓는 게 도둑을 쫓기 위한 현명한 방법이라고 생각했다. 나는 집에 돌아왔을 때 음악이 흐르거나 뉴스가 들리면 위안을 느꼈다. 다시 오셨군요, 아나운서들이 말했다. 그리고 찰리를 집에 두고 나가야 할 때는 녀석이 음울한 적막 속에 앉아 있지 않고 문화와 시사 뉴스를 따라잡거나 바흐나 베르디나 켈틱 음악을 듣고 있다고 생각하면 좋았다. 우리 방송을 방금 튼 분이라면…… 하지만 러밴트에서는 찰리를 혼자 두는 일이 거의 없었다. 우리는 흔히들 하는 말대로, 일심동체였다. 방금 들어온 소식인데요……

나는 쌀을 넣은 치킨 스튜를 스토브에 올려 데운 뒤 부엌 바닥에 있는 찰리의 음식 그릇에 국자로 퍼 담았다. 러밴트로 이사한 뒤로는 찰리에게 남은 음식을 먹였다. 그래서 우리 둘 다 좋아하는 음식만 만들었는데, 특히 겨울에는 스튜, 고기구이, 고구마, 그레이비소스 등을 주로 먹었다. 이런 수제 음식을 먹으니 찰리는 더 차분해졌고 눈이 더 초롱초롱했으며 존재 자체가 더 명료해졌다. 나는 찰리가 내 요리를 좋아한다는 걸 알았다. 그렇다, 나는 단순한 일들을 하면서 기쁨을 느꼈다. 개에게 음식을 해 먹였고, 서재 창문 밖으로 아침 햇빛을 받은 고요하고 희끄무레한 물을 바라보았다. 내 작은 거룻배가 여전히 잔교에 묶여 있었다. 그해 봄에는 호수 한가운데에 있는 섬으로 나가는 뱃놀이를 아직 하지 않았다. 노는 서재 벽에 기댄 채 그대로 있었다. 여름에 배를 젓고 다니며 그 땅을, 내 사유지 전체를 바라보면 그렇게 자랑스러울 수 없었다. 내 것이었다. 지구 행성의 이 근사한 조각을 내가 소유했다. 오로지 내게만 속한 곳이었다. 게다가 기이하게 생긴 곶과 위험한 바위들, 홀로 서 있는 소나무 몇 그루, 블루베리 관목 하나, 그리고 담요 한 장을 놓기에 적당한 공터가 있는 섬, 그 모든 것도 내 것이었다. 나는 소유에서 큰 위안을 얻었다. 아무도 나를 간섭할 수 없었다. 12에이커에 이르는 땅의 등기문서가 오로지 내 이름으로만 되어 있었다. 소나무 알레르기 때문에 심지어 그 땅을 다 둘러보지도 못했다.

사유지 전체를 관리해야 하는 책임이 처음에는 부담스러웠지만 내내 잘해왔다. 누군가를 불러서 잔교를 치우는 일은 아직 남아 있었다. 잔교가 한쪽으로 가라앉아 쓸모가 없어졌다. 철제 계단에 밧줄을 묶고 자동차 뒤쪽 범퍼에 연결해 물 밖으로 겨우 끌어냈지만 본체가 휙 뒤집히는 바람에 오래된 무른 나무 곳곳이 갈라졌다. 그러고서 방수포로 덮어놓았는데도 눈이 내리자 상태가 더 나빠져 온통 뒤틀리고 쪼개졌다. 어쨌거나 나는 잔교가 필요 없었다. 대개 물에 걸어들어가 그대로 거룻배에 올라탔으니까.

찰리가 그릇의 물을 핥아 마셨다. 나는 냉장고에 넣어둔 커피를 주전자에 담아 스토브에 데웠다. "참 대단한 아침이었다, 그렇지?" 나는 말했다. "약간 공포소설처럼. 피가 빠르게 돌지, 안 그래?" 열의에 찬 내 목소리를 들은 찰리가 발톱으로 나무 바닥을 긁으며 종종걸음으로 다가왔다. 나는 찰리를 향해 무릎을 굽혔고 녀석은 뒷다리로 서서 내 어깨에 앞발을 올렸다. "오, 춤추고 싶니?" 나는 분홍색 발바닥이 부드러운 찰리의 앞발을 손으로 잡고 부엌 여기저기로 이끌었다. 찰리는 그 행동을 그다지 좋아하지 않으면서도 잘 맞춰주었다. 내가 발을 놓자 녀석은 마침표를 찍듯 머리로 내 허벅지를 살짝 들이받고서 물그릇으로 되돌아갔다. 나는 커피와 냉장고에서 꺼낸 베이글을 가지고 창밖 너머 호수가 보이는 부엌 구석의 간이식탁으로 가 앉았다. 메모장과 펜을 구비해두고 매일 그날의 계획을 세우는 곳이었다.

날마다 아침으로 먹는 베이글은 슈퍼마켓에서 파는 건데 미리 반으로 자른 빵 여섯 개가 한 묶음으로 나왔다. 딱히 건강한 음식은 아니고—표백 밀가루와 보존제 범벅—아주 맛이 좋은 것도 아니었다. 질기고 메말랐으며 베이글에 걸맞지 않은 단맛이 났다. 그래도 나는 그 빵이 좋았다. 토스터는 사지 않았다. 더없이 훌륭한 오븐이 있어서 토스터는 불필요한 호사 같았다. 그런데 누가 보잘것없는 베이글을 한 조각 굽겠다고 오븐을 통째로 켜고 싶을까? 문제될 건 없었다. 나는 베이글을 차가운 채로 먹었으니까. 화요일부터 일요일까지, 아침마다 한 개씩. 베이글이 동나는 월요일 아침에는 차를 몰고 베스매인으로 갔고 제과점에서 도넛 한 개에 커피를 마셨으며 슈퍼마켓에서 일주일 치 장을 봤다. 나간 김에 시내를 느릿느릿 돌아다니며 진짜 목적도 없으면서 바쁜 척했다. 그게 인생인 것 같았다. 시간을 보내기 위해 할일을 찾는 것. 시계를 본 횟수가 적었다면 그 하루를 더 즐겁게 보냈다는 뜻이었다. 때로는 베스매인 도서관이나 우체국, 철물점 등에도 들렀다. 그런 월요일 아침의 모험을 제외하면 시내에는 거의 나가지 않았다. 줄어드는 베이글의 숫자와 다양하게 변하는 날씨만 빼면 하루하루가 전날과 똑같았다. 봄이면 사방을 휘젓고 들어왔다 나가는 폭풍을 좋아했다. 그전 해에는 장마철 여러 날을 실내에 머물며, 호수에 요동치는 물결과 지붕과 창을 후드득 때리는 빗소리에 넋을 잃었다. 그 시기에 할일 목록은 짧았다. 독서, 낮잠, 식사. 일일 계획을 세울 때 쓰는 메모장은 리

걸규격*이었고 블레이크가 쪽지를 쓸 때 사용한 종이보다 훨씬 길었다. 하지만 신경쓸 게 뭐람, 나는 속으로 말했다. 날마다 나는 할일을 적었고, 날마다 도중에 계획을 무너뜨렸다.

산책.
아침식사.
텃밭.
점심식사.
거룻배.
해먹.
와인.
퍼즐.
목욕.
저녁식사.
독서.
취침.

나는 머리를 식힐 때 볼 텔레비전이 없었다. 텔레비전을 보면

---

* 흔히 '리걸패드'라 불리는 노트의 종이 규격. 가로 21.6cm, 세로 35.6cm.

항상 안절부절못했다. 월터는 내가 그걸 보면 까칠해진다고 말했다. 월터의 말이 맞았다. 매번 화면에서 보는 것보다 내게 더 좋은 생각이 있다고 느꼈기 때문에 집중하거나 즐기지 못했고, 산만한 생각에 빠지면서 흥분했으며 일어나 서성거리곤 했다. 나는 훨씬 열등한 것들을 내보내는 화면을 가만히 앉아 쳐다보며 인생을 낭비하고 있다고 느꼈다. 물론 독서는 달랐다. 나는 책을 좋아했다. 책은 조용했다. 내 얼굴에 대고 소리지르지 않았고 읽다가 그만둬도 화내지 않았다. 내용이 맘에 들지 않으면 책을 방 저편으로 내던져도 괜찮았다. 벽난로에 넣고 태워도, 책장을 찢어내 코를 풀거나 화장실에서 사용해도 괜찮았다. 물론 그런 짓은 전혀 하지 않았다, 내가 읽은 책 대부분이 도서관에서 빌린 것이었으니까. 읽다가 맘에 안 들면 덮어버리고 현관문 옆 탁자에 두는데, 그걸 다시 쳐다보기도 싫어서 책등을 벽 쪽으로 돌려놓는다. 사서의 책상 맞은편에 있는 반납함으로 가서 그 싫은 책을 반납구 속으로 밀어넣고 그 안에서 다른 책들 위로 덜커덕 떨어지는 소리를 들으면 속이 시원했다. "그냥 제게 주셔도 돼요." 사서는 말했다. 오 안 되지, 나는 직접 밀어넣는 게 좋았다. 권력을 쥔 느낌이 들었다.

"아, 죄송해요, 거기 계신 걸 몰랐네요." 나는 그렇게 속삭이곤 했다.

베스매인의 그 오래된 도서관은 조그만 벽돌 건물이었고, 울워스 슈퍼마켓에서 볼 수 있는 것과 같은 회전 진열대에 온갖 최신 도서를 갖추고 있었다. 공터를 향해 창이 난 매우 훌륭한 열람실도 있었다. 베스매인 출신의 하원의원이 거액을 기부했다고 명판에 적혀 있었다. 열람실 한쪽에는 멋진 컴퓨터들이 한 줄로 늘어선 커다란 책상이 있었고 보통은 그걸 사용하는 젊은이들이 있었다. 커다란 가죽 안락의자들은 종종 비어 있었다. 그 지역 사람들은 독서에 별로 열의가 없었다. 나는 대개 표지와 제목을 보고 책을 골랐다. 제목이 아주 보편적이고 광범위하다 싶으면 일반론을 다룬 책일 거라고, 그래서 지루하고 집중하기 힘들 거라고 판단했다. 최악의 책은 자기계발 방법에 대해 따분한 설명을 늘어놓는 것들이었다. 그런 책들을 읽을 때도 있었지만 단지 그 어리석음을 비웃기 위해서였다. "이걸 먹고 행복해지세요." 그게 흔한 요지였다. 때로는 공영 라디오에서 서평을 한 책들을 찾기도 했는데, 서평자의 의견과 내 의견을 분리하기는 힘들었다. 그런 면에서 그 책을 좋아하기로 이미 정했다고 느껴져서 더 쉽게 즐길 수 있었다. 책이 그다지 재미있지 않더라도 나 자신과 논쟁을 벌일 필요가 별로 없었다.

그날 아침, 호수가 보이는 오두막집 창가의 식탁에 앉아 차가운 베이글을 먹고 커피를 마시면서 나는 그날의 계획을 적었다.

그전에 매일 세우던 것과 똑같은 계획이었다. 날마다 나는 전날 적은 계획을 줄로 그어 지우고 똑같이 다시 썼다. 지난날들은 모두 실패였고 그 증거에 조롱당하고 싶지 않았다. 나는 꿋꿋하게 밀고 나갔다. 텃밭에서 할일이 있었다. 심을 씨앗들이 있었다. 한쪽에는 당근, 순무, 딜, 양배추, 그리고 반대쪽에는 해바라기와 물망초. 최고로 예쁜 텃밭은 아니겠지만 어차피 볼 사람은 나뿐이었다. 내게는 하나의 실험이자, 여름이 시작될 때 나를 단단한 땅에 붙들어둘 일거리였다. 그 땅을 소유한 지 일 년이 지났지만 이제야 제대로 손을 대기 시작했다. 그 일은 나를 행복하게 하고 쓸모 있는 사람으로 느끼게 했다. 더 많은 땅을 골라야 했고 잡초를 더 뽑아야 했으며 비료도 뿌려야 했다. 내가 일하는 동안, 그리고 찰리가 소나무들 사이를 즐겁게 뛰어다니거나 호수에서 첨벙거리는 동안, 서재 창틀 위에 라디오를 켜놓고 들어도 될 터였다. 머릿속으로 이런 계획을 세우며 나는 커피를 다 마셨고 그릇들을 개수대 안에 넣은 뒤 다시 장화를 신고 끈을 묶었다. 거기, 현관문 옆 탁자 위에는 우편물과 자작나무 숲에서 찾은 블레이크의 쪽지가 있었다. 그녀의 이름은 마그다였다. 나는 서재 창문을 열고 라디오를 켰다. 여기 그녀의 시신이 있다.

"찰리," 나는 말했다. "바람 좀 쐬자."

쪽지에 대해 잊은 게 아니었다. 아침을 먹고 다른 생각을 하려 애쓰는 동안에도 그건 내 머릿속에서 계속해서 다시 쓰이며 그대로 남아 있었다. 그 시간 동안에는 쪽지에 대해 새로운 생각이 떠오르는 걸 겨우 막아낼 수 있었지만, 다시 그 근처에 다가가자 쪽지를 직접 본 것도 아니고 그 위에 덮어놓은 봉투들과 종이만을 보았는데도 심장이 또 부풀며 쾅쾅 뛰는 느낌이 들었다. 오, 마그다. 편히 잠들기를, 나는 머릿속으로 그녀에게 말했다. 사람이 죽었다는데 명복을 빌어주는 것 말고 달리 뭘 할 수 있지? 그 상황에서 내가 뭘 더 했어야 할까? 그 쪽지는 어떤 종류의 호출도, 제안도 아니었다. 사실을 인정하는 메모일 뿐 초대가 아니었다. 그런데도 여전히 너무 많은 것을 설명 없이 남겨두었다. 아무도 모를 것이다…… 그런 확신이라니. 아무도 모를…… 이상했다, 그의 장담이. 그때 그 쪽지가 눈에 보이는 것 이상을 담고 있을지도 모른다는 생각이 들었다. 아마 행간을 읽어야 하는지도 모르겠다고. 그녀의 이름은 마그다였다……

찰리가 내 손을 핥아 점점 암울해지는 몽상을 중단시켰다. 밖에서 햇빛이 비치고 텃밭이 손짓했다. 아니, 그 쪽지를 다시 읽을 필요는 없다. 나는 일상을 계속 이어갈 수 있다. 그럴 작정이다. 그래야 한다. 나는 햇빛을 가릴 모자를 쓰고 나일론 줄을 턱 밑에 묶었다. 어쨌건 내가 뭐라고 의문을 품는단 말인가? 나는 그저 남은 삶이 다하기를 평온히 기다리며 아무도 귀찮게 하지 않고 나와 내 개 말고는 아무도 책임지지 않는 늙은 할머니에 불과했다.

"가자." 나는 말했다.

현관문을 열자마자 찰리가 내 옆을 스쳐 신나게 달려나갔다. 나는 찰리가 자갈길을 가로질러 호수로 향하는 완만한 둔덕을 날쌔게 내려가는 모습을 지켜보았다. 찰리는 그곳의 젖은 흙을 발로 건드리고 얕은 물에서 조금 첨벙거렸다. 내가 수영하기에는 아직 너무 추웠지만 녀석은 추위에 아랑곳하지 않았다. 부엌의 온도계가 한 자릿수로 내려가는 겨울에도 발과 배의 살갗이 벌겋게 일어날 때까지 눈밭에서 신나게 뛰놀다 숨을 헉헉 몰아쉬며 돌아와 벽난로 앞 러그 위에서 몸을 웅크렸다. 찰리는 정말 소중했다. 때로는 너무나 인간적이어서, 저녁을 먹은 뒤 내가 불안해하면 마치 월터가 그럴 법하게 눈을 굴리고 하품을 하며 이렇게 말하는 듯했다. "여기 소파로 와서 내 옆에서 긴장 풀어. 내 몸에 기대면 진정이 될 거야. 괜찮아." 텃밭에서 일하는 동안에도 찰리가 껑충거리고 다니는 소리가 들렸다. 저멀리 한참을 사라져 울창한 소나무들 사이로 다람쥐를 쫓다가 한번씩 돌아와 입맞춤과 도닥임을 받고 가는데, 꼭 나를 위해 그러는 것 같았다. 찰리에게는 내가 필요하지 않았다. 이제 봄이 되니 밖에 나가서 지내는 때가 대부분이었고, 낮에 옆에 두고 싶으면 간식과 휘파람으로 구슬려 불러들여야 했다. 녀석이 도망갈까봐 걱정하지는 않았다. 그즈음 나는 알았다, 찰리는 내 것이었다. 더 푸른 초원은 없었다. 내가 부르면 항상 왔다. 찰리는 십대 아이처럼 자신만만하고 순진했으며 세상이 제 것인 양 탐색했다. 그 영혼은 기쁨에 넘쳤고 걱정이 없었다. 어렸을 때 더플백 안에서 형제들과 겪은 일의 정신적 외상은 잊은 듯 보였다. 그 귀엽고 불쌍한 것들. 그런 일도 잊을 수 있음을 알게 되니 얼마나 다행인가. 우리에게는 회복력이 있잖아. 고통을 받아도 상처를 치유하고 나아가지. 나아가지, 나아가, 나는 속으로 말하며 모종삽을 집었다.

흙은 차갑고 거칠었다. 나는 풀을 심고 가꾸는 일, 무엇에든 생명을 주는 일에 대해 배운 게 별로 없었지만, 텃밭에서 씨를 뿌리고 흙으로 덮어주며 단단한 땅을 갈아주고 뭉친 흙을 흩어주는 등등의 일이 생산적이라고 느꼈다.

공영 라디오에서 내보내는 서평 프로그램 외에 러밴트의 라디오 방송은 죄다 기독교 설교 아니면 대중음악이거나, 근처 다른 도시의 전문대학에서 방송하는 음침한 로큰롤 음악뿐이었다. 밤늦게 잠이 오지 않으면 기독교인 청취자와 전화 연결을 하는 방송을 듣곤 했다. 사람들은 성서에 관해 질문했고 가끔은 인생의 힘든 사정을 기독교인답게 원만히 해결하기 위한 조언을 구하기도 했다. 서로 모르는 사람들이 그런 심각한 고민을 '지미 목사'에게 맡긴다든가, 라디오를 통해 구질구질한 개인사를 만천하에 공개하면서도 그토록 거리낌이 없다는 점이 나는 신기했다. 어떤 이들은 자기 성씨와 사는 도시 이름까지 말했다. "뉴애시퍼드에 사는 퍼트리샤 피셔예요." "제 이름은 레이놀드 오언스이고, 고셴힐스에 살고 있습니다." "네, 여보세요. 저는 레이시 가드너이고요, 애미티에서 전화하고 있습니다. 목사님은 제 남편을 아실 텐데요."

"미시즈 가드너, 안녕하세요? 케네스는 잘 계시나요? 요즘 건강하시고요?"

어쩌면 어느 날 밤 전화를 건 블레이크의 목소리를 들을지도 모른다. "목사님은 저를 모르실 텐데요." 그가 말한다. "문제가 있어서요. 마그다요. 죽었거든요. 아무도 모를 거예요……"

"마그다, 이상한 이름이군요." 지미 목사는 말한다.

내 이름 역시 이상했다. 평생 사람들은 내게 물었다. "베스타 걸Vesta Gul이란 이름도 있어요?"

"베스타는 오래된 성씨예요. 제 어머니의 어머니의 성이죠." 나는 대답하곤 했다. "저를 그냥 바이Vi라고 부르는 사람들도 있어요. 친구들이요. 그리고 걸은 제 남편의 성이었어요. 터키어로 '장미'를 뜻하죠. 하지만 남편은 독일 태생이었어요."

"억양이 좀 특이하네요? 독일 억양인가요?" 베스매인의 은행에서 일하는 여자가 내게 물었다. 월터의 말투에는 실제로 독일 억양이 있었지만 나는 아니었다. 나는 호스네크에서 자랐다. 평범한 사람이었다. 다른 이들과 같았다. 내게 억양이 있다면 그건 억양이 없는 사람의 억양이었다. 러밴트 주민들은 대부분이 시골 사람 특유의 늘어지는 발음으로 말했고 가끔은 너무 억양이 세서, 나는 시내에서 일을 볼 때나 한 달에 한 번씩 차에 기름을 채우러 가는 주유소에서 이따금 들려오는 대화를 낱낱이 해독하지 못할 때도 있었다. 월요일 아침마다 시내 나들이에서 만나는 사람이라야 몇몇 가게의 점원과 식료품점의 계산원, 제과점의 상냥한 노인 한 명뿐이었지만. "기본 도넛과 설탕 코팅 중에 오늘은 뭘 드릴까요?" 그는 묻곤 했다.

"기본으로 주세요" "네" "감사합니다" 정도가 내가 하는 말의 전부였다. 도서관에서는 말하지 않기가 쉬웠다. 어떤 때는 고개만 까딱하고, 또 어떤 때는 미소만 지으면 그만이었다. 내 말 상대는 찰리였고, 우리는 조용히 함께 있을 때가 많았다. 우리 사이의 정신 공간을 공유하고, 서로 느끼는 것들을 주고받으며.

그녀의 이름은 마그다였다. 마그다라는 이름은 마그마라든가 매드맨처럼 어딘가 특이하고 고무 같은 느낌을 풍겼다. 걸쭉하고 끈끈하고 다루기 힘든 느낌. 혹은 매그넘을 연상시키기도 했다.

포연을 피우는 총이라든가 콘돔 상자 같은, 보통은 내가 절대로 생각하지 않을 것들을 떠올리게 하는 말. 그녀의 이름은 마그다였다. 마그다는 그냥 별명이겠지, 나는 추측했다. 블레이크는 분명 그녀를 잘 알았다. 그러지 않고서야 왜 그녀의 시신을 돌볼 맘이 나겠는가? 분명 그녀를 사랑했다. 하지만 그녀의 죽음을 두고 요란한 소동을 벌일 만큼은 아니었다. 블레이크는 유일하게 나를 대상으로 한 소동을 벌였을 뿐이다.

나는 원예용 장갑을 벗고 물망초 씨앗 봉지를 찢어 열었다. 씨앗이 놀랄 만큼 커서, 작은 진드기만 했고, 빗방울 같은 모양에 표면은 밤송이처럼 꺼끌꺼끌했다. 씨앗 몇 개를 엄지와 검지로 살짝 누른 뒤 손가락으로 파둔 흙 구멍 속으로 떨어뜨렸다. 이 조그만 것들이 언젠가는 봉지에 그려진 앙증맞은 파란 꽃처럼 피어난다는 사실이 믿기지 않았다. 설명문에는 이 씨앗들이 일반적인 흙에서 자라고 크게 주의를 기울이지 않아도 되며 발아하기까지 일이 주가 걸린다고만 쓰여 있었다. 꽃이 피려면 얼마나 걸릴까? 나는 궁금했다. 그때까지 기다릴 수 있을까? 조그만 푸른 줄기가 땅 위로 나올 때까지 내가 안달하며 기다릴 다음 두 주를 상상했다. 거기 앉아서 쳐다보고만 있으면 돌아버릴 테지. 어떻게든 이겨내야지. 바삐 움직이며 할 다른 일을 생각해야지. 조급증이 밀려왔다. 새로웠다, 이 기분은. 겨우내 어떻게든 나를 피해갔던 감정이었다. 세상이 얼어붙고 흐릿해지며 해가 너무 짧아진 나머지 커피를 끓이자마자 어두워지곤 하던 겨울 동안 나는 일종의 꿈나라에 빠졌었다. 내 정신은 11월부터 4월까지 동면이라도 하는 양 기이하게 어둑하고 평온했다. 하지만 이제 해가 길어지고 있었다. 새벽이 일찍 찾아왔고 땅거미는 늦게 졌다. 일어나서 활발히 지내야 할 시간이 길어졌다. 열정의 밀물이 일어났다. 월터가 죽기 전에는 신경을 안정시키려고 약을 먹었다. 하지만 그가 죽었을 때, 슬픔을 마비시키려는 건 예의가 아니라는 생각에 약을 변기에 넣고 물을 내렸다. 텃밭에서 나는 잠시 그걸 후회했다. 약 이름은 로라제팜. 이제 그 약을 원한다면 베스매인의 임상의에게 가서 애원해야겠지. 그가 나를 어떻게 바라볼지 뻔하다. 아니, 그런 굴욕은 견딜 수 없다. 나 스스로 신경줄을 튼튼히 유지할 것이다.

씨앗을 다 심은 나는 파묻은 그 보물들을 전부 겉흙으로 얇게 덮은 뒤 호스를 들고 안개처럼 미세하게 나오는 물을 조그만 텃밭 위로 뿌렸다. 그곳이 텃밭을 가꿀 이상적인 장소는 아니라는 걸 나도 알았다. 서재 창문 밖이나 헛간을 바라보는 북향의 좁은 파티오 너머가 더 나았다. 다음 여름에는 전략을 잘 세워야겠어, 그때쯤이면 나도 더 아는 게 많아지겠지, 나는 생각했다. 일단은 착수한 일을 해냈다는 사실이 기뻤다. 나는 원예 도구를 빨간색 플라스틱 양동이에 모으고, 파낸 돌멩이 하나는 발에 걸려 넘어지지 않도록 소나무 숲 안으로 던졌다. 멀리서 내 손짓을 본 찰리가 같이 놀고 싶은지 호수에서 질주해왔다.

나는 찰리에게 막대기를 던져줬다. 높이 솟아오른 막대기가 소나무 숲 깊숙이 날아갔다. 녀석이 그 뒤를 재빠르되 점잖은 속도로 따라갔다. 찰리는 침착했고 기분도 좋은지 지나치게 흥분하지 않았다. 그저 막대기일 뿐, 들꿩이나 토끼나 담비를 쏜 사냥총이 아니라는 사실을 알았다. 피를 흘리며 덤불 사이로 떨어지는 동물의 몸을 낚아채 가져와야 하는 상황이 아니었다. 찰리는 여유를 부렸다. 거기 홀로 서서 찰리가 막대기를 물고 깡충거리며 돌아오기를 기다리는 순간, 구름이 해를 가리며 차가운 돌풍이 불었다. 나는 몸을 떨며 살짝 우울에 빠졌고, 내 정신은 또다시 월터에게로 흘러갔다. 단순한 생각이었다. 그는 떠났고 다시는 돌아오지 않는다는 것. 그는 세상을 떠났다. 이제는 이층 내 침대 옆 협탁의 황동 단지에 담긴 잿가루일 뿐이었다. 이층은 부엌 위의 다락 공간에 불과했는데, 침대 머리판 위로 창문이 하나 있어서 밤에는 호수 위의 별들을 바라볼 수 있었다. 다락은 큰 무게를 감당하도록 지어진 곳이 아니었으므로 나는 거기에 침대와 협탁 외에는 아무것도 놔두지 않았다. 그 이상 무게가 더해지면 바닥이 무너지며 찰리와 내가 아래로 와장창 떨어질까봐 두려웠다. 밤에 찰리가 자꾸 뒤척이면 보가 삐걱거리는 소리가 들렸는데, 그렇다고 심각하게 걱정한 건 아니었다. 나는 러밴트에서 아주 잘 잤다. 그곳은 죽은듯이 조용해서 아비새 몇 마리만이 구구거릴 뿐이었다. 나는 애초에 생각한 것보다 더 오래 월터의 유골을 붙들고 있었다. 그걸 러밴트로 가져올 때는 호수—내 호수—에 뿌리면 되겠다고 생각했다. 그렇게 월터가 물속으로 산산이 흩어지면 언제나 거기에 머물며 내 발에 철썩철썩 부딪히고, 수영하는 나를 감싸고, 배를 타고 조그만 섬—내 섬—에 오갈 때면 수면을 스치는 내 손가락을 간지럽힐 거라고 생각했다. 하지만 여태 유골을 뿌리지 못하고 있었다. 곧, 곧 할 거야, 나는 속으로 말했다. 날씨가 더 따뜻해지면.

휘파람으로 찰리를 불렀다. 미끄러운 마른 솔잎 사이를 발로 헤집고 있는지 버둥거리는 소리가 들렸다. 찰리는 월터를 만난 적이 없다. 사실, 월터가 죽은 날 태어났는지도 모른다. 날짜를 정확히 세어보지는 않았지만 새삼 그럴듯하게 느껴졌다. 한 생명이 사라지고 다른 생명이 온다. 누가 그녀를 죽였는지는 아무도 모를 것이다. 나는 무엇이 월터를 죽였는지 알았다. 기억하기 즐거운 일은 아니었다. 먼리스 병원의 병동에서 간호사들이 측은하게 나를 내려다보고 의사들은 문가에서 어슬렁거리던 그 마지막 밤들. "이젠 언제라도," 그들은 내게 계속 그렇게 말했다. 마치 월터가 죽기까지 너무 오래 걸리고 있고, 나는 그날을 바라며 안달한다는 듯이. 애초에 죽음이 고대할 일이기라도 한 것처럼. 아니, 나는 그런 부류의 여자가 아니었다. 죽음을 고대하지 않았다. 나는 생명을 꽉 붙잡고서, 월터에게 아직 생명이 남아 있는 내내, 그의 손을 쓰다듬고 머리를 어루만지고 볼과 이마에 입을 맞춰주었다. 내가 말하면 그가 들을 수 있는지는 알지 못했지만, 월터가 죽어가는 동안 그에게 많은 말을 했다. 그게 내가 해야 할 일이라고 생각했다. 우리는 먼리스에서 사십 년 가까이 함께 살았다. 어떤 때는 말을 거의 안 하기도 했지만 앙심이 있어서가 아니라 그럴 필요가 없는 것 같아서였다. 우리의 정신은 하나였다. 서로를 알았다. 그런데 갑자기, 월터가 죽어가는 동안 나는 할말이 너무 많아졌다. 울었고, 기원했고, 원래 기도를 하는 사람이 아닌데도 기도했다. "오 제발 하느님, 하루만 더 주세요." 나는 그렇게 말하며 풀 먹인 흰 베개 위에 놓인 그의 머리 옆에 내 머리를 얹었다. 그의 수척한 몸에서 시큼한 화학약품 냄새가 퍼져나왔다. 그리고 날마다 내 기도에는 응답이 있었다, 그러다 응답이 끊겼던 그날까지는. 그때 그는, 다들 말하듯이, 더 좋은 곳에 있었다. 하지만 아예 가버린 건 아니었다. 그의 몸은 아주 고요하게 휴식을 취하며 거기 누워 있었다. 예전에 직장에서 힘든 하루를 보낸 뒤 가끔 그랬듯 수면제나 내 로라제팜을 한 알

먹은 것처럼. “저이는 그냥 자고 있나요?” 나는 간호사에게 물었다. 얼마나 어리석었는지. “늘 하던 대로 그이에게 그저 말을 하고 있었는데 저 기계가 작동하면서……” 나는 최선을 다했다. 내 힘이 닿는 데까지 재미있게 해주려 했다. 월터를 나와 함께 병실에 잡아두려고 무진 애를 썼다. 그가 병에 걸리기 오래전에 나는 말하곤 했다. “당신이 나 먼저 죽으면 꼭 신호를 보내줘. 어떤 방식으로든. 당신이 내 곁에 있다는 걸, 우리가 죽어서 가는 그곳이 어디든, 거기도 괜찮다는 걸 알려줘.” 월터는 내가 농담하고 있다고 생각했을 것이다. “그래, 그래, 베스타. 그럴게. 걱정 마.” 나는 병실에서 그에게 그 말을 상기시키려 했다. 병실 허공에 대고 말도 했다. 월터가 자기 몸을 떠나 침대 위 어딘가, 병원의 살균된 차가운 공기 중에 떠 있기라도 한 것처럼. 그다음 몇 분 사이에 그의 몸은 내가 전에 본 적 없는 모습으로 축 늘어졌다. 그의 손이 차가워졌다. 나는 정신이 아득해졌다.

이제는 찰리가 빠른 걸음으로 뛰어왔는데 입에 문 것은 내가 멀리 던져준 막대기가 아니라 쓰러진 소나무에서 썩어가던 붉은 나뭇가지였다. 부패해 문드러지기 직전의 깃털 같은 상태였다. “잘했어.” 나는 찰리에게 외치고 간식을 찾아 주머니를 더듬었다. 그런데 간식은 새벽 산책을 마치고 걸어둔 외투 안에 있었다. 지금은 땅에 쪽지를 눌러놓았던 검은 돌멩이들 사이에서 부스러졌을 게 뻔했다. 그녀의 이름은 마그다였다. 나는 고개를 저어 그 생각을 물리쳤다. 이제 할일은 다시 안으로 들어가 잠시 쉬고서 점심 준비를 시작하는 것이었다. 식재료가 얼마 남지 않았지만 다음날까지 버티면 월요일이 될 테고, 그때 시내에 나가 일주일 치 장을 보면 됐다. 나는 창틀에서 라디오를 내려 전원을 껐다. 찰리가 열린 문가에서 커다란 썩은 가지를 물고 서 있었다. 그걸 내려놓고 들어오고 싶지 않은 모양이었다.

"제 이름은 마그다였어요." 기독교인 청취자와 전화 연결을 하는 방송에 나오는 목소리를 상상했다. "누가 나를 죽였는지는 아무도 몰라요. 블레이크는 아니었어요."

"안녕하세요, 마그다." 지미 목사가 말할지도 모른다. "그런 문제를 겪으신다니 유감입니다. 오늘 당신의 목소리에서 깊은 슬픔이 느껴집니다. 이런 말이 위로가 될지 모르겠지만, 당신은 혼자가 아니에요. 하느님의 피조물은 모두 죽습니다. 죽음은 생명 주기의 자연스러운 일부이지 끝이 아닙니다. 잠시라도 그걸 상심할 일로 여기지 마십시오. 실례지만, 전화 거시는 곳이 어딥니까? 그리고 제가 어떻게 도와드리면 될까요? 혹시 질문이 있나요?"

"저기 자작나무 숲에 내 시신이 있어요. 예전에 걸스카우트 캠프였고 지금은 베스타 걸이 소유한 땅 건너편에요. 목사님이 제게 해줄 수 있는 일이 있을지 모르겠네요. 전 그저 전화나 해봐야겠다고 생각했어요."

"베스타 걸이라고 했나요? 무슨 그런 이름이 있죠?"

대답 없음.

"미시즈 걸이 듣고 계실지도 모르는데, 혹시 남길 말씀이라도 있습니까?"

"제발 절 찾으러 와주세요. 저는 이 숲에, 당신과 가까운 곳에 있어요. 아는 사람은 당신뿐이에요."

말도 안 되지.

내가 상상한 목소리는 나와 비슷했다. 정중하고, 죽음의 엄숙함을 띠면서도 노래하듯 경쾌한 목소리. 마그다는 좀더 신경질적이겠지. 죽은 여자라면 히스테릭한 게 당연해. 나는 그런 목소리를 나 자신에게 결코 허락하지 않았다. 월터는 내 얼굴에 조금이라도 안 좋은 기색이 나타나는 순간 그 기분의 싹을 잘라버렸다.

나는 고개를 젓고 냉장고를 열었다.

"찰리," 나는 말했다. "시내에 가자. 이 음식은 죄다 오래되어 역겹구나. 그리고 맛있는 커피를 한 잔 마시고 싶어. 머리가 핑핑 돌아."

그 말과 함께 나는 찰리의 발을 닦고 벽의 고리에서 외투와 핸드백과 찰리의 목줄을 내린 뒤 차에 올라탔다. 현관문은 잠그지 않았다. 그래, 잠그지 않을 거야, 바깥 숲에는 아무도 숨어 있지 않아, 나는 속으로 말했다. 의심이 위험을 부르지, 안 그래? 늘 부드럽고 행복한 상상을 해, 그러면 좋은 일만 일어날 테니. 숲에 숨어 있는 사람이 있다면 그건 마그다일 뿐이었다. 그런데 그녀는 죽었다. 여기 그녀의 시신이 있다. 그게 그리도 끔찍한가? 어디에나 죽은 것들은 있었다. 나뭇잎, 풀, 벌레, 하느님의 피조물은 모두 죽는다. 그리고 숲에 있는 죽은 것들, 다람쥐, 생쥐, 심지어 사슴과 토끼들 가운데 그 무엇도 발견된 적 없었다. 그 무엇도 땅에 묻히지 않았다. 그게 뭐가 그리 잘못됐지? 전혀. 하느님의 푸른 지구가 그런 거지, 나는 속으로 말했다.

우리는 차를 몰고 자갈길로 나가 흙길을 거쳐 17번 도로에 올라섰다. 자작나무 숲을 지날 때는 그쪽을 쳐다보지도 않았다. 그러고 싶지 않았고, 그럴 필요가 없었다. 나는 하고 싶지 않은 일을 할 필요가 전혀 없었다. 바로 그래서 여기로, 러밴트로 온 것이었다. 내가 원하는 일만 하기 위해서.

둘

베스매인 시내는 내 오두막집에서 16킬로미터 거리였다. 내 쪽 차창을 연 다음 찰리 쪽 창도 열었다. 나는 팔꿈치를 밖으로 뺐고, 주둥이를 밖으로 내민 찰리는 몰아치는 바람의 짜릿함에 절정을 느끼는 듯한 표정으로 눈을 감았다. 호수를 끼고 돌면서 유일한 내 이웃집의 풀이 무성한 진입로를 지났다. 도로가 급커브를 도는 곳에 있는 녹슨 우편함이 진입로의 표지였다. 컴컴한 소나무 숲이 17번 도로 바로 옆까지 펼쳐져 있는데, 나는 그 도로를 타고 동쪽으로 달리며 조그만 가게를 지났다. 그곳에는 주유기가 하나 있고 뜨거운 커피, 우유, 달걀, 살아 있는 낚시 미끼, 얼음 등을 판다는 간판들이 걸려 있었다. 내가 그곳에 간 횟수는 빙판길을 운전해 베스매인까지 가기에 너무 졸리고 걱정스러운 겨울날, 성냥이나 기본 식료품을 사러 들른 몇 번에 불과했다. 거기서 일하는 중년 남자는 과묵했고 심한 흉터가 있었다. 얼굴 왼쪽이 깊게 얽은데다 위아래로 긴 장방형 피부 조직이 얼굴 가운데를 카펫처럼 덮고 있었는데, 코 부분은 아래로 구멍이 두 개 나 있고 살짝 봉긋 솟은 살덩이에 지나지 않았다. 그 피부 조직이 어디서 왔는지 추측해보라고 한다면 나는 남자의 아래팔이라고 답했을 것이다. 그 아래팔은 피부 표면을 얇게 깎아낸 것처럼 보였고 햇볕에 그을려 있었으며, 그 주름진 모양새가 남자들의 팔에서 피부를 깎아낸다면, 꼭 깎아야만 한다면 말이지만, 그렇게 될 법한 모습이었다. 그 이상한 피부 조각은 이마 주위에서 봉합되어 복화술사의 인형처럼 양볼을 따라 입까지 내려왔다. 입은 여느 사람들보다 좀더 갈색이라는 점만 빼면 정상이었다. 턱은 문제가 없는지 평범했다. 그가 왼쪽으로 돌아 오른쪽 옆얼굴만 내보일 때는 잘생겼다고까지 할 만했다. 비록 덩어리진 코가 옆에서는 고양이 코처럼 보이긴 했지만. 오른쪽에서 보면 머리숱도 많고 이마와 눈구멍과 광대뼈가 섬세한 남성적 윤곽을 그렸으며, 멋진 한쪽 눈은 사려 깊고 총기가 있어 보였다. 세심히 빗은 머리칼이 눈에 띄었는데 아마도 재건된 듯 보이는 왼쪽의 이마선 때문에 더 신경을 쓴 것 같았다. 머리칼 가닥들이 자연스러운 방향으로 흐르지 않으면서 머리 모양이 기묘한 기하학

적 형태를 띠었다. 바닥으로 녹아내린 초 같은 그의 왼쪽 귀는 차마 볼 수 없었다. 그리고 코. 그건 정말 끔찍했다. 돈을 낼 때 그의 눈을 똑바로 보기가 힘들었다. "사냥 사고였어요." 그가 말했다. 그때부터 나는 어떻게 하면 사람이 사고로 그렇게 머리에 총을 맞을 수 있는지 궁금했다. 나는 총과 사냥에 대해 그리 많이, 아니 실은 전혀 알지 못했다. 소총. 산탄. 그런 말들을 듣기는 했다. 주변 지역에서 사슴을 사냥한다는 건 알았지만 러밴트에서는 금지였다. 자작나무 숲에서나 내 집 소나무 숲에서는 사슴이든 뭐든 사냥을 하는 사람이 없었다. 경고판도 붙어 있었다. 나는 차를 몰고 가면서 마그다가 사고로 죽었을 가능성은 없을까 생각해봤다. 모든 죽음이 살인은 아니니까. 하지만 진정으로 우연한 사고라는 게 있을까? 지미 목사는 전화를 건 청취자의 불안을 달래주려는 의도로 전적인 확신을 보이며 이렇게 선언할 때가 많았다. "하느님의 우주에서 우연히 일어나는 일은 없습니다. 모든 일은 이유가 있어서 생기죠." 그 해묵은 대사 같으니.

베스매인은 볼썽사나운 곳이었다. 트럭과 이동주택 하나 건너 하나마다 '매매' 표지가 붙었다. 누군가는 그런 곳을 삶의 터전으로 택한다니 어처구니가 없었다. 알루미늄 외벽을 붙인 값싼 조립식 주택에 살면서 아침마다 아이들을 학교에 보내고 차를 몰고 직장으로 가며—직장은 어딜까? 무슨 일을 하러 갈까?—

밤에는 집에 돌아와 소파에 앉아 텔레비전을 보는 삶. 그건 슬픈 상상이었다. 나는 가족들이 모인 저녁 식탁을 그려봤다. 깍지콩 냄비요리, 마카로니 앤드 치즈, 오렌지맛 탄산음료와 싸구려 맥주, 초콜릿 아이스크림. 그건 내가 원하는 삶이 아니었다.

세이브-라이트 매장 앞 주차장에 차를 세우고 찰리를 위해 창문을 살짝 열어두었다. "곧 돌아올게. 이제부터 짖지 마." 안으로 들어가서는 재빨리 신선식품 코너로 갔다. 선택의 범위가 넓지 않았고 나는 항상 똑같은 몇 가지만 샀다. 양파 한 개, 비프스테이크 토마토* 두 개(차갑고 빽빽했다), 미끌미끌한 오이 한 개, 양배추 한 통, 아이스버그 상추 한 통, 당근 두 개, 레몬 두 개, 사과 한 개, 오렌지 한 개, 붉은 포도 한 봉지. 서늘한 육류 코너 끄트머리에서는 닭 한 마리와 찰리를 위한 소뼈 한 팩을 샀다. 그다음에는 우유 한 통과 조그만 코티지 치즈 한 통. 그다음에는 커피와 제과점 옆 선반에서 여섯 개들이 베이글 한 봉지. 제과점에는 밝은색으로 장식한 생일 케이크들이 김 서린 유리 도넛 케이스 옆에 놓여 있었다. 나는 뚱뚱한 여자가 보관용기에서 작고 네모난 기름종이를 당겨 꺼내고, 유리 케이스의 불투명한 뚜껑을 연 다음, 초콜릿 입힌 도넛을 열두 개 정도 고른 뒤, 하나씩 종

* 대형 토마토 품종.

이봉투에 넣고, 손가락을 입으로 쪽쪽 빨고 나서 검은색 모직 코트에 닦는 모습을 지켜보았다. 단추를 채운 코트는 불룩 나온 배 주위에서 팽팽히 당겨졌고 뒷자락은 미어져서 솔기가 벌어졌다. 이는 내가 베스매인 나들이에서 주목하게 된 인간 유형이었다. 소처럼 몸집이 크고 뚱뚱한 여자들. 이들이 정크푸드로 가득찬 거대한 쇼핑카트를 밀고 매대 사이를 비틀비틀 걸을 때면 그 굵은 발목이 금세 꺾일 것처럼 보였다. 일요일 오후였다. 나는 여자가 혼자 위성방송을 보며 그 도넛을 다 먹지 않을까 생각했다. 낮시간 드라마에 자신을 투사하면서, 혹은 〈그 가격이 맞습니다〉*에서 새로운 식탁 세트나 보카행 여행권을 따기를 부질없이 바라며. 그 방송은 나도 먼리스에서 살 때 치과에 갔다가 한 번 본 적 있었다.

마그다도 그런 뚱뚱한 여자였을까? 내가 받은 인상은 그렇지 않았다. 여기 그녀의 시신이 있다. 나는 유연하고 구부정한 십대 소녀의 몸과 긴 검정 머리, 흰색 가죽 소매가 달리고 등에는 지역 스포츠팀에 대한 충성을 삐딱하게 인증하는 로고가 붙은 커다란 야구점퍼를 상상했다. 다리는 길어서 청바지가 깡뚱해 보

* 제시된 상품의 가격을 맞히는 경쟁을 통해 상금과 선물을 획득하는 미국의 텔레비전 쇼.

일 것이다. 청바지 밑단과 흰색 양말 사이에 맨살이 살짝 보인다. 운동화는 검은색이나 파란색이며 평범한 디자인이다. 더럽고 닳았지만 매력 있겠지, 나는 생각했다. 마그다는 하이힐을 신고 돌아다니며 자신이 승자에게 주어지는 상이라도 되는 양 구는 그런 여자애가 아니다. 그런데도 분명히 어딘가 특별할 것이다. 차분함이랄까, 그리고 타고난 거친 화려함. 마그다라는 이름으로 보아 확실히 이국적인 면도 있을 거다. 그런 면에서 나는 그녀에게 공감할 수 있었다. 우리 부모님도 전쟁중에 편집증과 이상한 신념을 지닌 채 이 나라로 왔으니까. 마그다의 부모도 이민자라고, 그게 아니라면 이곳 사람들 대부분과는 달리 자신들의 전통을 충실히 따랐을 뿐이라고 상상할 수 있었다. "이 아이 이름을 마그다라고 할 거야." 진정으로 미국적인 부모들은 자기 딸 이름을 그렇게 짓지 않을 것이다. 나는 이들도 내 부모처럼 동유럽 출신이라고 상상했다. 혹독한 겨울, 모피 모자와 숄을 착용하는 노부인들, 성당, 묽은 수프, 집에서 증류한 독한 술, 칙칙한 도시의 세계로 이루어진, 아니면 험한 농장과 가파른 산, 민가를 공포에 떨게 하는 떠돌이 늑대 등으로 이루어진 차가운 곳에서 온 차가운 사람들. 아마 마그다에게 러밴트는 고향을 상기시켰을 것이다. 마그다는 슈퍼마켓에서 보는 뚱뚱한 여자들과 싸구려 알루미늄 주택을 못마땅해하지 않았다. 그곳이 지난 과거와 고국의 슬픈 추억으로 그늘져 있기는 해도, 그래, 아름답다고 생각했다. 러밴트는 은신처, 휴식처 같았다. 한 세계에서 뽑혀나와 다른 세계로 던져지는 건 굉장히 긴장되는 일이다. 전통에 아무리 단단히 매달려도 뿌리를 잃고 만다. 나는 그것을 내 부모에게서 보았다. 전통은 사라진다. 음식, 명절, 의복. 사람은 동화하거나, 아니면 영원히 망명자처럼 살아간다. 불쌍한 마그다, 적응은 분명 힘들었을 것이다. 그래서 나는 그녀를 안다고 느꼈다. 나 역시 러밴트의 이방인이었다.

월터는 브레멘 출신이었다. 피곤하거나 아플 때는 독일 억양이 더 심해져서 w는 v가 되고 zo와 ziss*가 출몰했으며, 술에 취하면 쉭쉭 소리가 많이 섞이고 발음이 짧아졌다. "제발, 베스타, 잠이나 자." 아마 마그다가 자작나무 숲에서 살려달라고 애원할 때도 모국어가 나왔을 것이다. "Vie, vie?"** 그녀는 어디 출신이었을까? 부다페스트, 아니면 부쿠레슈티, 아니면 벨라루스? 이스탄불은 동쪽으로 너무 멀었다. 바르샤바, 아니면 프라하. 베오그라드?

내 부모는 아드리아해를 면한 소도시 발투라 출신이었다. 전

* 영어 'the'와 'this'의 독일식 발음.

** 'vie'는 벨라루스어로 '너'를 뜻하는 단어와 발음이 같다.

쟁이 본격적으로 시작되기 전에 땅을 판 농부였던 그들은 아무 계획도 없이 배를 타고 왔다. 나중에 나를 가졌고 호스네크의 평지 지방에서 나를 키웠는데, 그곳에서 우리를 제외한 이민자는 중국에서 온 한 가족뿐이었다. 그렇다고 내가 그걸 크게 신경쓴 건 아니었다. 나는 학교에서 잘 어울렸다. 모두가 가난할 때 작은 차이들은 그다지 중요하지 않다. 호스네크 사람들이나 고등학교 시절에 우리 가족이 이사간 신스크리크의 사람들은 소탈했다. 나는 행복한 유년을 보냈고, 부모님은 내가 얼마나 운이 좋은지 잊게 하지 않았다. 그들에게는 나 이전에 아들이 하나 있었는데 발투라에서 익사했다. "당신은 빈농의 삶을 모면한 거야." 월터는 내 부모를 처음 만났을 때 내 상황을 그렇게 설명했다. 결혼 약속을 하고 나서 우리는 신스크리크의 조그만 아파트로 내 부모를 만나러 갔다. 아주 근사한 기억은 아니다. 월터와 좀 더 편안한 삶을 살기 위해서는 내 뿌리를 버려야 한다는 사실을 나는 명확히 깨달았다. 쉬운 선택이었으나 슬픈 선택이기도 했다. 우리는 둘 다 아이를 낳아 일을 복잡하게 할 필요는 없다고 동의했다. 둘 다 아이를 원하지 않았다.

마그다가 내 딸이었을 수도 있겠다, 나는 잠시 생각했다. 그 아이가 아주 늦게, 너무 늦게 생긴 요행, 사고, 기적의 아기였다면 그 나이도 말이 안 되지는 않았다. 사실 그런 식이 아니라면 내가 아기를 가졌을 리 없었다. 월터는 내게 피임약을 먹지 못하게 했다. 피임약이 여자의 완전성을 무너트린다고 말했다. 우리에게는 나름의 방법이 있었고, 나는 월터가 알아서 하게 했다. 지저분했지만 내가 생각할 수 있는 그 어떤 대안보다 나았다.

나는 나의 이 딸을 반항적으로 획 돌아서서 먼리스의 옛집 계단을 달려올라가는 사춘기 소녀로 그려볼 수 있었다. 아이의 방에 바른 예쁜 벽지는 한 면이 뜯겨나갔고, 이런저런 쪽지와 여러 컷이 일렬로 찍힌 즉석사진들과 엽서들이 그 벽에 붙어 있거나 화장대 위 거울 틀에 꽂혀 있으며, 화장대 위에는 껌종이와 오래된 카세트테이프와 모서리가 접힌 뱀파이어 미스터리 소설과 탐정소설, 녹슨 스위스아미 칼, 먼지 쌓인 커다란 솔방울, 값싼 오렌지색 립스틱 등이 어지럽게 널려 있는 모습도 상상할 수 있었다.

"귀찮게 하지 마." 내가 방문을 두드리면 책을 읽던 아이가 웅얼거리며 그렇게 말하는 모습도 그려졌다. 나를 엄마라고 부르며 마를 길게 늘어뜨려 짜증을 드러내는 모습도 상상할 수 있었다. 찰리가 말을 배울 수 있다면. 언제나 나는 내 이름이 아닌 다른 호칭으로 불리기를 바랐다. 베스타, 미스 레시, 미시즈 걸 말고 다른 호칭.

내 머릿속에서 마그다의 얼굴은 여전히 매끄러운 검은 머리칼의 커튼 뒤에 숨겨져 고요한 자작나무 숲의 부드러운 땅에 처박혀 있는 것만 같았다. 아마 애벌레와 구더기가 입술 위로 기어올라가 입으로 들어갔을 것이다. 그런 것들을 입안에 가득 넣고 어떻게 말을 할 수 있을까? 게다가 내게 무슨 말을 하고 싶은 걸까? 그녀의 시신이 모든 걸 말해주겠지, 나는 추측했다. 손톱에는 짙은 빨간색 매니큐어를 칠했을지도 모른다. 가짜 다이아몬드 귀걸이를 걸고 있을 것이다. 생일선물로 받았겠지. 분명 그녀를 흠모하는 누군가가 주었을 테고. 나이 많은 남자. 블레이크는 아니다, 아직 어린애이고 그녀에게 다이아몬드를 사줄 만한 사람은 아니었을 테니까. 숲 바닥에 펼쳐진 그녀의 머리칼은 이제 낙엽과 유기물 잔해와 뒤섞여 축축하겠지만 나는 그게 아직도 윤기와 생기가 있어 보일 거라고 상상했다. 그렇게 어린 소녀, 열아홉이나 됐을까? 잘해봐야 열아홉 살 반. "마그다." 나는 혼자서 혀를 끌끌 찼다. 네가 죽어야 했다니 안타깝구나. 이 얼마나 멍청하고 잔인한 세상인가. 하지만 그건 실제 세상처럼 느껴지지 않았다. 내 세상은 아니었다. 마그다의 세상은 멍청하고 잔인했다. 내 세상은 그 속에 품고 있는 의문의 쪽지만 아니라면 잠잠하고 느긋했다. 월터는 내게 전쟁 이야기를 해줬는데 그건 뱀파이어 소설보다 더 끔찍했다. 그 이야기들도 전혀 실제 같지 않았다. 누구든 아직 살아야 할 삶이 더 남아 있다고 느끼는데도 준비되지 않은 순간에 죽어야 한다는 건 바보 같고 잔인했다. 월터는 죽을 준비가 되어 있었지, 나는 생각했다. 의도적으로 죽은 거나 다름없었다. "이제 지겨워, 어서 끝내버리자." 그게 그의 태도였다.

세이브-라이트 매장 안을 어슬렁거리는 이 우중충한 젊은 암소들, 늘 먹기만 하고 퉁퉁 부은 거대한 손에서 튀어나온 뭉툭한 손가락으로 빨래나 개는 이 처량한 어머니들의 죽음은 누구나 상상할 수 있을 것이다. 그들에게 삶은 아무 효력 없는 허튼소리처럼 느껴지겠지. 그들은 자기 힘으로 생각이란 걸 하기는 할까? 그들은 왜 그렇게 멍청해 보일까? 반쯤 잠든 채 여물을 씹다가 도살되는 가축처럼. 그런 여자들이 내 자작나무 숲에서 목 졸리고 맞아 죽은 뒤 썩어 문드러지거나 늑대에게 먹히는 걸 상상하며 나는 측은함을 느끼지 않을 수 없었다. 물론, 여자라면 존엄을 지키며 안식에 들어야지. 어디에 살든, 어떻게 살든 상관없이. 내가 죽거든, 나는 갑자기 회한을 느끼며 생각했다, 사과나무 아래에 묻어주기를. 나는 그 생각에 휩쓸렸다. 그러다 우스꽝스럽게 느껴졌고, 듣는 이가 아무도 없으니 실제로도 우스꽝스러웠다. 나는 혼자서 킬킬거리며 손가락으로 흰머리를 쓸어넘겼다.

마그다가 아주 예쁠 리는 없어, 나는 논리적으로 따졌다. 아주 예쁜 사람이 사라졌다면 다들 찾으러 다녔을 것이다. 물론, 따라

다니는 애들은 있겠지. 십대 소녀들에게 그 정도는 다 있으니까. 나는 마그다를 염려했을 것이다. 밤에 외출해서 나무 위 집에 올라가 담배를 피우거나 페인트를 흡입하곤 해서 말이다. 애들이 이런 짓을 한다는 사실은 그전 주 식료품점에 줄을 서 있는 동안 잡지를 읽다가 알게 됐다. 하지만 마그다는 아주 인기가 많거나 많은 사랑을 받지는 못했을 것이다. 마그다의 실종을 알아챈 사람이 아예 없었을 수도 있다. 러밴트 사람들은 그녀의 부재를 기꺼이 무시했을지도 모른다. 마그다의 어떤 면이 그들에게는 보기가 힘들었을 수 있다. 골칫거리이자 왠지 거슬리는 부담스러운 인물이었을 수 있지만, 정확히 무엇 때문인지는 다들 설명하기 힘들 것이다. 마그다가 없다는 사실을 문제삼는 사람은 아무도 없을 것이다. 언제든 이름만 부르면 다시 데려올 수 있다는 듯이, 그리고 모두가 지금은 그녀가 사라져서 기쁘다는 듯이. 벨라루스에 있는 마그다의 부모님은 딸의 불행과 불평에 질린 나머지 애초에 그녀가 떠난 걸 다행스러워했다. 그들이 딸을 내쫓았다고 나는 상상했다. "넌 머리나 빗고 창가에서 담배나 피우지, 달리 하는 게 없잖아." 마그다의 어머니가 냄비의 수프를 저으며 말했을지도 모른다. "가서 일자리를 찾아. 학교가 그렇게 싫으면 나가서 뭐라도 하란 말이야." "고마운 줄도 모르고. 넌 네가 텔레비전에 나오는 매춘부들과 달라서 힘들게 산다고 생각하니? 못생긴 여자는 정직한 남편을 만나는 법이야. 네가 미인이 아닌 걸 하느님께 감사해." 혹은 자두로 만든 브랜디든 뭐든 마시고 취한 아버지가 화면이 거친 텔레비전 앞에 놓인 태피스트리 직물 소파에 앉아 레이스 덮개를 깐 오래된 탁자를 앞에 두고 이렇게 말했다. "내 집에서 나가, 마그다. 그 꼬락서니를 참고 볼 수가 없구나. 보면 속이 울렁거려. 여기서 우리와 사는 게 그렇게 비참하면 미국으로 가. 가서 맥도널드에서 일하란 말이야." 어쩌면 마그다가 사라진 걸 염려하는 사람은 나뿐인지도 몰랐다. 블레이크는 쪽지를 놔둘 만큼은 염려했지만 그게 진짜 염려일까? 내 친구가 자작나무 숲에서 죽었다면 나는 분명 쪽지 쓰기 이상의 행동을 했을 것이다. 그래서 그렇게 할 작정이었다. 그 자리에서 즉시 결정했다, 더 행동하겠다고. 널 구하러 갈게, 마그다, 나는 머릿속에서 말했다. 수프 캔과 시리얼 상자들이 즐비한 매대 앞을 서성거리는 동안 내가 '정신 공간'에서 그토록 분주히 움직이는지는 아무도 알아차리지 못하는 것 같았다. 슈퍼마켓 안에는 나를 주목하는 사람조차 없는 듯했다.

계산대 앞에 줄을 서서 이 도시 주민들을 둘러보았다. 그들 중 누구든 마그다를 안다 해도, 그녀를 염려한다 해도, 그녀가 사라졌다는 사실을 알아차리지는 못했다. 마그다는 직장에 나타나지 않았다. 데이트하러 갔을 수 있다고, 블레이크를 만난 거라고,

그런데 둘이 어떤 문제에 맞닥뜨린 거라고 가정해봤다. 또 블레이크로군. 마그다의 시신을 외따로 방치하다니, 어쩌면 그렇게 뻔뻔할까. 그가 어떤 식으로든 관련된 게 분명했다. 내가 범죄 전문가는 아니지만 블레이크가 용의자라는 것, 그 점만큼은 알 수 있었다. 그는 마그다의 시신을 접한 적이 있었다. 뭔가를 알고 있었다. 나는 아니다. 그 부정의 말 때문에 그는 오히려 두려움과 피해망상에 시달리는 사람처럼 보였다. 그리고 피해망상에 대해 내가 조금이라도 아는 게 있다면, 그건 죄책감과 후회에서 비롯된다는 사실이었다. 언제나. 월터와 문제를 겪었을 때 그에게서 또렷이 보았다. "당신은 제정신이 아니야." 죄책감을 느끼는 사람들은 그렇게 말한다. 그들은 상대의 질문을 막아버린다. "피해망상이로군." 월터는 우겼다. 죄책감을 느끼는 사람들은 상대의 주의를 자꾸 다른 데로 돌리려 한다. "우린 그저 대화를 하고 있었어! 난 그 여자를 도우려 했을 뿐이야!" 그는 강한 독일 억양으로 말했다. 아무도 그 여자를 찾지 못할 것이다. 블레이크는 뭔가에 죄책감을 느꼈고 그게 살인인지 방치인지 바보짓인지, 그건 아직 알 수 없었다. 어떤 행동을 취해야 한다면 무엇보다 그 소년을 찾아야 했다. 내게는 조사를 벌일 자료가 거의 없었다. 하지만 그 도시는 작았고, 블레이크란 녀석은 글을 읽고 쓸 줄 알았다. 적어도 그만큼은 알 수 있었다. 그리고 그는 누군가가 살았는지 죽었는지 알 만큼의 상식은 있는 사람이었다. 마그다의 손목이나 목에 손을 대봤을 것이다. 블레이크가 그녀의 심장이 뛰기를, 혹은 뛰지 않기를 바라며 얼마나 오래 기다렸을지 궁금했다. 맥박이 뛰지 않은 채 삼 분이 지나면 사람이 죽는다는 사실을 나는 알았다. 하지만 라디오에서 들은 이야기들이 기억났다. 몇 시간, 심지어 며칠이 흐른 뒤 다시 살아난 사람들의 이야기. "예수님은 돌아가시고 땅에 묻히셨다가 사흘 만에 다시 일어나셨습니다." 지미 목사가 말했다. 그런데 죽었다는 건 실제로 어떤 의미일까? 맥박이 멈추고서도 몇 분 동안 여전히 살아 있다면, 살아 있다는 지표가 반드시 심장박동은 아니라는 뜻이다. 심장이 기준이 아니다. 심장이 죽은 뒤에도 다른 장기는 계속 살아 있다. 그러면 삶과 죽음의 경계는 어디일까? 심장이 박동을 멈출 때 죽는 것은 뇌다. 그래, 그건 진실이다. 뇌는 산소가 필요하고 심장과 폐가 산소를 공급한다. 그리고 뇌가 없으면 정신도 없다고 의사들은 말한다. 뇌가 죽으면 그 사람은 없어진 거라고, 정신은 끝난 거라고 말이다. 하지만 의사들이 틀렸다면? 정신 공간이 뇌가 만든 무엇이 아니라면, 사후에도 계속된다면? 오, 나는 온갖 이론들을 상상해가며 끝도 없이 빠져들 수 있었다. 때로는 속으로 묻곤 했다. 월터, 이 모든 걸 당신도 듣고 있어? 그는 여전히 나와 정신 공간을 공유하며 저 위에 있을까?

러밴트에서 새로운 삶을 사는 나, 숲속에서 개를 키우며 사는 독신의 노파인 나를 볼 수 있다면 그는 어떤 생각을 할까? 월터는 늘 개를 싫어했다. 개를 싫어하는 남자를 어떻게 사랑할 수 있었을까? 우리는 저마다 기벽과 문제를 안고 살지, 나는 속으로 말했다.

그러니까, 마그다의 심장이 멈췄더라도 피부와 손톱과 심지어 치아까지 여전히 살아 있는지도 모르는 일이었다. 나는 손목시계를 보았다. 벌써 열한시 가까이 됐다. 피부 세포는 얼마나 오래 살아 있더라, 열두 시간? 마그다는 어제 살해됐을까? 아니면 자정 넘어서? 아니면 며칠 전에? 오직 그녀의 시신만이 대답해주겠지. 그런데 원래 있던 숲길에서 끌려나간 시신이 어디로 갔는지 누가 안담? 어쩌면 동물이 물고 갔을 수도 있다. 곰이 혈흔이든 뭐든 전혀 남기지 않은 채 사람을 통째로 끌고 달아날 수 있나? 자작나무 숲으로 돌아가 시신의 증거를 찾아 좀더 둘러볼 수도 있었지만 겁이 났다. 죽음은 생각만 할 때는 괜찮더라도 지나치게 가까이 가면 내가 어떤 식으로든 감염될 거라는 느낌이 들었다. 죽음이 나를 변화시킬 거라고. 월터의 시신은 끔찍했고, 그래서 나는 그의 죽은 모습도 아주 오래 보지는 못했다. 그의 몸이 거기 있고, 한순간 그는 그 안에서 살아 있었는데, 다음 순간에는 아니었다. 그저 무시무시할 뿐이었다. 피가 낭자하고 몸이 문드러진 마그다를 발견했다면 나는 신경발작을 일으켰을 것이다. 그런 일을 겪으면 내 정신이 망가질지도 몰라, 나는 생각했다, 미쳐버릴 수도 있어. 그런데 그럴 형편이 아니었다. 찰리를 돌봐야 했다. 텃밭의 식물도 이미 자라고 있었다. 게다가 내가 뭐라고? 나는 그저 한 사람, 일흔두 살 먹은 여자일 뿐이었다. 정말인가? 내가 그렇게 늙었다고? 나만의 문제도 있었다. 나만의 계획과 나아갈 길이 있었다. 배를 저어 섬에 가야 했다. 저녁식사로 뭔가 만들어야 했다. 책을 읽고 비질을 하고 찰리의 털을 빗고 벼룩을 잡아줘야 했다. 마그다와 블레이크는 내 문제가 아니었다.

그렇지만 내게는 쪽지가 있었다. 바로 그 쪽지가 문제였다. 이제 그건 증거였고 내 수중에 있었다. 무슨 일이 일어난다면, 경찰이 개입한다면, 나는 그들 앞에 나서야 할 것이다. 자백을 해야 할 것이다. "그래요, 내내 내가 갖고 있었어요." 그러고는 거짓말을 하겠지. "이 밑에, 이 많은 종이 아래에 있었죠. 아, 난 늙은 할머니예요. 자꾸 깜빡깜빡 잊어요. 이젠 글자도 잘 안 보이고, 이것도 그냥 쓰레기라고 생각했어요." 누가 그 말을 믿겠는가? 경찰은 나를 감옥에 가둘 것이다. 범죄의 증거를 감추는 행위 그 자체가 범죄다, 그렇지 않나? 그 쪽지가 나를 공범으로, 심지어 용의자로 만들었다. "이상한 여자, 이름이 묘한 외지인." "러밴트에는 왜 오셨죠?" 경찰은 내가 여기 오두막집으로 이사한 직후에 그렇게 물었다. 알고 보니 지역 주민 중에 경찰이 가장 재수없었다. 그들은 양손을 옆구리에 올리고 문가에 서서, 마치 내가 자기들에게 위협이라도 되는 양 굴었다. 이들은 나를 겁주려고 내 집에 왔구나, 나는 생각했다. 내게 러밴트의 문화를, 말하자면, 주입하려고.

"여긴 겨울이 춥습니다. 카운티에서 최선을 다해 도로를 치우지만, 할머니 같은 분은 조심하셔야 합니다. 이제 무슨 일이 생기면 저희에게 즉시 연락하세요, 아시겠죠?" 그들은 나를 "미스 굴"이라고 불렀다.

"걸," 나는 말했다. "바닷새*처럼 말이에요." 그런 다음 이런 말로 그들을 누그러뜨릴 수 있다고 생각하는 사람처럼 덧붙였다. "하지만 그냥 베스타라고 부르세요."

"집 전화는 연결하셨어요, 할머니?"

나는 당장 연결하겠다고 말했지만 그뒤로 일 년이 지나고도 하지 않았다. 전화기는 필요하지 않았다. 전화 걸 상대도, 내게 전화할 사람도 없었다. 하지만 그때 그 경찰관들은 끈질겼다. "그나저나, 이상한 사람들과 동거하실 건 아니죠? 세입자를 들이거나? 세입자와 관련해서는 특별 조례가 있어요. 집을 호텔처

---

* 갈매기(gull).

럼 임대하시면 안 됩니다. 그건 아시겠죠, 그렇죠? 카운티의 규칙이 엄격해요." 나는 고개를 저었다. 내 오두막집에 찾아오는 사람은 잡역부들뿐이었다. "남자친구 같은 건 없어요?" 나는 킬킬 웃고는 괜히 그랬다고 후회했다. "접근하는 사람은 없었죠? 뭐든 수상한 점이 있으면, 누가 할머니와 접촉하려 하면 명심하세요. 이 근처 사람들은 자주 말썽을 일으켜요. 대개 젊은이들이 문제가 많죠. 술 마시고 멍청한 짓을 하니까. 게다가 사제 마약도 문제고요. 할머니가 관여하실 필요는 전혀 없지만요. 그냥 알고 계세요. 여기가 경치가 좋은 곳이긴 해도 딱히 은퇴자를 위한 동네라곤 할 수 없거든요." 그들이 말했다.

나는 그들이 무슨 말을 하는 건지 알았다. "험한 시절이죠." 나는 고개를 끄덕이며 말했다. 그리고 찰리의 목걸이를 붙잡고 서서 경찰관들이 늘어놓는 말을 들었다.

"뭐든 이상한 걸 보시면, 누군가 무슨 부탁을 하면……"

"무슨 부탁요? 이웃 간의 친절도 금지인가요?"

"놀라실 건 없습니다." 그들이 말했다. "그냥 명심하세요. 이 땅이 그렇게 싸게 팔린 데는 다 이유가 있습니다."

"고마워요." 나는 그들이 말을 끝냈을 때 그렇게 대꾸하고 문을 닫았다.

그후 범죄가 일어났다는 얘기는 듣지 못했다. 러밴트에서 만일 년을 사는 동안 내가 본 최악의 사건은 자동차 사고 단 한 건이었다. 운전자가 17번 도로의 나무에 충돌했다. 나는 차를 몰고 사고 잔해를 끌어올리는 견인차 옆을 지나갔었다. 하지만 그게 다였다. 애초에 나는 그 경찰관들이 마음에 들지 않았다. 푸석하고 늘어진 얼굴들, 내 집과 개인 공간을 훑는 눈, 벨트에 달린 권총, 번쩍이는 배지, 내 땅이 자기들 소유인 양 거들먹거리고 돌아다니는 그 태도가. 그들은 내게 그 캠프장을 살 현금이 있었다는 사실을 질투하고 있었다. 그곳은 최상급 토지였고 내가 그것을 헐값에 사들인 것이다. 러밴트나 베스매인 주민 중에 아무도 그 땅을 살 능력이 없다면 내가 그곳을 폐허가 되지 않게 살려냈으니 그들은 좋아해야 마땅했다. 어쨌거나 나는 세금을 내고 있었고, 그 경찰관들은 결국 나를 위해 일하는 사람이었다. 아니, 그들에게 쪽지 얘기는 하지 않겠다. 호수 바닥에서 마그다의 시신이 건져올려지더라도 쪽지를 태우고 재를 묻어버려야겠다. 지역 신문에서 인터뷰하러 오면 충격과 두려움에 몸서리치는 척할 테다. "믿을 수가 없네요." 기자에게 말하겠다. "그런 일이 여기서, 내 호수에서 일어날 수 있다니…… 아뇨, 아무것도 보지도, 듣지도 못했어요. 그랬다면 곧바로 경찰서로 갔겠죠."

장 본 식료품을 자동차 뒷좌석에 싣고 도서관으로 차를 몰았다. 나무에 관한 책 한 권과 서부 개척시대 여자들에 관한, 내게 너무 멜로드라마 같았던 두꺼운 소설책 한 권을 반납했다. 열람실의 공용 컴퓨터 중 한 대를 어느 커플이 차지하고 있었다. 내 짐작으로는 이십대 초반 같았지만 이 지역 사람들은 대체로 실제 나이보다 열 살은 늙어 보였다. 심지어 아이들도 몹시 찌들고 퉁퉁해서 애늙은이 같았다. 이상할 것도 없지, 나는 생각했다, 그애들을 먹이는 여자들이 어떤 부류인지 생각하면. 내가 본 아이들에게는 바깥에서 즐길 오락거리가 없었다. 놀이터도 없고 학교에 정글짐도 없었다. 먼리스에서는 학교 옆에 공원이 있었고 가는 곳마다 아이들이 몰두할 거리—식당의 크레용, 동전을 넣고 타는 승마기구, 심지어 체험 동물원까지—가 있었다. 우리에게 아이가 있었다면 먼리스에서 잘 자랐을 테지만 그런 건 애초에 가능하지 않았다. 생각해봐야 아무 소용 없지. 나는 일어서서 번득이는 화면 앞에 바짝 붙어 앉은 두 젊은이를 바라보았다. 그러다 그쪽으로 걸어가 희미하게 켜진 화면 앞의 빈 의자를 끌어내고 목청을 가다듬었다. 전원 버튼이 어디 있나 둘러보았지만 찾을 수 없었다.

"실례해요." 나는 말했다. "이거 어떻게 켜는지 알아요?"

여자애—치아 교정기, 눈꼬리에 깊은 주름이 팬 눈, 극히 얇은데도 어쩐지 도톰한 입술—가 깡마른 팔을 내 허벅지 너머로 휙 뻗어 회갈색 마우스를 젤리 같은 더러운 마우스패드 위에서 딸깍 눌렀다. 컴퓨터 화면이 살아나며 별무리 문양이 나타나 언젠가 〈내셔널 지오그래픽〉에서 본 북극광처럼 소용돌이치고 있었다. 화면 위로 아이콘 몇 개가 깜빡이며 나타났다.

"고마워요, 아가씨." 내가 말했다.

"넵." 여자애가 대답했다.

인터넷을 찾고 있었던 나는 어찌어찌 마우스를 클릭해 브라우저 창을 열고 컴퓨터 수업에서 배운 대로 지식 검색 사이트 '지브스'의 주소인 www.askjeeves.com을 입력했다. 월터가 아직 좋은 아이디어를 낼 수 있을 만큼은 살아 있었으나 이미 병들었던 시절에 그의 권유로 등록한 수업이었다. "미래를 포용할 필요가 있어." 그가 말했다. "바깥세상에 뭐가 있는지 알아나가. 내가 가고 나면 여태 우리가 해온 대로 계속 이런 케케묵은 것들을 붙들고 살 필요는 없어. 당신은 잘 살아갈 거야. 하지만 어느 정도 노력은 해야 해, 베스타. 게을러서는 안 돼." 그는 확실히 병을 진단받고 나자 나를 아끼고 배려하게 됐다. 그전까지 나에 대한 배려는 가장이었는지도 모른다. 자신이 집 밖에서 뭘 하고 다니는지 내가 알지도 모른다는 생각에 내 관심을 다른 데로 돌리려고 말이다. 그는 거의 집에 없었다. 바로 그래서 나는 그가 병들어 있는 게 더 좋았다. 그는 오래도록 나를 무시했었는데, 그러다 갑자기 내게 딱 달라붙었다.

컴퓨터 수업의 강사는 삼십대 남자로 내 눈에는 아이나 마찬가지였으나, 무척 상냥한 말투로 나를 다독이면서 빛나는 화면 위로 손가락을 짚어가며 어디를 클릭하고 어디를 드래그할지, 어떻게 삭제하고 선택하고 검색하는지를 알려주었다. 그래서 나는 러밴트의 도서관에서도 순조롭게 인터넷에 접속해 내 질문에 대한 답을 찾기 시작했다.

가장 먼저 알고 싶은 건 마그다가 실제 인물인지, 존재한 적이 있는지였다. 지역 신문에서 그녀의 부고 기사라도 찾기를 기대하는 마음도 있었다. "마그다는 죽었나요?" 나는 지브스의 검색창에 물었다. 626,000개의 웹페이지가 나왔는데, 맨 앞의 여남은 페이지는 아주 잘나가는 남성 밴드인 듯한 이들의 젊은 영국인 팬이자 그 그룹에 대한 '블로그'에 모든 것을 쏟던 한 소녀가 어느 날 아침에 스쿨버스를 기다리다 급사한 비극적 사건에 관한 것이었다. 그 소녀는 겨우 열여섯 살이었다. "마그달레나 서블링샤는 쓰러졌고 이내 사망했다." 음, 그건 도움이 되지 않았다.

'마그다'에 관한 웹페이지 세 개가 더 눈길을 끌었다. 첫번째는 마그다 가보르. 그녀는 자자 가보르*의 언니로, 죽은 지 이미 이십 년이 넘었다. 말년의 삼십 년 동안은 뇌졸중 때문에 거동이

* 헝가리 출신 미국 배우(1917~2016).

불편했다. 불쌍한 여자. 남편이 여섯 명. 헝가리인, 배우, 사교계 인사, 그게 뭔지는 모르겠지만. 그리고 그 여동생. 당연히 이 사람은 내가 찾는 마그다가 아니었다.

다음 마그다는 상당히 성공한 듯한 이탈리아인 오페라 가수였다. 마지막 공연작은 여성 일인극 오페라였는데, 그래서 나는 그녀가 여성의 힘이나 자기 목소리를 내려는 여성의 욕구 등을 잘 알았다고 느꼈다. 굉장한 용기였다. 이런 사람이 진정한 개척자였다. 바로 전에 반납한 따분한 소설 속에 나오는, 앞치마를 두르고 소젖을 짜는 깡마른 여자들이 아니라. 노래하는 이 마그다는 백네 살까지 살다가 지난 9월에야 죽었다. 불쌍한 마그다 올리베로. 그녀는 다른 이들보다 훨씬 그 이름의 가치를 드높였다는 생각이 들었다.

죽은 마그다 중 내가 찾은 마지막 인물은 마그다 괴벨스*였다. 그 여자에 관해서는 읽을 필요가 없었다. 내게 악몽을 꾸게 할 것이 있다면 그건 바로 이 마그다의 이야기였다. 나는 마우스를 클릭해 창을 닫았다.

러밴트의 전화번호부는 봐도 아무 소용이 없었다. 나는 마그다의 성을 몰랐다. 그래서 지브스에 "마그다라는 이름을 가진 사

* 나치 독일의 선전 장관 요제프 괴벨스의 아내(1901~1945).

람이 러밴트에 사나요?"라고 물었더니 텍사스주 루벅에 사는 마그다 러밴트라는 흑인 여성이 나왔다. 그래서 "러밴트에 사는 마그달레나라는 사람은요?"라고 물으니 캘리포니아주 출라 비스타에 매물로 나온 주택 목록으로 안내됐다. 그건 맞지 않았다. 옆자리 컴퓨터에 있던 커플이 펜과 종이—작문 연습장이었고 스프링 제본은 아니었다—를 챙겨 깜빡이는 화면을 그대로 둔 채 떠났다. 그쪽을 슬쩍 보았더니 지역의 낙태 시술 병원 홈페이지가 열려 있었다. 마그다 괴벨스로군, 나는 생각했다. 그 여자는 자신의 여섯 자녀를 독살했는데, 무엇을 위해서 그랬을까? 재판에 넘겨진 어머니를 보는 고통을 겪지 않게 해주려고? 나는 뉘른베르크를 생각했고, 라디오에서 전쟁과 히틀러와 나치에 관한 내용이 나올 때마다 월터의 목이 가래로 그르렁거리던 일을 떠올렸다. 그는 기침을 하며 캑캑거렸다. "그 몹쓸 것 좀 끄란 말이야!"

찡한 슬픔. 월터가 여기에 있다면 쪽지를 어떻게 처리해야 할지 알겠지. 미정 조항도 의심도 공포도 없는 확실하고 고정된 이론을 세우겠지. 월터는 만사에 확신이 있어서 좋았다. 나는 그게 그리웠다. 우리는 마음이 항상 맞지는 않았지만, 자신감과 신념은 틀린 답도 옳은 것으로 바꿀 수 있는 것 같았다. "논리를 이용해, 베스타." 내가 뜬구름 같은 견해를 표현하면 그는 그렇게 말했다. "이거 아니면 저거야. 결정을 하고 밀고 나가. 당신은 머릿속 놀이에 너무 시간을 허비한다고. 모래놀이통 같아. 모든 게 손가락 사이로 빠져나가고 구체적으로 잡히는 건 없지."

나는 인터넷 창을 닫았고, 다시 북극광이 나타났다. 모든 것이 환영 같고 불길했다. 열람실은 텅 빈 채 컴컴했고 커다란 전망창 밖에서는 구름이 짙어졌다. 나는 극심한 소외감과 외로움을 느꼈다. 스쳐지나가는 슬픔, 그게 다였지만, 그 순간에는 괴벨스와 아까 그 여자애 뱃속에 든 조그만 태아가 떠오르며 두려움에 얼어붙었다. 내 기분이 그렇게까지 나빠지는 일은 흔치 않았다. 세이브-라이트에서 도넛을 사던 그 뒤뚱뒤뚱한 여자처럼 몸이 백 킬로그램은 무거워진 느낌이었다. 숨도 잘 쉴 수 없었지만 다시 몸을 돌려 컴퓨터를 바라보았다. 자주색 쿠션을 씌운 회전의자가 삐걱거렸고, 사서가 책상 뒤쪽의 밀실로 사라졌다. 다행스러웠다. 그런 상태로 남의 눈에 띄기는 싫었다.

하지만 겉으로는 완벽히 정상으로 보였을 거라고 생각한다. 음, 내 나름의 정상. 이곳 러밴트에서 나는 여전히 조금은 이국적으로 보였다. 사람들은 다들 혈색이 불그레하고 피부가 창백한 게 아일랜드계 같았는데, 그들과 비교하면 나는 늙은 집시처럼 보였다. 나 같은 얼굴은 찾아볼 수 없었다. 컴퓨터 화면 위로 별이 빛나는 검은 하늘에 비친 나를 보았다. 나는 아직 나, 원래의 아름다움과 기묘함을 그대로 간직한 베스타였다. 월터가 저녁 식탁에서 마주앉아 가끔 하던 장난이 있었다. 옆으로 치워둔 책을 아무거나 집어들어 코끝을 포함해 내 얼굴의 아래쪽으로 반을 가리고는 이렇게 말했다. "숨막히게 아름답군!" 그리고 그 말은 옳았다. 내 눈과 그때는 검고 부드러웠던 머리칼, 광대뼈와 눈구멍의 윤곽, 높은 코, 놀랍도록 푸른 눈동자까지, 나는 아름다웠다. 젊을 때는 도시에서 거리를 걸으면 사람들이 나를 불러 세웠다. 옷차림도 독특해서 사람들은 내 모습을 사진에 담고 싶어했다. 슈퍼마켓에서 파는 잡지들의 광고로 미루어 보아, 요즘에는 시선을 끌려면 키가 2미터가 넘고 얼굴은 두 살짜리 같아야 한다. 내 얼굴은 세월에 주름진 피부 때문에 두개골의 각진 모서리—예전에 그토록 매혹적이었던—가 무뎌져서 흡사 조각된 마호가니 의자 위로 던져놓은 담요 같은 윤곽이 되고 말았다. 월터는 내 눈을 감상한 뒤 책을 올려 얼굴 윗부분을 가리고 아래쪽 반만 보이게 했는데 그러면 완전히 다른 얼굴 같았다. 아래로 살짝 휜 코끝과 팔자주름—젊었을 때부터 패여 있던—을 따라 아래로 당겨진 볼, 그리고 조그만 입—월터는 "너무 작아서 참새처럼 먹여줘야겠어" 하면서 접시 위의 작은 콩 한 알을 집었다—게다가 턱은 길고 두드러진 게 '하키스틱 날' 같았다. 치과의사의 말에 따르면 아랫니가 윗니보다 살짝 돌출된 부정교합도 있었다. "이 마녀는 누구야, 내 아내를 어디에 묻은 거야?" 월터는 내 목을 부드럽게 쓰다듬으며 말하곤 했다. 그렇다고 내 얼굴이 위쪽은 훌륭하고 아래쪽이 나빴다는 건 아니다. 그저 양쪽이 너무 어긋나 보였을 뿐. 월터가 책을 치우면 내 얼굴—양쪽 다—은 마치 기적처럼 서로 잘 어우러졌다. "완벽함." 이와 똑같은 게임을 어린이용 책에서 본 적이 있다. 수염 난 해적의 몸통에 사자 머리와 공주의 어깨를 붙인다든가 하는 식으로 끼워 맞추려다 보면 웃음이 난다. 나는 내 머리가 남자의 몸에 붙고 다리 대신 물고기의 지느러미 달린 꼬리가 있는 모습을 상상했다. 이런 엉망진창을 상상하자 갑자기 불안이 몰려왔다. 화면에 반사된 내 얼굴이 잠시 우그러지더니 북극광 영상이 사라지며 밝게 빛나는 파란 바탕 위로 빙빙 도는 흰 글씨 한 줄이 나타났다. 이것의 이름을 나는 알았다. '스크린세이버.'

가야겠어, 나는 생각했다. 찰리가 차에서 기다리고 있었다. 뒷좌석에서 몸을 둥글게 만 찰리와 녀석의 숨결에서 나온 열기로 뿌옇게 변한 창문이 떠올랐다. 일어서서 카펫 깔린 바닥을 가로질러 사서의 책상이 있는 도서관 현관으로 간 다음, 오래된 빨간 문으로 나가 울퉁불퉁한 벽돌길을 따라 발밑을 조심하며 주차장에 있는 차로 걸어가면 그만이었다. 그런데 그게 불가능하게 느껴졌다. 운명이 나를 그 컴퓨터 앞 의자에 앉혀놓기라도 했는지 그 자리에 찰싹 달라붙은 것만 같았다. 나는 빙빙 도는 글자에 시선을 고정하려 해봤다. 그 쏘는 듯 밝은 빛을 따라가며 아주 잠깐 응시했을 뿐인데 머리가 어질어질했다. 그러다 열기가 훅 끼치더니 가슴속에서 느리게 뭔가가 쿵 떨어진 느낌이 들었다. 벽난로 선반에 있던 대리석 촛대가 카펫 깔린 바닥으로 떨어진 것처럼. 내 심장. "혹시 잊은 건 없나요?" 글자들이 배배 꼬인 채 화면 위를 지나가며 나를 조롱했다. 저런 말을 누가 썼을까? 옆자리 컴퓨터의 화면은 이미 검은색으로 바뀌어 죽어 있었다. 다시 낙태된 태아가 생각나며 뱃속이 울렁거렸다. 아마 허기가 지고 혈당이 떨어져서 그랬을 것이다. 하지만 그곳에서 나는 감정이 크게 흔들렸다. 어쩐지 고약한 꿈속에 버려진 듯한 느낌이 들었다. 글자들이 다시 빙글빙글 돌며 지나갔다. 손이 떨리기 시작했다. 이게 뭐지? 내가 뭘 잊었지? 마그다? 네가 이러는 거니? 얼마나 기이한 책임인가, 누군가의 죽음을 손에 쥐고 있다는 건. 죽음은 천년 묵은 구겨진 종이처럼 섬약해 보였다. 단 한 번의 잘못된 손짓에도 부스러져버릴 것처럼. 죽음은 해묵은 푸석한 레이스 같았다. 섬세한 망사 바탕에서 곧이라도 분리될 듯 너덜거리며 간신히 버티는, 해체 직전의 아름답고 섬세한 아플리케*. 생명

* 바탕천 위에 레이스 등을 덧대는 공예 기법 및 장식물.

은 그렇지 않았다. 생명은 막강했다. 고집스러웠다. 생명은 여간 해서는 파괴되지 않았다. 인정사정없이 다뤄야만 몸밖으로 몰아 낼 수 있었다. 수정된 난자 같은 아주 작은 생명의 씨앗이라도 없애려면 돈, 전문가, 기계, 그리고 듣자 하니 산업용 진공 흡입 기도 필요하다고 했다. 생명은 끈질겼다. 날마다 제자리에 있었고, 아침마다 나를 깨워 일으켰다. 생명은 요란하고 뻔뻔스러웠다. 불량배. 천박한 반짝이 드레스를 입은 밤무대 가수. 제어가 안 되는 트럭. 착암기. 잡목림의 화재. 구내염. 죽음은 달랐다. 무르고 연약한 것, 수수께끼였다. 대체 그 정체가 무엇일까? 사람은 왜 죽어야 하나? 월터, 유대인들, 얼마나 많은 무고한 아이들이…… 내 생각은 갈래를 잃었다. 어떻게 사람들은 사방에 죽음이 도사리고 있지 않다는 듯 살아갈 수 있을까? 이론들—천국, 지옥, 부활 등등—이 있긴 했다. 하지만 사람들은 그에 대해 정말로 알까? 해답이 있을까? 산 사람을 죽음으로, 미지의 세계로 보낸다는 건 너무 부당하게, 냉정하게 느껴졌다. 이게 얼마나 큰 비극인지는 블레이크도 이해했을 것이다. 바로 거기에, 그의 말 속에 담겨 있었다. 누가 그녀를 죽였는지는 아무도 모를 것이다. 세상에, 왜? 블레이크를 너무 나쁘게 보았군, 나는 생각했다. 블레이크는 내 불쌍한 마그다에게 안식처를 준 것이었다. 자신이 가진 모든 것을 활용해 최선을 다했다. 펜, 스프링 노트, 검은 돌멩이들로. 돌멩이들이 아직 내 외투 주머니 속에 있다는 사실이 이제야 문득 기억났다. 나는 주머니에 손을 넣어 손가락 사이로 뾰족하고 우둘투둘하게 느껴지는 돌멩이를 만져봤다. 마음이 편해졌다. 조금은 힘이 됐다. 그녀의 이름은 마그다였다. 그래, 블레이크, 우리는 생명을 추구하고 인정해야 하며 죽은 이들을 외면해선 안 돼.

눈길을 다시 컴퓨터로 돌려 저 너머에서 빙글빙글 소용돌이치는 조롱을 똑바로 응시했다. 모니터 아래쪽 가장자리를 따라 붙여놓은 코팅된 안내문의 작은 글씨가 같은 말을 하고 있었다. "혹시 잊은 건 없나요? 도서관은 분실 혹은 도난된 물건에 대해 책임지지 않습니다. 책상을 원래대로 정리해주시기 바랍니다." 내게는 잔인한 메시지 같았다. 그래, 그래, 생기 있게 살아, 맘껏 어질러, 하지만 죽을 때는 흔적을 남기지 마. 네가 존재했던 흔적을 모두 없애. 잔재들은 계속 살아가는 사람들의 마음을 불편하게 할 뿐이야. 그들이 네 삶을 치우느라 자기들 삶을 허비해야 하잖아. 마그다의 시신이 길거리를 더럽히는 과자 봉지쯤 되는 것 같았다.

이쯤 되자 나는 내 생각들로 탈진된 기분이 들었다. 그저 모든 걸 잊고 예전처럼 천진하게 자작나무 숲을 산책하고, 내 문제에나 까탈을 부리고, 배를 저어 섬에 가보지 않는 나 자신을 책망하기나 하며 살고 싶었다. "게으른 여자." 나는 나 자신을 그렇게 불렀다. 아, 곧 갈 거야. 갈 거야, 갈 거라고. 내내 회피한 이유는 게으름이었지만 두려움도 있었다. 혼자서 호수 위에 있으면 어쩐지 외로웠다. 그때 빙글빙글 도는 스크린세이버를 응시하며 그 사실을 인정할 수밖에 없었다. 얼굴에서 눈물을 닦아내다 팔꿈치로 마우스를 건드렸다. 북극광이 다시 나타났다. 나는 브라우저를 열고 지브스에 물었다. 내 기도—죽음이란 없기를, 월터가 나와 함께 여기에 있기를, 내가 먼리스에서 살던 때로, 찰리가 있기 전, 이 모든 일이 일어나기 전으로 돌아갈 수 있기를—에 대한 답을 물은 건 아니었다. 어떤 컴퓨터도 그런 답을 줄 수 없다는 걸 알았으니까. 아니, 나는 지브스에게 행동을 취할 방법을 물었고, 죽음까지 포함해 세상을 더 나은 곳으로 만들기 위하여 도움을 청했다. 월터가 있었다면 무척 자랑스러워했을 것이다. 나는 "미스터리를 푸는 방법은 무엇인가요?"라고 입력했다. 그러고는 한발 더 나아가, "살인"이라는 말을 "미스터리" 앞에 끼워넣었다. 내가 다루고 있는 일이 바로 그거였기 때문이다.

나는 화면을 아래로 내리며 검색 결과를 살펴봤다.

용의자 명단을 작성한다. 한 웹사이트가 제안했다.

그건 꽤 쉬운 일 같았다. 저마다 어떤 이유로 마그다가 죽기를 바라는 사람들이 있다면, 그중 가장 타당한 이유를 가진 사람이 살인자라고 추론하는 게 합리적이지 않을까? 그들의 이유를 내가 어떻게 가늠하고 비교할 것인가? "마그다가 내 머리빗을 훔쳤어요." 예컨대 어느 소녀가 그렇게 말할지도 모른다. 소유물의 절도가 그보다 무형적인 것의 절도보다 더 타당한 이유가 될까? 가령 "마그다가 내 흉을 봤어요"라든가 "마그다가 내 남자친구랑 잤어요" 같은 개인적 모욕 말이다. 음, 그건 진짜 동기일 수 있겠다. 하지만 그런 동기가 "마그다가 내 남편이랑 잤어요"와는 어떻게 비교될 수 있을까? 그게 더 나쁜 건가? 그건 분명 마그다의 잠자리 상대였던 이 남자와 용의자의 애정 관계의 질에 따라 결정될 문제였다. 아울러 마그다가 훔친 머리빗 주인의 정신이 온전한지, 퇴짜 맞은 여자친구 혹은 아내가 심적으로 얼마나 취약한지에 따라 결정될 문제이기도 했다. 마그다가 누군가를 욕하고 누군가와 잔다는 건 상상이 되지 않았다. 그녀에게는 어딘가 내숭스럽고 비밀스럽고 어두운—끝이 벗어진 검정 매니큐어, 삐딱한 태도로 약간은 경멸을 담아 걸친 야구점퍼—면이 있지만 '매춘부'는 아니었다. '난잡한' 여자는 아니었다. 마그다를 그렇게 부르는 그 여자친구 혹은 아내를 상상했다. 마그다는 그 모든 상황에 휩쓸리고 남자들과 어울리며 그런 종류의 사고를 치기에는 너무 어렸다. 어쨌든 나는 그렇게 생각했다. 고려할 사항이 많았다. 원망은 살인 동기의 기준이 되기에는 부족해 보였다. 그보다 더한 게 있어야 했다. 꼭 해야 할 질문은 "마그다의 죽음으로 가장 이득을 볼 사람이 누구인가?"였다. 그에 대한 대답이, 직접적으로는 아니더라도 최종적으로는, 진짜 살인자를 가려낼 단서가 될 수 있었다. 이 질문에 도달하자 나 자신이 매우 똑똑하게 느껴졌다.

이런 생각에 골몰해 있을 때 컴퓨터 화면 오른쪽 아래 귀퉁이에 작은 창이 하나 떴다. 애니메이션으로 제작한 쌍안경 광고였다. 쌍안경 렌즈들이 나팔 모양 트럼펫 두 개처럼 벌어지며 늘어났다. 그것을 클릭하자—멍청한 짓이었겠지만, 애니메이션에 현혹되고 말았다—다양한 배경에 맞춰 위장할 수 있게 해주는 사냥 장비를 판매하는 사이트로 이동했다. 각종 군복과 더불어 귀, 코, 입, 눈 위로 드리운 그물망에 마스크까지 갖춘, 머리끝에서 발끝까지 완전히 검은색인 일체형 의상도 있었다. 그것들을 보니 무언극 의상이 떠올라서 큭큭 웃음이 나오려는 참에 오른쪽을 내려다보았다. 내가 식탁에 앉으면 보통 찰리도 그 옆에 앉아 있었지만, 물론 거기에 찰리는 없었다. 차 안에 꼼짝없이 갇혀 나를 기다릴 찰리에게 미안했다. 어떻게든 보상해줄 생각이었다. 사이트의 모델들은 전부 성별 구분이 없는 스티로폼 마네킹이었고, 볼록한 가슴도 사타구니 돌출도 없는 일자형 상체에 다리는 튼실하지만 맵시가 있었다. 나는 일체형 의상의 갖가지

무늬들을 하나씩 클릭했다. 각기 다른 숲속 경치에 스며들 수 있게 해주는 위장복이었다. 상록수, 낙엽수, 침엽수, 고산식물, 정글, 울창한 여름 숲이나 은회색 겨울 숲. 거기에 들판, 사막, 심지어 물속 위장복도 있었다. 나는 소나무 숲에 어울릴 제품을 하나 클릭했다. 어두운색 바탕에 군데군데 불그스름한 얼룩무늬가 있고 발 부분은 밝은 호박색이었다. 지퍼 달린 어린이용 일체형 파자마 같았다. 내가 직접 입을 옷을 산 건 굉장히 오랜만이었다. 겨우내 두꺼운 회색 모직 스웨터와 긴 내의와 갈색 코듀로이 바지 등 똑같은 옷만 입고 지냈다. 봄이 되고 나서는 가벼운 플리스 의류, 면 니트, 청바지 등으로 갈아탔다. 한정된 예산으로 생활했지만 가끔 과소비를 감행할 여력은 있었다. "오늘은 도넛을 생략할 거야." 나는 그 정도로 비용이 상쇄될 것처럼 합리화하며 가장 싼 위장복을 주문하기로 했다. 평범한 검은색이었다. 값은 20달러에 불과했고 배송비는 별도였다. 밤에 물가에 있을 때 입으면 되겠다고 생각했다. 혹은 물속에 입고 들어가 내가 있다는 걸 물고기들이 아는지, 혹시 내게 부딪히지는 않는지 봐야겠다고. 낚시를 시작해도 되겠다. 그러면 무척 생산적이겠지, 먹고 사는 데 도움이 되는 취미니까. 새로 만든 텃밭까지 활용하면 자급자족도 거의 가능하지 않을까. 그런 생각을 하니 기분이 가벼워졌다. "봐, 월터, 난 검소하면서 동시에 부지런하잖아." 이게 바로 그가 말한 '생기 있게 사는 법'이겠지, 안 그런가? 충만한 삶을 사는 법? 계획을 세우고 자발적으로 행동하고 어떤 일이 닥치든 적극적으로 맞서고? 지갑에서 신용카드를 꺼내 번호를 입력했다. 나는 우편물을 받는 일이 드물었다. 대개는 전기요금 청구서였지만 그마저도 불필요했다. 공과금 역시 매달 은행 계좌에서 자동으로 인출됐으니까. 그래서 택배로 무언가를 주문하는 일이 특별한 호사처럼 느껴졌다. 심지어 15센트를 내고 화면에 뜬 영수증을 출력하기까지 했는데, 입을 굳게 다물고 그걸 내게 건네주는 사서, 불쌍한 여자, 정말이지 너무나 무료하겠지. 이렇게 흥분에 들뜬 나머지 전신 위장복 사이트 밑에 띄워놓은 창을 깜빡 잊고 있었다. 여전히 거기에 있었다. "살인 미스터리를 해결하는 법."

나는 화면을 좀더 아래로 내렸다.

명단의 용의자 중에서 진범을 색출하기 위해 용의자 각자에게 노골적으로 질문하는 방법이 있다. "(희생자를) 왜 죽였어?" 무고한 용의자라면 "내가 안 죽였다"고 하겠지만 진짜 살인자는 발각되지 않기 위해 잔꾀를 써야 할 것이다. 실제로 이 방법을 써서 용의자를 한 명씩 탈락시킬 수 있다.

거짓말하는 사람을 찾아내는 일에 집중해 전략을 세워라. 정보를 더 보고 싶다면……

대단히 흥미롭게 느껴지는 글이었다. 하지만 사람들은 항상 거짓말을 한다. 어떤 면에서 그건 우리가 개인으로서 완전성을 유지하는 방법이다. 약간의 거짓말은 누구에게도 해가 되지 않는다. 한 사람의 특성이 다른 사람의 특성과 이루는 경계를 지켜준다. 물론 어떤 관계는 다른 관계보다 더 큰 정직성을 요구한다. 예컨대 남편과 아내는 진실을 말하려고 노력해야 한다. 거짓말을 너무 많이 하면 공유하는 정신 공간에 문제가 생긴다. 하지만 거짓말이 유죄의 지표라는 건 그야말로 진실이 아니었다. 나는 찰리에게 늘 거짓말을 했다. "곧 돌아올게." 도서관 주차장에서 차 안에 두고 나올 때도 그렇게 말했었다. 음, 그건 사실 거짓말이 아니었지만 결국은 그렇게 됐다. 그런저런 생각에 잠겨 있을 즈음에 내가 컴퓨터 앞에서 보낸 시간이 삼십 분 가까이 되고 있었다. 그러니 모든 거짓말이 기만은 아니다. 사람은 때로 자기가 한 말을 어겨야 할 때도 있다. 그리고 때로 약간의 거짓말은 유익하다. 건전하다. 누구나 모든 상황에서 완전한 진실만을 듣고 싶어하는 건 아니다. 월터가 이따금 내게 거짓말하지 않았다면 우리의 결혼생활은 굉장히 달라졌을 것이다. 여기저기에 조금씩 비밀을 심는 건 좋은 일이다. 그러면 자기 자신에게 계속 관심을 쏟게 된다.

블레이크는 내가 1번 용의자에게 했을 법한 질문에 벌써 답을 했다. 마그다를 왜 죽였어? 그의 답은 쪽지에 그대로 적혀 있었다. 나는 아니다. 인터넷상의 설명에 따르면 진짜 살인자는 좀더 잔꾀를 부려 대답할 것이다. 나를 진실로부터 멀어지게 하려고 더 많은 이야기를 하겠지. 허구 아래로 숨을 테고. "마그다에 관해 물으시다니 좀 재미있네요." 그는 그렇게 시작할 것이다. "언젠가 마그다가 제게 고대 이집트에 관한 책을 빌려줬다는 거 아세요? 피라미드는 정말이지 신기한 구조물이죠." 아, 그는 진실을 피하기 위해 필요한 만큼 오래 지껄여댈 거야. 게다가 진짜 킬러라면 의심을 살 짓은 하지 않을 테지, 쪽지를 적어놓은 블레이크와는 다르게. 진짜 살인자는 자작나무 숲에 얼씬도 하지 않을 거야. 해로워 보이지 않는 행동을 하면서 오로지 거기에만 관심 있는 척하겠지. 빨래방에서 양말을 개고 있겠지. 텔레비전을 보면서 피 묻은 손을 감자칩 봉지에 집어넣었다가 손가락을 쪽쪽 빨아 기름기와 소금기를 닦아낼 거야. 잔디밭에 물을 주며 이웃에게 손을 흔들고 배수로를 청소하고 장화에서 진흙을 긁어내고 잇새를 쑤시고 콧노래를 부르겠지. 아니면 정육점에서 근무하며 전기톱으로 고기를 썰고 있을 거야, 나는 상상했다. 어쩌면 나는 세이브-라이트 매장의 정육 코너 유리벽 너머로 그를 보았는지 모른다. 그 유리벽이 왜 있는지 이해할 수 없었다. 나는 동물이 해체되는 광경을 바라보고 싶지 않았다. 그걸 본다고 식욕이 돌지는 않았다. 아니, 어쩌면 정육점 직원은 너무 폭력적이고 뻔한 직업일 수 있겠다. 살인자 기질이 있는 이는 오히려 온순하고 무해한 사람으로 보이기를 원할지도 모르지. 양의 탈을 쓴 늑대처럼. 그러면 훨씬 더 흥미로운 미스터리가 되겠군, 나는 혼자 생각했다. 월터를 떠올리며 펜을 잡던 중지에만 굳은살이 박인 그의 친절한 손을 생각했다. 그는 덩치가 크고 건장했지만—물론 암 때문에 쪼그라들기 전 얘기다—파리 한 마리도 죽이지 못할 사람처럼 보였다. 오, 하지만 그는 죽일 수 있었다. 언젠가는 쥐를 망치로 때려죽였다. 피로 흥건한 스테이크를 먹었다. 남자들은 그런 식으로 기만적이다. 가장 섬세한 이들마저 타고난 원시적 재능이 있다. 남자들은 모두가 마음 깊은 곳에서 사냥꾼이다. 모두가 킬러다, 아니던가? 핏속에 흐르는 본성이다. 그런데도 그토록 친절해 보일 수 있다. 남자의 진정한 본성은 외양만 봐서는 절대로 알 수 없다. 내가 애거사 크리스티로부터 배운 게 있다면, 범인은 아주 가까운 곳에 숨어 있을 때가 많다는 것이었다. 킬러는 바로 그 도서관에서 일하고 있을 수 있다. 뒤쪽 밀실 어딘가 보이지 않는 곳에서 비품을 정리하며. 지금 그가 여자 사서의 목을 조르고 있지 않기를 바라자, 나는 생각했다. 그가 그러고 있다면 미스터리는 너무 쉽게 풀릴 것이다.

사서가 내 생각을 듣기라도 했는지 그때 다시 밖으로 나와 내가 틀렸음을 증명했다. 나는 안도하면서 내 어리석음에 고개를 저었다. 하지만 이럴 때는 모든 가능성을 고려해야 하는 법. 나는 정말이지 굉장히 똑똑해진 느낌이 들었다. 보라고, 베스타, 나는 속으로 말했다. 단 이 초 만에 넌 용의자 한 명을 탈락시켰어. 도서관 뒤쪽 밀실에서 일하는 남자. 게다가 그를 심문할 필요조차 없었지. 넌 다른 도움 거의 없이 네 정신만으로 이 미스터리를 풀 수 있어.

나는 사서에게 손을 흔들며 미소를 지었다. 그녀는 내게 방긋 거짓 미소를 보냈다.

사람들과 어울려본 지 너무 오래였다. 겨울이 길었다. 그리고 나는 친구가 없었고 함께 점심을 먹거나 영화를 보러 가거나 전화로 잡담을 나눌 사람조차 없었다. 전화기가 없기도 했다. 블레이크가 자작나무 숲에 놔둔 쪽지는 오랜 기간을 통틀어 내가 경험한 일 가운데 사교적인 방문과 가장 흡사했다. 이사왔을 때도 이웃들로부터 환영인사로 파이를 받거나 덕담을 듣지도 못했다. 그 끔찍한 경찰관들, 집에 찾아와 내가 범죄자라도 되는 양 나무라기만 했던 그들뿐이었다. "저 개는 등록하셨습니까?" 그들이 물었다. 폭군들. 그 경찰관들은 계속 그렇게 윽박지르며 일할지 몰라도 나는 탐정으로서 더 미묘하고 세련된 전술이 필요할 테다. 더 우아한 접근법, 지능적인 방법이 필요하겠지. 동기,

수단, 기회 등등 범인에게 해당하는 건 전부 규명—규명?—할 방법이.

화면 위로 배너가 깜빡였다. '미스터리 작가를 위한 최고의 팁!'이라 적힌 그 배너를 클릭했다. 예상대로 그 제안들은 죄다 규범적이어서 영감이나 진짜 창의성, 진짜 재미는 끼어들 틈이 전혀 없었다.

많은 미스터리 소설 탐독이 필수적이다.

그건 터무니없는 조언 같았다. 절대로 해서는 안 되는 일이 바로 남들이 하는 방식을 머릿속에 꽉 채우는 것이다. 그러면 모든 재미가 빠져나간다. 아이들에 대해 공부한 뒤에 아이를 낳겠다고 성교하나? 남들의 배설물을 철저히 조사한 뒤에 화장실로 달려가나? 돌아다니며 사람들한테 꿈 이야기를 해달라고 한 뒤에 자러 가나? 아니다. 미스터리 소설 쓰기는 창의적인 일이지 계산된 절차가 아니다. 이야기가 어떻게 끝나는지 안다면 애초에 뭐하러 시작하지? 그래, 작가에게는 약간의 방향성, 자신이 쓰고 있는 미스터리에 대한 약간의 지혜와 지식이 필요해. 그게 아니라면 그 사람은 단지 빈둥거리며 자신의 정신 공간을 기리기 위해 아무거나 끄적이는 셈이니까. 그런 짓을 한다면 사실 좀 창피스러울 것 같았다. 오만과 자만의 표시 같았다. 하지만 실로 작가의 일이란 이 지구의 기적을 하찮게 만들고, 삶의 무한한 미스터리에서 질문 하나를 떼어내 투덜대는 방식으로 답하는 거라고 나는 생각했다. 월터는 늘 소설을 텔레비전처럼 시시한 소일거리로 깎아내렸으나 애거사 크리스티를 원작으로 한 영화는 추켜세웠다. 그 영화들을 만족스럽게 여긴 건 함께 영화를 보는 나보다 항상 자신이 추리를 더 잘했기 때문이었다고 생각된다. 그는 대학 도서관에서 비디오를 빌려 집으로 가져왔다. "다 예측 가능한 얘기들이야. 모르겠어? 내가 해결할 수 있어. 킬러는 늘 중앙에서 서쪽으로 가까이 있는 사람이라고." 그는 그런 식으로 얘기했고 나는 그 말이 무슨 뜻인지 정확히 알았다. 킬러는 바로 눈앞은 아니더라도 가까운 곳에 있다는 것. 물론 나 역시 언제나 월터만큼 분명히 해답을 볼 수 있었지만, 그는 자기가 옳다는 사실에서 큰 기쁨을 얻었다. 자신이 영특하다고 느끼는 걸 아주 좋아했다. 나는 평화를 지키기 위해 한발 물러나 그가 나를 능가하게 두었다. 그러면서도 나 역시 재기 있는 사람임을 알았다. 어느 분야의 전문가는 아니어도 매우 유능한 사람임을.

"상상력을 활용해, 베스타." 그는 내가 조금이라도 기분이 저조해 보이면 그렇게 말했다. "그리 심각할 게 뭐 있어. 기운을 내, 제발."

그는 내 불행의 원천이 나 자신이라고 말하기를 좋아했다. 내가 삶이 한정적이고 지루하다고 믿기로 작정해서 그렇다고. 그는 모든 것이 가능할 뿐만 아니라 모든 것—모든 사물과 시나리오—이 은하계와 그 너머에 무한한 버전으로 존재한다고 설을 풀었다. 나는 그게 유치한 믿음이라는 걸 알았지만 그래도 그렇게 믿기로 했다. 무한한 현실들을 상상하면 내가 견뎌야 하는 모든 골칫거리가 좀더 참을 만해졌다. 나는 나 자신 그 이상이다. 어딘가에 한없이 많은 베스타 걸이 나와 동시에 존재하고, 다들 '미스터리 작가를 위한 최고의 팁'이라는 웹페이지를 아래로 스크롤하고 있는데, 각자에게 사소한 차이가 딱 하나씩만 있다. 어떤 베스타 걸은 이마 위로 내려오는 머리칼 모양이 다르고, 다른 베스타 걸의 마우스패드는 파란색이 아니라 초록색이고, 그런 식으로. 다른 차원에서는 내 옆에 불을 뿜는 조그만 용이 바닥에 앉아 있다. 또다른 차원에서는 찰리가 차 안에서 25미터 길이 보아뱀에게 목을 졸려 죽고 있다. 기타 등등. 탐정의 일은 잠재적인 현실들을 단 하나의 진실로 좁히는 것이다. 선택된 진실. 그게 유일한 진실이라는 의미는 아니다. 실제 진실은 오직 과거로서만 존재한다, 나는 그렇게 믿었다. 일이 엉망으로 복잡해지는 건 미래에서다.

범죄가 정확히 어떻게 실행되는지 설계한다. 모든 세부를 상상한다.

이건 터무니없었다. 범죄가 정확히 어떻게 실행되는지 설계할 수 있다면 미스터리를 풀 필요가 없다. 여러 가능성을 고려해야 하고 각기 다른 과거의 여러 버전을 나열해볼 수도 있지 않을까. 그러면 어떤 버전이 가장 진실한지 추론할 수 있을 테고. 그건 나도 할 수 있다. 하지만 "모든 세부"라고? "모든" 세부는 대체 몇 개일까? "그의 수염은 무성했다" 정도만 말하면 충분한가, 아니면 얼마나 무성한지, 질감이 어떤지, 언제 마지막으로 수염을 깎았는지, 어떤 도구를 써서 누가 깎았는지까지 설명해야 한다는 건가? 수염을 깎은 게 최근이라면 마그다가 되살아나나? 아니다, 그런 주의깊은 상상은 결정적인 장면에 한정해야 한다. 그 수염이 채석장 옆 어두운 동굴 속에서 잭나이프로 지저분하고 거칠게 깎였고, 그 잭나이프가 마그다의 목을 긋는 데 쓰였다면 그때는 그 수염을 자세히 상상할 가치가 있다. 하지만 그 수염이 아무것도 모르는 러밴트 행인의 얼굴에 난 거라면 그건 미스터리와 아무런 관련이 없다. 아니 어쩌면 내가 틀렸을 수 있다. 무한한 수의 우주가 있고 그 안에 사소하게 다른 세부가 무한히 존재한다면, 모든 수염의 털 한 올 한 올이 상당한 중요성을 띠게 된다. 사소한 것도 하나같이 중요하지 않을까? 나는 멍하니 앞을 바라보며 이 지구상의 모든 수염을, 아울러 가능성의 영역에 있는 모든 지구상의 모든 수염을 어떻게 설명할지 생각에 잠겼다. 하지만 이내 그만두었다. 무한한 의미가 있다면 그건 아무런 의미가 없는 것이다.

살인자에게 명확하고 설득력 있는 동기를 부여한다. 음, 내가 살인자에게 동기를 부여할 필요는 없지. 그건 살인자 자신이 알아서 했을 테니까.

삼차원적 세계를 창조한다. 등장인물에게는 특정한 상황을 넘어 확장되는 삶이 있어야 한다. 인물 개요를 표로 작성해두면 생동감 있는 인물을 그릴 수 있다.

미스터리는 기교가 없는 장르다, 그것만은 명백했다. 그렇다고 내가 도서관에서 빌린 순문학 소설들이 더 창의적인 건 아니었다. 도서관 서가에는 온통 독자를 놀라게 하지 않는 것들만 꽂혀 있었다. 블레이크의 초대장, 혹은 한 편의 시라고 할 만한 그 글이 누군가의 침실 협탁에 놓이는 일은 없었을 것이다. 너무 이상했으니까. 그녀의 이름은 마그다였다. 무슨 그런 첫 문장이 다 있나? 출판사 편집자에게 그 쪽지는 너무 암울해서 책으로 낼 수 없는 글일 것이다. 너무 많은 것을 너무 빨리 드러낸다, 그렇게들 말하겠지. 혹은 긴장감이 부족하다고. 너무 기묘하다고. 나는 최근에 읽은 책 몇 권의 첫 문장을 기억하려 해봤다. 기억나지 않았다.

'최고의 팁' 기사에서 유용한 부분은 딱 하나뿐인 듯했다. 인물 프로필 질문지. 마그다를 좀더 정밀하게 상상하는 데 도움이 될 것 같았다. 빈칸을 채우기는 아주 쉬웠다. 나이들어가는 사람들에게 좋은 활동, 두뇌 자극 수수께끼나 게임 같은 것이었다. 월터는 그런 지적 훈련을 아주 좋아했다. 늘 체스판을 펼쳐두고 말을 한 번 움직인 뒤 일어나 반대쪽 의자로 가서 다음 수를 두었다. "이런 식으로 정신이 자기 자신과 대결하는 거야. 대화가 이루어지는 거지. 정신에도 말을 걸어줘야 해, 베스타. 안 그러면 위축되기 시작하니까. 진창으로 변한다고." 그런 말을 들으면 먼리스 쇼핑센터의 분수가 떠올랐다. 염소 처리한 물이 계속 재활용되며 오르락내리락하는 곳.

"하지만 정신이 자신에게 말을 한다면," 나는 말했다. "듣고 싶은 말만 하는 거 아닐까?"

말할 상대가 필요하다는 월터의 말은 옳았다. 나의 찰리가 있어 얼마나 다행인지. 찰리가 없다면 나는 모든 감각을 잃어버릴지도 모른다는 두려움이 들었다.

핸드백에서 펜을 꺼내 전신 위장복 영수증 뒷면에 용의자들의 이름을 적기 시작했다. 이거 참 재미있군, 그렇지 않아, 월터? 내 직감—미스터리 장르 창작 지침에서는 동원하지 않았던 그것—에 따르면 이름은 여섯 개가 필요했다. 그자는 어떤 종류의 괴물, 어떤 악귀, 그늘에서 튀어나오며 날카로운 소음을 내는 암울한 것, 전 인류의 어두운 잠재의식을 상징하는 분노의 산물이어야 한다는 느낌이 들었다. 소나무 숲은 그런 인물에게 알맞은

영토였다. '악귀ghoul'라는 단어를 쓰는데 손이 종이에서 미끄러지면서 u와 l이 뭉쳐져 d를 닮은 한 글자가 됐다. 우연은 발명의 어머니라고들 하지 않나? 이 악귀를 고드Ghod라고 부르면 되겠구나. 찐득찐득한 물질과 신경이 뭉쳐진 덩어리와 비슷하겠지. 하느님God과 아주 흡사한 그 이름의 미묘한 의미를 짚어내다니, 굉장히 기발하게 느껴졌다. 이런 데 소질이 있군, 나는 생각했다. 하지만 과신해서는 안 되지. 너무 자신만만한 탐정은 증거를 잘못 해석할 수 있으니까. 원래 염두에 둔 답으로 유도하는 단서들만 주목하게 될지도 모르고. 게다가 나는 내 발견에 스스로 놀라기를 바랐다. 나는 모든 걸 안다고 생각하는, 월터 같은 사람이 아니었다. 결말에서 독자에게 놀라움을 주려 하되 항상 정당한 방법을 써야 한다. 오, 물론 나는 정당한 방법을 쓰겠지만 게임은 내 방식대로 할 테다. 내 변덕과 상상을 따를 것이다. 그게 내가 원하는 삶이었다. 자유로운, 기대에서 자유로운 삶. 그것이야말로 정당했다.

강인한 남자 주인공도 필요했다. 사십대 중후반의 해리슨 포드 같은 유형. 나는 늘 해리슨 포드가 월터와 조금 닮았다고 생각했다. 순수하고 강인하고 쉽게 상처받고 예민하고 직관적인 감수성을 지닌 남자, 일종의 독심술가, 성공적이고 활달하고 탁월한 남자. 그런 남자는 어떤 짓을 저질러도 쉽게 빠져나갈 수 있다. 나의 해리슨 포드는 컴컴한 골목길이나 재즈 클럽의 골방에서 상스러운 거래를 하는 탐욕스러운 건물주일 수도 있지만, 실은 숭고한 도덕적 의도와 따뜻한 마음을 감추고 있다. 부르기만 하면 언제나 달려오는 성격 좋은 부하들의 무리를 이끈다. 말하자면, 참모들인 거지. 그런데 이 부하들을 포함하려면 내 소설의 등장인물 구성이 너무 복잡해지겠다. 그러면 부하들은 없애자, 나는 결정했다. 월터는 언제든 부하를 단 한 명만 두었다. 젊은 조교들, 모두 젊은 여자들.

실제 인물과 상상의 인물을 분리하기 힘들 테니, 그 해리슨 포드 같은 인물을 '해리슨 포드'라 부르지 않고 '헨리'라 부르기로 했다. 〈헨리의 이야기〉라는 영화는 이 인물에 대한 완벽한 참고자료였다. 원래 가차없고 이기적이고 자기애가 강했으나 갑작스러운 비극을 통해 구원받는 인물. 재산을 다 잃고 지금은 하는 수 없이 철물점에서 일하고 있다. 아니면 그저 베스매인의 철물점에 자주 들락거리는 사람이거나. 배관공이나 건축업자거나 목수라서. 어쨌거나 나는 거기에 가면 그를 찾을 수 있다는 걸 안다.

사서에게 인물 프로필 질문지의 인쇄를 부탁했다. 그녀는 살짝 언짢아 보였다.

나는 열려 있는 인터넷 창들의 ×자를 클릭했다. 이제 도서관에는 사람이 더 많았고, 점심시간이 가까워졌다. 컴퓨터 화면 위로 별이 빛나는 검은 면에 비친 내 모습을 마지막으로 바라보았다. 거기에 내가 있었다. 여느 때와 똑같은 모습으로, 단지 지금은 디지털의 심연에 둥둥 떠 있을 뿐. 위대한 선지자처럼, 혹은 신처럼, 혹은 그저 하나의 개념처럼.

소지품을 챙긴 뒤 가슴께에 서류를 붙잡고 허둥지둥 차로 돌아갔다. 찰리가 혼자서 춥고 슬프겠다는 생각이 들었다.

우리는 시내에 들러 돌아다니지 않았다. 평소처럼 도넛을 먹고 커피를 마시지도 않았다. 그저 집으로 빨리 달리면서 트웰븐크리크 근처의 굽은 길에 있는 베스매인 경찰서를 조심했을 뿐이다. 어떤 주목도 받고 싶지 않았다. 분위기가 변화한 걸 벌써 감지할 수 있었다. 누군가의 습관이 조금이라도 달라지면 작은 동네는 그것을 느끼며 어떤 이들은 주의를 기울이게 된다.

자갈길 진입로에 차를 세우고 조수석 문을 열자 찰리가 차에서 뛰쳐나갔다. 목줄에 얽힌 내 팔이 꼬이면서 어깨가 탈골될 뻔했다. 나는 스스로를 노인이라고 생각하지 않았지만 어쨌든 내 나이에는 걸리기 쉬운 질환들이 있다. 나는 한 달에 한 번씩 보니바*를—실제로는 먹지 않지만—먹어야 한다. 아침에 약을 삼키고 약이 몸에 흡수되도록 한 시간 동안 걸어다녀야 하는데, 그

* 골다공증 치료제.

건 어려울 것 같지 않았다. 하지만 어쩐지 비정상적으로 느껴졌다, 마치 독처럼. 나는 그 약을 신뢰하지 않았다. 약 속의 화학물질이 오히려 내 뼈에서 칼슘을 뽑아 갈 것만 같았다. 아마 그건 약이라면 제아무리 좋다고 해도 완강히 거부했던 월터를 기리는 일이었을 것이다. 월터는 자신에게 암이 생긴 게 펩토비스몰* 때문이라고 생각했다.

점심으로는 커피를 새로 끓이고 다시 베이글을 하나 꺼내 땅콩버터를 발랐다. 요리할 기분이 들지 않았다. 따뜻한 물로 오래 샤워하면서 앞으로 해야 할 일을 생각했다. 지금까지 용의자는 둘뿐이었다, 고드와 헨리. 다시 옷을 입을 무렵에 해가 지고 있었다. 시간이 증발해버렸다. 나는 찰리를 불러 안으로 들였다.

그 겨울에 나는 전혀 지루하지 않았다. 지루하다는 생각이 머리에 떠오르지도 않았다. 나와 찰리의 위생과 안락함을 유지하는 일을 비롯해 화목난로에 장작을 채워넣고, 재를 치우고, 바닥을 쓸고, 행주로 창틈을 막아 외풍을 차단하는 등 할일이 아주 많았다. 날마다 새로 내린 눈을 삽으로 치우며 호수까지 길을 낸 다음, 나는 호숫가를 산책했고 찰리는 얼음 덮인 호수 위를 뽀득

* 소화제로 널리 쓰이는 일반의약품.

거리며 다니게 했다. 집으로 돌아와서는 차를 끓이고 불도 다시 피워야 했다. 그러다 어느새 해가 졌고 우리는 녹초가 됐다. 와인을 한 잔 마시고 책을 펼치자마자 소파에서 졸 때가 많았다. 캄캄한 소나무 숲은 바람에 날린 눈발에 흐릿해 보였다가 이내 완전히 까매졌고, 난롯불은 조용히 타닥거리며 타올랐다. 찰리가 숲 안쪽으로 몇 미터쯤 더 들어가 볼일을 보고 서둘러 돌아오면 우리는 위층으로 올라가 잠자리에 들었고, 그러면 하루가 끝났다. 우리는 11월부터 3월까지 겨울잠을 자는 곰 같았다. 4월이 되면 해빙이 시작됐다. 찰리와 나는 무사히 잘 지냈다. 폭풍도 견뎌냈다. 하지만 이제 해결해야 할 마그다의 미스터리를 앞에 두고 보니, 겨울을 나는 내 습관이 처량하고 시시하게 느껴졌다. 그런 지루한 시간을 어떻게 참고 견뎠지? 어째서 머리를 쥐어뜯거나, 혼잣말하고 사방을 서성이거나, 눈으로 친구들을 만드는 정신 나간 행동을 하지 않을 수 있었지? 내가 제정신을 지킨 건 찰리 덕분이라는 생각이 들었다. 찰리가 졸면 나도 졸렸다. 졸음이 우리 사이의 정신 공간을 채웠고, 그건 겨울 오후에 먹는 알약 같았다. 차를 한 잔 마시고 숲과 화장실에 재빨리 다녀오면 우리는 두 자루의 녹은 초처럼 됐다.

요즘 들어 낮이 부쩍 길어졌다. 하늘이 주황색과 분홍색으로 바뀌어 있었다. 호수 표면에는 찬란한 노란색과 보라색이 섞인

하늘빛이 반사됐다. 내 섬의 검은 나무들이 꼭두각시 인형처럼 바람에 흔들렸다. 눈에 보이지 않는 끈을 잡아당기는 하느님의 손을 그려볼 수 있었다. 아마 월터는 저 위에서 하느님과 함께 천국에 있을 것이다. "여러분은 이 지구상을 떠나면 하느님을 알게 될 겁니다." 지미 목사가 말했다. 나는 혀를 찼다. 다 헛소리다, 그렇지 않나? 여기 이 아래, 지구상에 있는 것이 진짜다. 자연과 그 기적의 세계, 그것이 하느님이다. 여기 이 아래에는 기쁨이, 탐험 대상이 아주 많았다. 그리고 우리, 나의 개와 나도 이곳에 있었으며, 전등이 따뜻한 불빛을 드리우는 식탁에는 새로 끓인 뜨거운 커피 한 잔이 놓여 있었다. 밤에는 커피를 잘 마시지 않는 나지만 또렷한 정신을 유지하고 싶었다. 보통 때처럼 와인을 한 잔 마시면 졸음이 쏟아질 게 뻔했다. 겨울에 아늑한 분위기를 내기 위해 자주 켜는 초도 한 개 켰는데 이번에는 집중을 위해서였다. 타는 불꽃을 보면 정신이 또렷해지니까. 월터도 그렇게 초를 켜놓고 늦게까지 깨서 공부하거나, 사례 연구 보고서를 쓰거나, 아무튼 뭔가를 했었다. 나는 라디오 음량을 줄이고 인쇄물을 꺼낸 뒤 전신 위장복 영수증을 옆에 놓고 질문지를 작성하기 시작했다.

셋

이름: 마그다.

성은 없다. 나는 그녀가 그냥 마그다인 게 좋았다. 자작나무 숲에 부는 부드러운 바람에 날리는 작은 이름. 그렇게 그녀는 나의 마그다였다. 내가 그녀를 발견했다. 과거가 확정되어 있고 일정한 진실을 품고 있다면 마그다의 과거는 내가 발견해서 알아야 하는 것이었고, 나는 이미 그녀를 대단히 잘 안다고 느꼈다. 나는 그저 생각만 하면 되는 것이었다.

나이: 19세.

내가 추정한 바로 마그다는 아직 소녀였다. 그래도 상처 몇 개, 이야기 몇 개 정도는 있을 만한 나이. 그녀는 마음이 파릇파

릇했다. 실제 나이가 스물넷이더라도 아직 열아홉 살인 양 느낄 것이다. 만일 임신한 적이 있다면 도서관의 그 커플이 간 곳을 찾아갔을 테고, 아기는 몸 밖으로 흡입되고 훼손되어 버려졌을 것이다. 그런 일에 별로 거리낌이 없는 거지, 나는 생각했다. 애석하군, 수치스러워. 살해당한 건 하느님의 응징이었겠지. 하지만, 뭐 어쩌겠어. 마그다는 아기와 함께 제 인생이 망가지는 걸 원치 않는다. 아이나 아이 아버지에 대한 의무를 진 채 반만 자기 것인 생명체의 얼굴에 으깬 당근이 담긴 숟가락을 들이밀며 살고 싶지 않다. 다른 반은 실수였을 거라고 나는 추측했다. 너무 깊이 말려들기 전에 도망치려 한다. 러밴트를 떠나 자신처럼 들썩거리고 약삭빠르고 과감한 사람들이 더 많은 남쪽으로 가려는 거다. 바로 그게 러밴트의 문제였다. 들썩거리는 사람이 없었다. 모든 것이 일정한 방식으로 굳어졌다. 범상하지 않은 것은 거부하거나 외면했다. 아무도 호수에 나와 나랑 친구가 되려 하지 않았다. 호숫가를 따라 800미터 정도 떨어진 곳에 이웃이 있었는데 그들은 내가 배를 타고 지나갈 때 딱 한 번 손을 흔들었다. 그리고 그 손짓은 "여긴 우리 사유지야. 저리 가, 가라고" 하는 느낌이었다. 나는 그저 탐색을 좀 해보고 싶었을 뿐이다. 그들은 그곳을 어떻게 관리하며 살고 있는지 알고 싶었을 뿐이다. 그때 눈에 들어온 광경을 말하자면, 썩어가는 나무 기둥 위에 얹힌 보트 창고가 아래로 주저앉고 있었고, 문은 잠겼지만 밑으로 처져 문틈이 벌어졌으며, 살짝 들여다보이는 안쪽에는 컴컴한 어둠뿐이었다. 물가에서 멀찍이 물러나 자리한 그들의 집은 나무들에 가려졌다. 컴컴한 소나무들. 사유지 안에 작은 잔교가 있었고, 이웃 사람 둘이 목욕가운 차림으로 거기 서서 물을 내려다보고 있었다. 그들은 나를 보고 놀란 듯했다. 남자가 손을 뻗어 뭔가 말하려는 여자를 막더니, 20여 미터 거리를 두고 물위에 있는 내 쪽을 가리켰다. 남자는 면도를 안 했고 여자는 머리칼이 푸슬푸슬하게 부풀었으며 병약해 보였다. 나는 손을 흔들어 답했지만 그들은 돌아서서 잔교 저편으로 걸어가 소나무들 사이로 재빨리 사라졌다. 이상했다. 그들에게는 아이가 없었다고 생각된다. 몇 번쯤 그들의 커다란 검은 트럭이 17번 도로 위를 달리다 나보다 먼저 빠져나가는 걸 보았다. 그들은 마그다를 알았더라도 좋아하지 않았을 것이다. 그들은 나를 좋아하지 않았다.

마그다의 신체를 전반적으로 묘사하려면 상당한 노력이 들 것이다. 그녀의 죽은 몸에 대해서는 꽤 쉽게 상상하는 중이었고, 그로부터 논쟁의 여지가 없는 사실들을 수집할 수 있었다. 하지만 얼굴은 여전히 흐릿했다.

전반적인 신체 묘사: 매력적, 인종적 유산의 영향으로 특이한 얼굴.

누군가는 그 얼굴이 너무 특이하다고 느낄지도 모르는데, 얼굴 둘레의 길고 부드러운 머리칼 때문에 더욱 그렇게 보였다. 매끈하고 섬세한 머리칼이 얼굴 양쪽으로 사진 액자처럼 드리워졌고, 그런 식으로 전시되듯 드러난 그녀의 얼굴은 더욱 기묘하고 연약해 보였다. 피부는 창백했지만 주근깨가 있거나 까칠하지는 않았다. 고무처럼 쫀득했다. 모공이라곤 하나도 보이지 않았다. 나는 마그다가 끝이 살짝 들린 코를 가졌을 거라고, 큰 코일 거라고 상상했다. 그리고 녹색 눈? 갈색 눈? 가늘고 속을 알 수 없는 눈. 그래, 녹색이다. 살아 있을 때 앵두처럼 붉었던 입술은 이제 창백하고, 죽음이 내려앉아 허옇고, 각질이 일어났고, 흙에 짓눌려 있었다. 얼굴 아래 땅의 관점에서 상상하니 그녀의 얼굴을 약간은 더 또렷이 그려볼 수 있었다. 눈에 진한 화장을 했다. 두껍고 검은 아이라이너, 가짜 속눈썹, 그리고 눈을 타란툴라처럼 보이게 하는 마스카라. 마그다는 그런 화장을 하면 자신이 센 여자로 보일 거라고 생각했다. 턱은 두터웠고 턱밑에 살집이 조금 있었는데 그걸 싫어했다. 그 살 때문에 뚱뚱해 보인다고 생각했다. 학교에서 거울을 보고 턱밑을 가리키며 여자 친구들에게 말하곤 했다. "난 너무 뚱뚱해" 하고 말하면서 그 조그만 살집을 툭 치곤 했다. 하지만 그녀는 뚱뚱하지 않았다. 뚱뚱함과는 거리가 멀었다. 키가 평균보다 좀더 커서 173에서 175센티미터가량 되었지만 등이 구부정했는데 이는 소심함과 반항을 둘 다 표현하는 자세였다. 마그다는 인기에 연연하지 않았다. 그보다는 아마 신비주의적 측면, 혹은 성적인 측면의 힘에 관심이 더 많았다. 여성적이고 세련됐지만 혹독했다. 남자들에게서 볼 법한 강렬함이 있었다. 남자 같은 어깨가 눈앞에 그려졌다. 손가락이 길었고 그 손과 길고 섬세한 손목은 우아한 분위기를 풍겼다. 피아노를 쳤을 수도 있다. 어깨만 아니라면 발레를 했을 수도 있다. 하지만 등을 그렇게 굽히고 다니니 어깨가 옆으로만 넓었다. 어깨를 쫙 편다면 키가 크고 예쁠 것이다. 벨라루스에서 계속 살았다면 자세를 열심히 고쳐서 결국 모스크바로 가 지금쯤 볼쇼이 발레단에서 춤추고 있을 테고, 여기 러밴트에서 얼굴을 땅에 묻고 죽은 채 잊혀가지는 않았을 것이다. 미국 아이들은 너무 게을렀다. 베스매인의 슈퍼마켓에서 이러저리 끌려다니는 어린애들을 보면 엄마와 좀처럼 보조를 맞추지 못하고 대개는 카트 위에 앉아 있었다. 통통한 다리가 카트의 철제 뼈대에 짓눌리고, 입이 빨간색 아이스크림으로 물들었거나, 손과 얼굴이 초콜릿으로 범벅이었다. 마그다는 그런 아이들과 달랐다. 나태하게 키워지지 않았다. 그녀는 반항아였다. 선머슴처럼 옷을 입었고, 손톱의 매니큐어는 끝이 벗어졌다. 눈썹을 뽑지 않고 완전히 밀어버린 뒤 갈색 아이라이너로 새로 그렸다. 가늘고, 활처럼 휘어지고, 기묘하고, 강조점이 되어주는 곡선이었다.

매년 여름, 한 취업 알선 업체는 동유럽에서 십대 청소년들을 단체로 배에 실어와 주요 고속도로에 있는 패스트푸드점 계산원으로 취직시켰다. 주 북부로 차를 몰고 폭포나 바다나 국립공원을 보러 가는 관광객들을 감당하기 위해서였다. 이 청소년들은 다들 완벽한 영어를, 오히려 지역민보다 나은 영어를 구사했다. 아마 마그다는 그런 패스트푸드점 직원이었다가 비자 기한이 지나고도 눌러앉아 사회적 안전망에서 벗어난 상태로 숨어 지내면서, 노망난 늙은 남자의 가정 간병인으로 은밀히 푼돈을 벌며 살았는지도 모른다. 내게는 완벽하게 와닿는 이야기였다. 그래서 그걸로 결정됐다.

고향: 벨라루스.

"험한 시절이죠."

아마 블레이크는 마그다의 친구였을 거고, 어머니를 설득해서 자기 집의 방 한 칸을 내주게 했을 것이다. 그는 마그다를 돕고 싶었다. 오, 어쩌면 마그다를 사랑했을 것이다. 하지만 그러기엔 너무 어렸다. 겨우 열네 살이었으니까. 아직 겨드랑이털도 본격적으로 나지 않았다. 여자애와 키스한 적도 없었다, 불쌍한 블레이크는. 하지만 마그다에게 관심을 둔 걸 보면 특별한 유형의 소년이었을 것이다. 비자와 관련한 그녀의 처지를 알았을 테고, 그녀가 가족에게 다시 돌아가는 일은 베스매인이나 러밴트 같은 곳에서 당면할 수 있는 그 어떤 운명보다 훨씬 나쁘다는 걸 이해했을 것이다. 블레이크는 경찰, 조사에 나선 고위 당국, 그녀를 고용했던 업체 등과 관련한 상황에서 마그다를 숨겨줬던 게 틀림없다. 그래서 그녀가 죽었음에도 소란을 피울 수 없었다. 그는 마그다를 보호하고 있었고, 그녀는 비밀 서약을 부탁했었다. "난 벨라루스로 돌아갈 수 없어. 거긴 끔찍해. 아버지는 알코올중독자야. 나와 내 자매들을 때려. 제발 도와줘. 있지, 나 맥도널드에서 번 돈도 모아뒀어." 블레이크가 어떻게 거절하겠는가?

거주지: 블레이크 어머니의 집 지하 셋방.

나는 17번 도로에서 베스매인 진출로 바로 다음에 나오는 좁은 도로변의 집을 상상했다. 미늘판으로 벽을 두른 목장식 단층주택, 다 쓰러져가는 차고, 잡초가 우거진 들판, 뒤쪽의 작은 소나무 숲을 에워싼 녹슨 철조망 울타리. 나는 그런 식의 누추함에서 멀리 떨어진 호숫가에 집을 마련할 수 있어서 운이 좋았다는 걸 알았다. 내 사유지는 확실히 시골풍이었고, 살기에 적합했다. 단열 처리가 되었으며, 매매 계약 당시에 배관을 개선할 여지가 있다고 들었지만 나는 필요성을 느끼지 않았다. 그들이 제안한 변기는 내용물을 불로 태우는 종류였다. 기존 하수도 배관은 내용물을 땅에 흘려보내는 방식이라 개선한다면 환경에도 유익할 거라고 했다. 러밴트로 이사하기 전에 다른 오두막들도 알아봤다. 부동산 업자가 보내준 사진 하나에는 풍파에 심하게 손상된 농장 주택이 있었다. 전선과 배관이 전부 파손됐고 주변의 나무 한 그루가 뿌리를 넓게 뻗어 건물 반층 높이의 벽돌 토대를 뚫고 있었다. 베스매인은 가난했고 러밴트는 더 가난했다. 나는 창문 위에 소나무 판자를 댄 집, 폭풍에 뜯겨나간 외장재 대신 철판을 붙인 집, 허물어지는 지붕에 연파랑 방수포를 덮은 집을 자주 보았다. 블레이크 어머니의 집이 그런 상태라고 나는 상상했다. 어쩌면 은행에서 집을 압류하겠다고 으름장을 놓고 있고, 그래서 어쩔 수 없이 마그다에게 지하방을 세놓은 뒤 비밀을 지켜야 했는지도 모른다. "아무에게도 말하지 마, 안 그러면 방을 비우게 할 수밖에 없어." 블레이크의 엄마는 말했다. "그애가 여기에 있다는 걸 아무도 알아선 안 돼."

그런 집의 월세가 얼마나 되는지에 대해 나는 전혀 감이 없었다. 이런 오지의 싸구려 주택에서 침대와 옷장이 있는 지하방 월세가 백 달러라면 그건 너무 비싼 걸까 싼 걸까? 나는 알지 못했다. 마그다가 노망난 노인의 간병인으로 은밀히 받는 월급의 규모에 맞춰 추측해볼 순 있었다. 치매 노인 간병은 힘든 일이고 사람들 대부분은 실제 전문 간병인을 고용하거나 상시 간호가 제공되는 양로원에서 살 여력이 없다. 마그다 같은 여자애는 시급 6달러를 받아들이도록 설득해볼 수 있을 거라고 나는 추측했다. 아니면 6달러 50센트라도. 일주일에 사십 시간 일한다면 주급으로 240달러를 벌 수 있다. 월터의 말에 따르면 적정 월세는 세입자의 주급 수준이어야 한다. 마그다는 절박한 상태이고 블레이크의 어머니 역시 주택 융자 상환금—400달러 정도 되려나?—때문에 절박한 상태인 만큼, 마그다는 관리비 포함 식사 제외 조건인 지하방의 월세로 200달러를 청구받았을 거라고 나는 추측했다. 블레이크는 이따금 마그다에게 몰래 샌드위치를 갖다주었을 테고 블레이크의 어머니는 그게 못마땅했을 것이다. 셜리. 이제 그녀가 그려졌다, 눈빛은 냉정하지만 태도는 상냥했다. 고객 서비스 담당 직원이나 텔레마케터로 일했을 것이다. 북부의 하일랜드에 콜센터가 하나 있었다. 셜리는 일을 잘할 것이다. 이상하거나 잘못된 점을 비롯해 문제라곤 전혀 없다는 듯 말하고 행동하는 재주가 있다. 전부 잘 처리되고 있어요, 훌륭히 진행되고 있어요. 나는 전화기가 없어서 참 다행이었다.

그 지하실, 마그다가 잠을 자고, 근무하지 않는 오후에 앉아 있고, 주말에는 이불 밑에 웅크린 채 드러그스토어에서 사 온 간식—허시 초콜릿바나 감자칩—으로 버티며 홀로 시간을 보내는 그 방은 내가 도저히 '거주지'라 부르기 힘든 곳이었다. 그건 거주가 아니었다. 형기를 채우는 것과 같았다. 그녀가 불쌍했다. 마그다가 겨우내 굶주리며 서리 맞은 풀잎처럼 떨고 있는 줄 알았더라면 내 집으로 불러들였을 것이다. 겨우 조금 알게 된 사실만으로도 나는 이미 마그다가 좋았다. 서로에게 친구가 되어줄 수 있었고, 찰리도 처음에는 질투를 부리다 결국에는 좋아했을 것이다. 마그다가 내 친절에 감사했을 거라고 생각한다. 우리는 함께 살림을 꾸려가며 불을 피우고 요리를 하고 오후에는 낮잠을 자겠지. 마그다가 내 어깨에 머리를 기대고 울어도 괜찮았을 텐데. 그러면 내가 그 부드러운 검은 머리칼을 쓰다듬으며 다 괜찮아질 거라고 말했을 테고, 그랬다면 지금 죽은 아이가 아닐 텐데. 저 바깥에서 호수 위로 배를 저어가며 미소 띤 얼굴로 내게 손을 흔들고 있을지도 모르는데. 저녁놀에 불붙은 듯한 그녀의 얼굴이 천사처럼, 마법의 소녀처럼 금색 빛줄기를 내뿜겠지. 하지만 아니, 마그다는 그 지하실로 유배당했다. 어두컴컴한 그곳에는 알전구 하나만 달랑 줄에 매달려 있었고, 어쩌면 마그다가 중고품 장터에서 헐값에 산 조그만 전등 하나가 더 있었을 수도 있다. 침대에서 남편에게 방해되지 않게 책을 읽을 수 있도록 집게로 책장에 꽂는 그런 전등 말이다. 예전에 내게도 그런 게 하나 있었는데 월터는 싫어했다. 내가 그저 관심을 끌고 싶어 야단을 떤다고 생각했다. "책을 읽고 싶으면 읽으라고. 왜 숨어서 그러는 거야?" 그가 정말로 화를 낸 건 아니었다. 내가 항상 우리 사이에 비밀이 있다고 생각하며 전전긍긍한다는 점을 비꼬며 내 신경을 건드렸을 뿐이다. 나는 늘 그가 내게 뭔가를 숨기고 있다고 느꼈다.

"어디서 차가 막혔다는 거야? 왜 그랬던 건데? 무슨 사고라도 난 거야? 그 차 생김새를 설명해봐. 그 장면을 설명해봐. 사무실을 나설 때는 주위가 어느 정도 밝았어? 모르겠어? 모르겠냐고. 난 걱정하는 거잖아. 난 그런 걸 알아야 해." 나는 마그다에 대해서도 그런 식으로 걱정했을 것이다. 그애가 나가고 없으면, 마찬가지로 밤새 자지 않고 기다렸을 테고, 소파에 잠자리를 마련해줬을 것이다. 나는 소파를 전혀 사용하지 않으니까. 먼지 제거용 롤러로 찰리의 털을 다 떼어내고 좋은 깃털 베개를 새로 사줘야지. 그런 좋은 베개는 가져본 적도 없겠지, 그 불쌍한 아이는. 셜리의 지하실에서 마그다는 신데렐라 같았다. 잔혹했다. 그녀는 돈까지 내가며 이 너절한 지옥에서 살았다. 무엇을 위해? 벨라루스로 돌아가지 않으려고? 이곳에서 자유를 누리려고? 아니, 그건 자유라고 할 수도 없었다. 고향에서 무언가 끔찍한 일을 겪은 게 틀림없었다. 고속도로와 숲과 맥도널드의 여름 일자리 외에는 아무것도 모르면서 여기에 머물고 싶어했다면. 어쩌면 파티에 몇 번 갔거나 싸구려 맥주를 마시고 알몸으로 수영하며 놀았을 수도 있고, 그녀가 여기에서 누린 즐거움은 아마 그게 전부였을 것이다. 셜리의 지하실 딱딱한 콘크리트 바닥에는 러그도 하나 없이 푹 꺼진 판지 상자만 몇 개 있었는데 거기에는 셜리의 죽은 남편이 쓰던 쓸모없는 물건들이 담겨 있었다. 고물이 된 전기면도기, 넓적한 폴리에스터 넥타이들, 지폐 클립, 인조 가죽이 너무 억세고 모나서 발에 상처를 내는 구두. 싸구려 양복도 온전한 한 벌로 남아 있었다. 셜리는 졸업식 때 블레이크에게 입히려고 그 양복을 챙겨두었다. 그렇게까지 가난할 수 있다고? 그들의 인생이 정말로 그랬을까? 먼리스에서 살 때 나는 월터가 밤에 안 들어오거나 여행을 너무 많이 다닌다고 불평했지만 돈은 항상 있었다. 난방, 좋은 카펫, 보송보송한 수건, 냉장고 안의 음식, 아침마다 현관 앞 계단에 놓이는 신문이 언제나 있었고, 가끔 나를 안아주는 손길도 있었다. 겨울에는 옷장에 따뜻한 옷이 가득했다. 그런데 불쌍한 마그다, 그녀에게는 아무것도 없었다. 그 낡아빠진 테니스화 빼고는. 러밴트의 겨울은 너무나 추웠다. 기온이 빙점 아래로 내려가면 마그다는 온기를 찾아 그 눅눅한 상자를 열어 죽은 남자의 바지와 재킷을 꺼내 입고 담요 속으로 다시 들어가 웅크렸을 것이다. 할머니들이 뜨개질로 짜는 아프간 모포 종류일 그 담요는 보풀이 심하게 일고 뻣뻣하고 보기 흉한데다 여기저기 구멍이 났다. 그 지하실에서 고통스럽지 않았을까? 흠, 마그다는 강인했다. 즐겁게 지내자고 늘 다짐했다. 그녀에게는 음악을 들을 수 있는 기기가 있었을 거라고 나는 상상했다. 고무 이어폰이 달린 조그만 음악 재생기 같은 것. 아마도 나처럼 라디오를 들었을 것이다. 지미 목사의 방송을, 공영 라디오 방송을, 대학 방송국의 형편없는 음악을. 내 상상 속에서 마그다는 침대 위에서 몸을 앞뒤로 흔들고, 땅콩버터 크래커나 옥수수칩을 먹고, 낮은 지하실 천장 바로 밑에 난 조그만 창문을 올려다보았다. 석유난로가 요란하게 철커덩거리는 소리, 변기 물 내리는 소리, 머리 위 거실을 가로지르는 셜리의 무거운 발소리 따위에 이따금 화들짝 놀라면서. 그런 식으로 남의 집에서 살자면 정말로 괴로웠을 것이다, 마치 안네 프랑크처럼. 끔찍해, 끔찍해.

찰리가 발밑 바닥에서 웅크리고 있다가 내 괴로움을 감지하고 일어나 무릎에 머리를 올렸다. "쉬하러 갈래, 찰리?" 셜리의 지하실에는 변기라도 있었을까? 마그다가 제3세계 죄수처럼 양동이에 볼일을 본 뒤 가족이 집을 비운 틈을 타 양동이를 들고 계단을 올라가 셜리의 변기에 내용물을 비우는 모습이 떠올랐다. 마그다가 내 상상처럼 강인하고 엉뚱했다면, 그렇게 재미있는 사람이었다면, 양동이의 내용물을 조금 남긴 뒤 사악한 셜리가 아끼는 무지방 우유에 오줌을 살짝 탔을 거다. 혹은 셜리의 치약을 오줌에 담갔을 거다. 칫솔모 사이에 낀 조그만 똥 조각. 하하! 마그다가 생각할 만한 우스꽝스러운 복수를 떠올리니 웃음이 나오려 했다. 그건 너무 고약하군. 그런 태도는 어디서 배웠담? 못된 농담을 좋아하는 아버지가 있었는지도 모른다. 아마도 그 핏줄을 이어받았을 것이다.

이 아버지. 그를 상상할 수 있었다. 내 아버지와 비슷했다. 중키에 몸통이 비대하고, 페이즐리무늬 스웨터에 스카프를 둘렀으며, 넓적한 볼은 흰 구레나룻으로 뒤덮였고, 턱수염은 담배 때문에 주황색을 띠고, 손에는 항상 신문을 들고 있지만 읽기 위한 게 아니라 동네를 서성이면서 들고 있기 위한 것이었다. 이웃과 마주칠 때 파이프를 피우며 신문을 읽으러 공원에 가는 길인 척하려는 듯했지만 아버지는 절대로 공원까지 가지는 않았다. 그저 담배를 뻐끔거리고 서성이다 잠깐이라도 시간을 낼 수 있는 사람이 거리에 있으면 불러 세워 이런저런 일을 논의하고, 새로운 소식을 나누고, 자기 아이들을 자랑하고, 세상 돌아가는 모양새를 불평하는 식이었다. 마그다의 아버지도 그랬지만 그는 마지막 순간에 투척할 지저분한 농담이 하나쯤 늘 준비되어 있다는 점만 달랐다. 모든 코미디언이 그렇듯 그 역시 우울했다. 가장 웃기는 사람들은 항상 그렇다. 그는 아마도 다리에서 몸을 던졌거나 옷장에서 목을 맸을 것이다. 그래서 마그다는 자기 고등

학교에 알선 업체 담당자가 왔을 때 여름 한철짜리 패스트푸드 점 일에 그다지도 잽싸게 지원한 것이다. 집에 돌아가기 싫은 또 한 가지 이유. "아버지는 나와 내 자매들을 때렸어." 그럴듯한 거짓말이었다. 유효한 위협이 있었다고 하면 블레이크는 그녀를 더욱 동정했을 것이다. "어머니는 날 보호하려는 노력을 전혀 안 했어." 불쌍한 마그다. 부모가 그 모양이면 나라도 지하실에 숨겠네.

가족: 비협조적.

이제 친구들 얘기로 넘어가자. 그녀는 17번 도로변 맥도널드에서 여름을 보내기 위해 벨라루스에서 온 다른 십대 아이들과 친해졌을 것이다. 업체에서 아이들을 사용하지 않는 건물에, 가령 여름이라 비어 있는 산 위의 스키 산장에 머물게 하고, 나이가 지긋한 지역 주민을 시켜 용도 폐기된 스쿨버스로 출퇴근을 시켜줬다고 나는 상상했다. 하지만 그건 좀 개연성이 낮아 보였다. 그리고 홈스테이의 경우에는 신상 확인과 배상 청구권 포기 항목을 결정하는 과정이 너무 복잡해서 지역민 가족들과 마찰을 빚을 일이 꽤나 많았을 것이다. 아이들이 아예 야영을 했는지도 모른다. 러밴트의 여름은 야외 취침을 하기에 이상적이었다. 오두막집에서 살게 된 첫날, 나는 창문을 열고 소파 위에서 잤다.

담요를 밖으로 가져가 해먹에서 별을 바라보다 잘까도 생각했었다. 어쩌면 사실 벨라루스의 맥도널드 인력 업체는 십대 근로자들을 저 소나무 숲에 숨겨뒀다가 차에 태워 도로변에 내려줬는지도 모른다. 누군가가 와서 외국인, 낯선 사람들, 이상한 아이들에 대해 불평하기에 숲은 너무 멀 테니까. 그리고 아이들을 유인할 호수가 있었다. "미국으로 오세요. 시골풍의 리조트 지역에 머물며 깨끗한 미국 식당에서 일하고, 영어를 배우고, 멋진 유니폼을 입고, 친구를 사귀고, 즐겁게 놀 수도 있습니다." 그들은 우연히 호숫가의 내 조그만 오두막집을 발견해 그곳에서 파티를 열고 벌레를 피했을 수 있다. 집에 침입한 흔적은 없었다. 내가 오두막집으로 이사했을 때 집안에는 낡은 냉장고 한 대와 '걸스카우트 초록'으로 칠한 작은 탁자 외에는 아무것도 없었다. 벽화라 불러도 될 그림의 잔재도 있었는데, 다이빙하고 춤추고 활을 쏘는 소녀들을 흰색 스텐실로 묘사한 그림이었다. 벨라루스에서 온 십대 아이들이 거기 있었다면 바닥에서 잠을 자야 했을 것이다. 나는 곰팡이가 슨 그들의 수건 여러 장이 나무 사이에 맨 빨랫줄에서 마르는 모습, 구식 속옷을 입은 아이들 무리가 호숫물을 뚝뚝 떨어뜨리며 오래된 그네의 썩고 약한 밧줄을 빤히 바라보고 서 있는 모습을 상상했다. 다들 줄곧 먹어댄 맥도널드 음식 때문에 얼굴에 여드름이 피고 몸집도 점점 불어나고 있다. 아니,

맥도널드 음식을 전혀 먹지 않았는지도 모른다. 아마 아이들에게 식당 음식 섭취를 금지하는 규칙이 있었을지도. 감자튀김 하나라도 먹었다 하면 매니저가 고향으로 다시 보내버린다고 위협한다.

마그다는 그 십대 아이들 가운데 한 명에게는 속마음을 터놓았을 것이다. "난 벨라루스로 돌아가지 않을 거야. 도망칠 거야. 저 사람들이 날 찾으면 버스를 탔다고 말해줘. 차를 타고 캘리포니아로, 멀리 떠났다고 말해줘. 난 여기 없는 거야." 그래서 이제는 피부가 가무잡잡해지고 주머니에는 미국 돈을 조금 가진 그 애들을 벨라루스로, 고등학교로 돌려보내기 위해 공항까지 먼길을 데려다줄 밴이 도착한 날, 마그다는 이미 떠난 지 오래였다. 그런데 러밴트에 남은 건 어째서일까? 무엇 때문에 여기에 계속 있었을까? 히치하이킹을 하거나 그때까지 번 푼돈으로 버스비를 마련해 쉽사리 다른 곳으로 나갈 수도 있었다. 그녀를 여기에 머물게 한 무언가, 누군가가 있었을 것이다. 이제 그녀를 눈앞에 그려봤다. 내 오두막집 바닥에 앉아 내 앞에서 벽에 등을 기대고 야구점퍼 차림으로 담배를 피우는 마그다. 내가 이제 깨달은 바로는 분명 베스매인의 굿윌 상점에서 샀을 그 점퍼 말이다. 겨울옷은 고향에서 가져오지 않았다. 마그다는 어깨를 으쓱하며 마치 이렇게 말하듯 나를 쳐다보겠지. "뭘 알고 싶으세요?"

넌 블레이크가 약간 성가신 존재, 때때로 기분을 맞춰줘야 하는 사람이라는 걸 깨달았을 거야. 널 우러러보는 어린애에 불과하다고. 맞지, 마그다? 좀더 나이들면 둘이 연애라도 할 수 있을 거라고, 블레이크가 그렇게 생각하도록 놔뒀지?

다시 어깨를 으쓱.

벨라루스에서 같이 온 친구들에게 쪽지를 보냈지? "이걸 우리 아버지에게 전해줘."

내 정신 공간에서 마그다의 목소리가 들렸다.

날 찾으려 하지 마세요. 난 지금 아주 먼 곳에 있고 다시는 돌아가지 않을 거예요. 영원히 안녕.

마그다의 어머니가 그 사실을 알고 어떻게 행동할지, 인력 업체에서 무슨 말을 할지는 생각해낼 수 없었다. 벨라루스의 경찰도 관여할까? 수사가 이루어질까? 실종자 보고? 나는 그럴 리 없다고 생각했다. 그 인력 업체는 엄청난 공격을 받긴 할 것이다. 그런데 그냥 여자애 하나가 무슨 대수라고. 그냥 놔둬. 그애도 재미를 보게, 제 인생 살게 놔두란 말이야. 어머니는 딸이 어느 돈 많은 늙은이와 도망갔겠거니 추측할 것이다. 마그다, 이 망할 년, 어머니가 말한다. 내게는 다른 딸들이 있어. 어머니가 뭘 더 할 수 있을까? 변호사를 부른다? 푸우우. 마그다를 찾아내지 않았다고 누가 그녀를 나무랄 수 있을까? 보여줄 쪽지도 있다. 다시는 돌아가지 않을 거예요. 안녕.

친구들: 모두 벨라루스로 귀국.

그들 가운데 하나가 마그다의 쪽지를 어머니에게 직접 전달했을 것이다. 아파트 문 아래 틈으로 밀어넣었다.

날 찾으려 하지 마세요. 난 지금 아주 먼 곳에 있고 다시는 돌아가지 않을 거예요. 난 사라졌어요. 안녕.

나는 혀를 쯧쯧 찼다. 다시 찰리가 내 무릎 위에 머리를 올렸다. "걱정 마, 꼬마야. 그애는 더 좋은 곳에 있어." 거짓말로 아이를 가혹한 진실로부터 보호하듯 개에게 거짓말을 하고 있는 나는 얼마나 우스꽝스러운가. 천국엔 못 가겠군. 지미 목사와 라디오 신호가 닿는 곳 전역에 흩어져 있는 그의 신도들, 그리고 나의 찰리, 천국은 그런 순진한 영혼들을 위한 곳이었다. 월터는 천국에 있지 않았다. 나는 그걸 알았다. 그는 죽었다. 월터에게서 남은 건 그의 유골뿐이었다. 다시 그 유골 단지가 떠오르면서, 배를 타고 나가 호수에 재를 뿌리고 끝내버려야 하는데 아직도 그러지 못했다는 생각을 했다. 당장 해버릴까, 한밤중에 하늘에 시계처럼 얹힌 흐릿한 달빛 아래서 해치울까, 그렇게 생각하자 소름이 온몸을 훑고 지나갔다. 글을 쓰고 생각에 잠긴 사이에 밤이 찾아왔다. 나는 차갑고 씁쓸한 커피를 홀짝였고 다시 마그다의 쪽지를 읽었다. 날 찾으려 하지 마세요. 찰리가 배가 고픈지 내 다리를 발로 건드렸다. 펜을 내려놓고 냉장고로 가는데 고요한 집안에서 내 발소리가 삐걱삐걱 요란하게 울렸다. 바깥의 텃밭을 내다보며, 온기를 찾아 땅으로 파고들 조그만 씨앗들을 상상했다. 내가 씨앗을 제대로 심었나? 냉장고 안에 죽은 닭이 생으로 놓여 있는데 그걸 구울 기분이 들지 않았다. 렌틸콩 통조림을 열어 찰리의 밥그릇에 쏟은 뒤 그릇을 바닥에 내려놓았다. 찰리는 내게 발길질이라도 당한 양 나를 올려다보았다. "미안해." 나는 그렇게 말하며 내가 마실 물을 한 잔 따랐다. 얼음처럼 차가운 물에서 묘하게 톡 쏘는 맛이 나 어쩐지 월터의 애프터셰이브 로션이 떠올랐지만 그냥 억지로 마셨다. 사과 하나를 간이식탁으로 가져가는데, 찰리가 따라오기에 나는 그릇을 가리켰다. "닭고기는 내일 해줄게. 렌틸콩을 먹든가 아니면 배고픈 채로 그냥 자."

연애 상태: 혼자.

그건 쉬웠다. 마그다가 결혼했을 리는 없고 남자친구가 있었더라도 이제 더는 남자친구가 아니었다. 어쨌거나 그녀는 죽었으니까. 하지만 여기 러밴트에서 살아 있던 당시에 남자친구가 있었다면 그건 좀 까다로운 상황이었을 거라고 상상했다. 나는 사실 두 명의 애인을 떠올렸다. 하나는 젊고 외모가 준수하면서 성격도 몸도 유연하고—섬세한 근육질에 탄력이 있다는 뜻—얼굴은 이상하게 넓적하지만 몸은 여위고 멀쑥해서 아직 더 클 여지가 있다. 아하, 나는 고개를 끄덕였다. 또다른 용의자! 그의 이름은 고풍스럽지만 좀 우스꽝스럽다. 리오. 리어나도, 마그다는 그를 그렇게 부른다. 그는 아직 어린애에 불과했고 애정과 다정함, 달콤한 키스 말고는 줄 게 없었다. 마그다는 그보다 훨씬 성숙했을 것이다. 오, 블레이크가 이 관계를 알았다면 얼마나 질투했을까. 마그다는 블레이크의 마음을 다치게 하고 싶지 않아 그에 대해 숨겼을 것이다. 그리고 남자친구와 은밀한 만남의 장소를 정해뒀을 것이다. 예상 밖의 로맨틱한 곳. 자작나무 숲일까? "그 명은 어떻게 된 거야?" 리오는 그녀의 목에 새끼사슴처럼 입을 맞추며 묻는다. 그건 아주 좋은 질문이었다.

분명 또다른, 더 야수 같은 애인이 있었을 것이다. 마그다가 신세를 진 적이 있고 밀입국자, 도망자, 불법 이민자, 무단 이탈자인 그녀의 처지를 아는 남자는 그 정보를 도끼처럼 어깨 위에 걸치고 다니다가 언제든 그녀가 자신을 거절하는 순간에 휘두를 준비가 되어 있었다. 하지만 누가 그런 짓을 하지? 머리가 좀 어떻게 된 사람. 그는 사악하다기보다 그저 사랑 때문에 병든 사람이었다. 마그다를 옆에 두고 싶어 절박한 사람. 아마 그는 마그다가 돈을 받고 간병하는 노인의 아들이었을 거다. 그림이 그려졌다. 노인이 수프를 먹은 다음 마그다는 성실히 식탁을 닦고 있고, 직장에서 힘든 하루를 보내고 집에 온 헨리는 사타구니에 불이 활활 타오르고 있다. 그는 마그다를 험하게 다루며 구석으로 밀어붙인다. 그녀는 결국 굴복하지만 언제나 논쟁과 계산과 약속이 있었다. 저항하지 않으면 일당을 주겠다는 약속, 그녀를 놔주고 당국에는 잠자코 있겠다는 약속. 나는 어쩐지 마그다가 그에게 휘둘리면서도 그런 합의의 어떤 측면을 즐겼다는 느낌을 받았다. 어쩌면 그것이 주는 자유, 다시 말해 주머니 속의 돈—현금—을 좋아했을 뿐인지도 모른다. 단지 그것뿐일까? 나는 궁금했다. 마그다는 어둡고 더러운 데 발을 들이고, 억지로가 아니라 자진해서 그 남자에게 굴복한 채 어떤 고통스러운 친밀감을 음미하는, 그런 여자였을 수도 있다. 어쩌면 그는 내가 상상하는 것만큼 끔찍하지 않았을 수 있다. 어쩌면 해리슨 포드나 월터 같은 인물이었을지도. 하지만 장애 때문에 어려운 처지가 됐다. 그리고 마그다는 그 취약함에 이끌렸다. 불쌍한 헨리. 불쌍한 마그다. 그들이 그 집 식탁 위에서 사랑을 나누고 노인은 그 광경을 바라보며 바지 허벅지 언저리에 침을 줄줄 흘리진 않았을지 궁금하네. 이런 세상에.

남자들과의 관계: 복잡.

여자들과의 관계: 불신.

나는 셜리를 잊을 수 없었다. 그 집의 주인 여자가 지하실의 여자애를 어떻게 바라보았을지 궁금했다. 마그다는 성인 여자가 성적 매력이 있는 십대에게 품을 법한 악감정을 유발할 만큼 예쁘지는 않았다. 나는 젊은 여자의 외모에 질투를 느끼지 않았다. 그들을 보면 귀여운 다람쥐를 바라보는 느낌이었다. 이 녀석은 눈이 크네, 저 녀석은 줄무늬가 매력 있네, 기타 등등. 하지만 어떤 여자들은 젊음과 아름다움에 진심으로 분개한다. 마그다로선 다행이었다, 둘 중 앞의 것만 지녔으니까. 그녀가 볼품없었다는 건 아니다. 그녀는 태도가 아주 매력적이었다고 나는 생각한다. 그리고 피부도. 크림 같은 흰빛, 동화책 제목을 따서 '백설'이라고들 하는 그 색. 잠시 나는 마그다를 백설공주의 모습으로 떠올렸다. 내 오두막집을 빗자루로 쓰는 그녀의 어깨 위에 새들이 앉아 있다. 하지만 마그다는 백설공주처럼 쾌활하지 않았다. 어쩌면 그 때문에 셜리의 악감정을 자극하지 않을 수 있었는지도. 마그다는 늘 울상이었다. 마그다가 지하실에 있음을 알기에, 그 한심한 거처의 월세를 마련하느라 무진 애를 쓰고 있을 게 분명하기에, 셜리는 약간의 죄책감을 느꼈을 것이다. 어쨌거나 그녀는 어머니였으니까. 그리고 마그다가 지하실에서 담배를 피워서 못마땅했을 것이다. "내려가서 말해. 내 집에서 그 역겨운 담배 냄새가 나는 게 싫다고." 셜리는 저녁을 먹으러 들어온 블레이크에게 그렇게 말한다. 불이 벌게지도록 신경질을 내며 스토브 앞에서 마카로니 냄비를 젓고 있다.

"알았어요, 엄마. 지금 가서 말하라고요?"

"아, 아니, 지금 말고. 나중에. 그리고 너무 사납게 말하진 마. 그냥 밖에서 피우는 게 나을 거라고만 말해. 그리고 건강에 나쁘다고도 말해. 그 나이 여자애는 말이야, 아직도 자라는 중이거든."

그녀는 마그다를 보면 겁이 났다. 바로 그거다. 마그다는 약간 무서웠다. 거칠었다. 외국 억양도 심했다. 낮고 쉰 듯한 목소리 때문에, 꼭 암살자 같았다. 나는 벨라루스에 있는 마그다의 남자 사촌들을 상상할 수 있었다. 큰 키에 성큼성큼 달리는 걸음걸이, 칙칙한 검정 가죽 재킷 차림에 어깨가 떡 벌어진 폭력배들, 가족 중 누구라도 모욕하는 사람을 만나면 당장 몽둥이로 내려칠 기세다. 여자로 태어나지 않았다면 마그다는 그들과 비슷했을 것이다. 그녀가 러밴트에서 노인의 침을 닦고 그의 아들과 성적인 관계를 맺으면서 셜리의 지하실에 숨어 살기를 원했다는 건 벨라루스의 삶이 굉장히 끔찍했단 거라고 나는 추측했다. 천만다행이지, 그곳을 벗어날 수 있었으니. 나는 발끈 성이 나서 질문지를 뒤집고 마그다의 쪽지를 또 읽었다. 안녕. 날 찾으려 하지 마세요. 다시는 돌아가지 않을 거예요. 난 사라졌어요. 그날 아침에 자작나무 숲에서 발견한 쪽지에는 그렇게 적히지 않았다는 걸 알면서도, 두 쪽지를 같은 사람이 썼을 수도 있을 것만 같았다. 그리고 찰리가 발로 내 발목을 두드리는 동안 나는 새로운 쪽지 쓰기를 감행했다.

내 이름은 마그다다. 나는 그렇게 썼다. 누가 나를 죽였는지는 아무도 모를 것이다. 블레이크는 아니다. 여기 내 시신이 있다.

나는 일어서서 소파 위에 있던 담요를 가져다 어깨에 둘렀다. 몸이 덜덜 떨린다는 걸 그제야 깨달았다. 갑자기 담배 생각이 났다. 월터를 만나고 함께 끊기로 한 이후로 오십 년 동안이나 담배를 피우지 않았는데. 월터는 그의 끔찍한 시가를, 나는 나의 담배를 끊었다. 그때는 내게 담배가 전혀 아무렇지 않았는데, 공기와 같았는데, 내 산소나 마찬가지였는데. 지금 담배를 피운다면 머리가 핑핑 돌겠지. 이제는 화목난로에서 나오는 연기를 조금만 마셔도 발작적인 기침이 났다. 암인가, 나는 생각했다. 나도 곧 죽는 건가.

여기 내 시신이 있다. 나는 다시 자리에 앉으며 생각했다. 여기 이 오두막집 안에서 죽으면 누가 나를 찾을까? 불쌍한 찰리, 녀석은 굶어죽겠지. 어떻게든 여기를 부수고 나가 얼룩다람쥐를 쫓아야겠지. 이빨로 물고기를 잡는 법을 배울지도 모른다. 목에 물고기 가시가 걸려 다칠까봐 걱정은 좀 되지만. 마침내 누군가가 찾아와 나를, 간이식탁 위로 고꾸라진 나의 해골과 손뼈 아래 걸려 있는 쪽지를 찾겠지. 내 이름은 마그다다. 누가 나를 죽였는지는 아무도 모를 것이다. 찰리가 상심한 표정으로 나를 응시했다.

"난 아직 죽지 않았어, 찰스." 나는 녀석의 머리를 쓰다듬고 귀를 만지작거리며 말했다. 찰리가 침을 삼키는 소리가 들리자 찌릿하게 죄책감이 들어 어쩔 수 없이 다시 일어나며 잇새로 연필을 물었다. 진짜 작가처럼! 달걀을 세 개 부쳐서 렌틸콩이 담긴 찰리의 그릇에 두 개를 밀어넣고 남은 한 개는 내가 먹었다. 포크로 찍어 호호 불어가며 야금야금 먹다가 글을 쓰던 간이식탁으로 돌아가서는 거의 통째로 삼켰다.

다음 질문 몇 개는 쉽게 넘어갔다.

직업: 전직 패스트푸드점 점원. 지금은 가정 간병인.

가장 좋아하는 취미: 흡연, 라디오 듣기.

나는 마그다가 패션 잡지를 읽거나 부유하고 유명해지기를 꿈꾸는 부류의 아이일까 궁금했다. 아마 셜리의 지하실에 은신한다는 큰 계획을 세운 데는 그런 목적도 있었을 것이다. 그녀는 돈을 모은 다음 그곳을 떠나 뉴욕이나 라스베이거스나 할리우드로 가려 했다. 마그다가 플로리다주의 마이애미를 소개하는 오래된 여행 책자를 읽는 모습이 그려졌다. 그곳에서는 다들 가무잡잡하고, 끈 비키니 수영복 차림으로 롤러스케이트를 타며, 거리에 늘어선 야자수와 타코, 춤을 추는 다정한 사람들, 사방이 깨끗하고 분홍색인 풍경, 따뜻한 바다가 퍽 매력적이다.

월터와 나는 왜 여름휴가를 즐기지 않았을까? 월터가 여흥을 그다지 좋아하지 않았기 때문이다. 그는 일정과 일을 좋아했다. 생산적으로 사는 인생이 최고라고 느꼈다. 나는 그가 옆에 있을 때는 대개 그의 생각에 동의했고, 나도 내가 원하는 일을 자유롭게 하며 하루하루를 지냈다. 퍼즐을 맞췄고, 책을 읽었고, 먼리스의 상점가 같은 데를 걸으며 나를 아는 사람들에게 인사를 건넸다. 공원에서 거닐기도 했다. 기웃기웃 돌아다니며 대화를 나눌 누군가를 기다리는 행동이 약간은 내 아버지와 비슷했다. 하지만 거기는 먼리스였다. 사람들은, 특히 여자들은 무료했다. 마그다라면 신나는 일을 원하겠지. 그녀는 마이애미 해변으로 달려가 바닷가에서 백만장자를 만나고 싶을 것이다. 반짝이는 검은색 싸구려 비키니를 입은 그녀가 눈에 선했다. 너무 하얘서 얼굴을 보호하려면 커다란 모자를 써야 하는 피부. "몸매는 완벽한데 얼굴은, 왠지 조그만 새끼돼지 같군." 음, 나는 마그다의 얼굴이 꽤 맘에 들었다. 상상 속에서 볼 수 있었던, 자작나무 숲의 부드러운 흙바닥에 뭉개진 그 얼굴. 내 눈에는 그녀가 정말이지 사랑스러웠다. 그녀와 함께 몇 분이라도 보낼 수 있는 노인은 누가 됐든 복이 많은 거지. 마그다의 계획이 어디까지 진행됐을지 궁금했다. 벨라루스로 돌아갔다면 러시아인 신붓감을 소개하는 웹사이트에 가입하진 않았을까. 하지만 그러면 사시에 키 작은 퇴역군인 공장 노동자를 만나 아이다호 같은 곳에서나 살겠지. 그녀가 그 남자를 위해 닭튀김을 해주고서 식탁의 플라스틱 깔개와 부엌의 가짜 대리석 상판을 닦는 모습을 상상하다 나도 모르게 질문지를 다시 뒤집었다.

아무도 날 찾지 못할 것이다. 좋아. 너는 자유야, 마그다. 이제 네게는 결코 나쁜 일이 일어나지 않아. 넌 단 한 가지 실수도 저지르지 않을 거야. 네가 하는 일은 모두 옳아.

가장 좋아하는 스포츠: 없음.

적어도 여기 사람들이 스포츠팀이나 선수를 좋아하는 방식으로는 아니라는 것. 사람들은, 특히 남자와 소년들, 아울러 일부 여자들까지도 특정 스포츠팀을 자기편으로 정한 뒤 그걸 무슨 개인적 긍지의 문제로 여기는 듯했다. 가만 앉아 쳐다본 것 말고 그 뚱보들이 뭘 했나? 스포츠음료를 사고 자기 팀이 최고라고 친구들에게 떠벌린 것 말고 그 뚱보들이 무슨 기여를 했나? 그게 정말로 지원하는 마음을 표현하는 방법인가? 응원하는 방법? 그 지원이라는 것이 밖으로 표현된 자신들의 소망이 아니면 무엇이란 말인가. 기껏해야 어깨에 올린 손 정도? 월터가 죽었을 때 이웃 사람 몇과 월터의 동료 일부가 나를 지원한다며 집에 왔었다. 나는 그걸 어떻게 받아야 했을까? 그들은 내가 전화를 걸어 "당신이 해주겠다는 지원을 받아들일 준비가 됐는데, 날 어떻게 도울 건가요?"라고 말하리라 생각했을까? 나는 내게 필요한 걸 어떻게 요구하는지 몰랐다. 필요한 게 뭔지도 몰랐다. 대학 본부에서는 추도식, 매장, 만찬 등을 맡아주었다. 월터의 비서는 유골단지 몇 가지를 골라 내게 전화했다. 물론 나는 가장 비싼 걸 사라고 했다. 비서가 그쪽으로 압박하긴 했지만 나 역시 조잡하게 연마한 좀더 싼 강철 단지나 광택제를 바르지 않은 가장 싼 소나무 단지를 골랐다면 기분이 좋지 않았을 것이다. 하지만 어쩌면 소나무가 나았을지도 모른다. 그러면 그 나무 단지를 밖에 내다 놓고 지네들이 먹어치우게 할 수도 있었을 테니까. 그 편이 배를 타고 나가 물에 재를 쏟아버린 뒤 빈 황동 단지를 가지고 뭍으로 돌아오는 것보다 더 고상한 방법이었다. 그 안을 다시 뭘로 채우겠는가? 텃밭의 흙을 채운다? 튤립 구근을 심는다?

가장 좋아하는 음식: 피자. 복숭아. 오렌지 소다.

가장 두드러진 긍정적 성격 특성: 회복력. 자립적. 사람을 다루는 능력.

가장 두드러진 부정적 성격 특성: 무례함. 비밀스러움.

유머감각:

그녀의 아버지와 마찬가지로 마그다는 가혹함, 우둔함, 저속한 익살 등에서 유머를 찾았다. 그녀는 굼뜨고 뚱뚱하고 못생긴 사람들을 놀렸다. 앙심과 오만으로 가득했으며, 인기 없는 사람을 진흙탕에 처박으며 웃고 즐겼다. 벨라루스에 살 때 사람들은 그녀를 깡패로 여겼다. 마그다는 그럴 수밖에 없었다. 가정환경 때문에 거칠 수밖에 없었다. 마그다는 부드럽고 아기자기한 소녀가 아니었다. 하지만 굳어진 외피 아래서, 건들거리는 걸음걸이와 눈 흘김, 통조림 수프와 사탕을 사느라 시장에 나타날 때 타인의 관심을 차단하려고 짓는 무표정 아래서, 그녀는 사실 예민하고 마음이 여렸다고 나는 생각한다. 그래야만 했다. 그렇지 않다면 내가 왜 그녀를 좋아했겠는가? 어쩌면 한번쯤 그녀가 식료품점에서 내 옆을 스쳐갔는지도 모른다. 그런데 내가 어울리지 않는 곳에 와 있다는 기분—나는 늙었어, 낯선 사람이야, 오두막 집에서 며칠씩 외따로 지내며 피해망상에 빠진, 환영받지 못하는 침입자야—에만 신경을 쓰다보니 다른 외톨이를 알아보지 못했는지도 모른다. 더러운 테니스화를 신고, 얼굴 위로는 길고 미끈한 머리칼을 이불처럼 드리우고, 어깨를 구부정하게 숙인 채 바주카* 껌을 씹으며 영양가 없는 싸구려 음식이 든 바구니를 계산대로 가져가는 마그다. 겨울에는 검은색 니트 모자를 썼을 것이다. 나는 형광등으로 밝힌 매대 사이에서 그녀를 본 기억이 나는 것만 같았다. 누가 이런 추운 날씨에 양말도 없이 테니스화를 신고 다니나 의아해하면서. "요즘 애들이란." 나는 아마 혀를 쯧쯧 차며 그애가 약을 했다고, 나쁜 씨앗이라고 넘겨짚었겠지. 불쌍한 마그다. 그애에게 정말로 필요한 건 불가에 놓인 부드러운 쿠션, 머리를 얹을 누군가의 무릎이었다. 나라면 마그다에게 음식을 해 먹이며 다시 건강과 평정을 회복하게 해주었을 텐데. "이제 수영하러 가, 마그다. 네게 좋을 거야." 우리는 농담을 나누고, 찰리를 보며 웃을 수도 있었다. 마그다와 스크래블 게임** 을 했다면 재미있었을 텐데. 내가 그애에게 점수가 높은 단어들

* 풍선껌 제품명.

** 알파벳 철자가 적힌 조각들을 조합해 단어를 만드는 게임.

을 알려주고 우리는 함께 우스워할 수도 있었다. "Exorcize" "Quixotic" "Whizbang" "Maximize"* 같은 단어들을.

성미: 급함.

마그다는 말이 너무 많은 사람을 참지 못했다. 그런 사람들은 그녀를 미치게 했다. "멍청한 미국년." 내 상상 속 그녀는 맥도널드 카운터 뒤에서 그렇게 숨죽여 말하고, 그러는 동안 한 십대가 휴대전화로 잡담을 하며 손으로 메뉴를 가리킨다. 마그다는 누군가를 시중들어야 하는 처지에 분개했을 것이다. 그녀는 자존심이 강해서 그 누구의 노예나 정부도 될 수 없었다. 아마 그녀가 돌보던 노망난 노인도 그 성미에 크게 당했을 것이다. "이런 멍청하고 추한 노인네! 옷에 오줌을 쌌네! 똥냄새 나잖아! 역겨운 개 같으니!" 그녀가 노인을 때리기까지, 책을 집어 그의 머리를 후려치기까지 얼마나 걸리려나? "이제 울어? 아기가 따로 없네. 엄마 찾아 우는 거야? 당신이 너무 멍청해서, 제 몸에 똥 묻히는 멍청한 개 같아서, 다들 당신을 돌봐야 하잖아. 칫!"

독자는 이 인물을 좋아할까, 싫어할까? 그 이유는 뭘까?

---

* 각각 "악령을 쫓다" "돈키호테 같은" "소형 포탄의 일종" "극대화하다"라는 뜻.

나는 마그다를 잘 알게 된 기분이 들었고, 그녀가 좋았다. 질문지는 효과적이었다. 마그다가 진짜처럼 느껴졌고, 내게 중요해졌다. 그녀에게 유대감이 생겨났다. 심지어 그립기까지 했다. 실제 삶에서 만날 수 있었기를, 그저 악수라도 한 번 할 수 있었기를 바랐다. 마그다가 나를 볼 수 있었기를, 그래서 내가 이런 식으로 그녀를 되살려내고 살인의 내막을 조사하고 목소리를 주며—내 이름은 마그다였다—자신을 위해 하는 이 모든 일을 그녀가 인정해주기를 바랐다. 나는 찰리를 사랑하듯이, 혹은 월터를 사랑했듯이 마그다를 사랑하지는 않았다. 내 새로운 텃밭에서 싹을 틔울 작은 모종들을 사랑하는 방식으로 그녀를 사랑했다. 생명을 사랑하는 방식으로, 성장의 기적과 꽃피우는 것들을 사랑하는 방식으로 사랑했다. 미래를 사랑하듯이 그녀를 사랑했다. 과거는 지나갔고, 거기에는 사랑이 남아 있지 않았다. 마그다가 죽었고 그 몸에서 생명이 찢겨나갔다고 생각하니, 그렇게 홀로 버려져 있었고 그 시신을 돌볼 사람이 아마 블레이크 외에는 아무도 없었겠지 생각하니 마음이 아팠다. 사라진 잠재력의 상징인 희생자에게 큰 애정을 느끼기는 쉽지, 나는 생각했다. 허비한 가능성, 놓쳐버린 기회보다 더 가슴 아픈 건 없어. 그런 것들에 대해 나는 잘 알았다. 나도 예전에는 젊었고, 많은 꿈이 내동댕이쳐졌다. 하지만 그걸 내동댕이친 건 바로 나였다. 나는 안전하기를, 완전하기를 바랐고 확실한 미래를 원했다. '미래가 있기는 할까'와 '원하는 미래가 올까', 이 두 질문을 혼동할 때 사람은 실수를 저지른다.

넷

그날 밤에는 찰리도 나도 잠들지 못했다. 바깥에서는 바람도 바스락거림도 없는 기이한 정적이 흘렀고, 나는 늦은 시간에 마신 커피 때문에 신경이 곤두서 있었다. 특히 찰리는 달걀과 렌틸콩을 거의 다 먹어놓고도 까탈을 부리며 이불 위에서 자꾸만 일어섰다가 다시 자리잡기를 반복했다. 나는 찰리가 렌틸콩 때문에 소화불량을 겪는구나 싶어 겁이 났다. 이따금 스멀스멀 풍기는 매캐한 냄새 때문에 베개에 얼굴을 묻어야 했기 때문이다. 내 뱃속도 꾸르륵거렸지만 나는 입맛이 없었다. 그저 아침을 기다리는 수밖에 도리가 없었다. 칠흑 같은 어둠이 아주 오래 머물렀다. 꼭 두려운 건 아니었다. 숲속을 기어다니는 괴물이나 악령을 상상하지는 않았다. 바깥에 도끼 살인마는 없다는 걸 알았다. 만약 있다면 찰리가 문을 긁으며 머리가 떨어져나가도록 울부짖을 테니까. 그럼 우리는 수월하게 차에 올라타 곧바로 이 소도시를 벗어날 수 있겠지. 슬리퍼에 발을 꿰고 다락 계단을 달려내려가 차 열쇠를 챙겨 밖으로 나가기만 하면 된다. 도끼 살인마는 도끼든 뭐든 들고 다녀야 하니 걸음이 그다지 빠르진 않을 테다. 찰리의 경고 덕분에 시간을 벌면 외투와 핸드백까지 챙길 수 있겠고. 나는 도끼에 난도질당하고 늑대 밥이 될까봐 걱정하지는 않았다, 바깥에 늑대가 있었다 해도 말이다. 실은 없었지만. 적어도 우리가 본 적은 없었다. 곰도 없었고. 여우는 있었는데, 녀석들이 했다고 알려진 짓은 기껏해야 주민들의 쓰레기를 찢어 어지른 것뿐이었다. 여우는 스컹크나 라쿤이나 주머니쥐보다도 나쁠 게 없었다. 그런데도 나는 육류용 칼을 미리 침대로 가져다 매트리스 밑에 끼워두었다. 만약에 대비해. 왜냐면, 혹시 알아? 혹시 모르잖아? ……내가 잠들지 못한 건 바로 그 때문이었다. 모른다는 것, 알고 싶다는 것.

마그다는 어디에 있으며, 어떻게 거기에 있게 됐을까?

질문지는 전부 작성했고 내게는 점점 길어져가는 잠재적 용의자들의 명단이 있었다. 하지만 그걸로는 마음이 진정되지 않았다. 더 해야 할 일이 너무 많았다. 사람들을 찾아 신문해야 하는데, 그걸 어떻게 할지 불분명했다. 나는 탐정이 아니었다. 확대

경도 수갑도 없었다. 나는 민간인이었다. 보통 사람들 눈에는 그저 아담한 할머니였다. 몰래 움직여야겠지, 냄새를 맡아야 할 테고. 벽에 붙은 파리처럼 들을 수 있는 건 엿듣고, 진동을 통해 정보를 모으고 감지해야 할 테다. 내 심령 능력을 활용해야 한다. 월터는 늘 내게 마녀라고 하지 않았나? 월터라면 이 상황이 전부 뻔하다고 생각했을 것이다. 오, 훌륭한 살인 미스터리 영화들을 한결같이 망쳐버리는 그의 고집 뒤에는 허풍스러운 남성적 우월감이 있었다. "수영장 관리인이 그랬군" "가정부 짓이야" "저 사람은 동성애자야" 혹은 "저거 다 꿈이야". 그는 정말이지 흥을 깨는 사람이었다. 하지만 나도 그랬다. 긴장이나 긴박감을 좋아하지 않았다. 그 때문에 신경이 곤두서니까. 나는 화면을 응시하면서 냅킨 뭉치를 잡아뜯거나 쿠키 한 봉지를 다 먹었다. 그런데 실은 그걸 즐겼던 것 같다. 삶이 흥미진진해졌으니까. 나는 두려움을 좋아했다. "오, 역시 드라마의 여왕이야." 월터는 내가 싸움을 걸면 그렇게 응수했다. 대개 돈 문제 아니면 주말 계획과 관련한 싸움이었다. 나는 야외 활동을 좋아했지만 월터는 지나치게 현대인다웠다. "난 호수에 수영하러 가지 않을 거야. 성기로 미생물이 들어올 거라고. 당신은 그러면 좋겠어? 내가 무슨 성병에라도 걸리면? 거기에 어떤 세균들이 있는지 알아? 거긴 오물통이라고. 사람이 갈 곳이 못 돼. 사람은 욕조에서 수영해.

뭐, 조심한다면 수영장도 가능하겠지. 염소 소독을 하니까, 베스타. 모르겠어? 내 사촌은 발*에서 강물을 한 모금 마시고 평생을 이질에 시달렸어."

"당신은 반대로 생각하는 거야. 오히려 이로워, 월터. 가끔은 살짝 더러워져도 괜찮아. 우리 등산 가도 되겠다. 당신 등산 좋아하는 거 아니었어? 산 위로 올라가자. 위에 작은 호텔이 있어." 나는 드래치킬 여행 안내서를 보고 있었다. "전혀 비싸지 않아. 그리고 봐, 룸서비스도 있대. 뷔페가 아니야!" 월터는 뷔페를 싫어했다.

"유럽과 달라." 그는 말했다. "거긴 알프스가 아니라고. 시끄러운 도보 여행자들이나 오겠지. 아기들을 흔들흔들 얼러대는 꼴 보기 싫은 사람들이 사방에 있을 거라고. 난 도시로 가면 좋겠어. 박물관에. 하지만 당신은 디즈니랜드에 데려가달라고 하겠지. 영화 스튜디오에 가면 되겠네. 유명인사들을 볼지도 모르고. 당신이 제일 좋아하는 사람도 있을지 몰라. 해리슨 토요타** 맞지?"

월터는 그런 식으로 나를 놀렸다. 우리에게 가장 모험적이었

---

* 인도의 도시.

** 해리슨 포드. '포드'가 자동차 브랜드이기도 하므로 그 자리에 다른 자동차 브랜드인 '토요타'를 넣어 빈정거리는 것.

던 시간은 케셀에 가는 길에 도로변 식당에서 멈췄을 때였다. 월터는 그곳 음식을 먹고 배탈이 났고 그날 밤에 침대에서 나더러 멀리 떨어져 있으라고 성화를 부렸다. 꼭 찰리 같아, 나는 웃으며 생각했다. 월터는 가끔 그렇게 아이 같을 때가 있었다. "자, 봤지? 당신은 멋대로 하라고. 나는 아주 조금 모험을 했다가 벌을 받고 있어. 당신의 그 역겨운 과카몰레를 좀 집어먹었다가."

하지만 이건 가장 독일인다울 때의 월터였다. 그는 몹시 고상한 사람이었고, 어쨌거나 과학자였다. 그렇다고 월터가 다정하지 않았다는 뜻은 아니다. 아주 다정했다. 사랑이 넘치는 가정에서 자랐다. 월터는 자기 부모가 매일 저녁 식탁에서 결혼 서약을 새로 했다고 내게 말했다. 때로 나와도 그렇게 했는데, 대개는 빈정거리는 분위기였다. "내 소중한 베스타, 이 옥수수 한 자루를 받고 나와 결혼해주겠소?" "이 양 다리를 내 불멸의 사랑과 신성한 결혼의 징표로 받아주겠소? 아멘." 우리는 법원에서 결혼식을 올리고 월터가 박사학위 논문을 준비하던 도시 디모인에 있는 근사한 호텔로 신혼여행을 갔다. 나는 그걸로 충분하다고 생각했었지만, 내가 당연히 누려야 하는 게 진정 무엇인지는 알지 못했다. 여느 멀쩡한 젊은 여자라면 누릴 만한 것을 나도 누릴 자격이 있었다.

아직 창문을 살짝 열어도 좋을 만큼 날이 따뜻하지 않았고, 어쩐지 창문을 연다면 밖에서 얼쩡거리고 있을지 모르는 정령들에게 안으로 들어오라고 초대하는 꼴이 될 것 같았다. 고드, 용의자 목록에 넣은 검은 유령이 내 머릿속 뒤쪽에서 서성거렸다. 이렇게 추상적인 걸 지어내는 나를 월터는 어리석다고 생각했겠지만 상관없었다. 월터는 아무것도 모르니까. 이제는 죽었으니 훨씬 많은 걸 알 거라고 추정은 되지만. 월터가 저 위 어딘가에서 마그다와 대화를 나누고 있을 수도 있다. 심지어 둘이서 나를 지켜보고 있을지도. 월터는 슈냅스*를, 마그다는 오렌지 소다를 마시며. 그들은 무슨 말을 하고 있을까? 내가 그간 얼마나 똑똑하고 용감했는지, 얼마나 부지런했고, 얼마나 영리했는지 그들이 볼 수 있기를 바랐다. 월터는 아마도 고개를 가로젓고 있었을 것이다.

"다음 행동이 무엇일지 아주 뻔하잖아. 블레이크에게 답장을 써. 그 녀석이 미끼를 무는지 보란 말이야. 낚싯대 없이 낚시하러 가는 사람은 없어, 베스타. 당신은 늘 그렇게 머뭇거렸지. 물이 필요하면 비가 오기를 기도할 게 아니라 차를 몰고 곧장 저수지로 가는 거야."

오, 월터, 당신을 아예 호수에 부어버렸어야 했는데, 나는 씩

* 독일의 전통 증류주.

씩거렸다. 그 침대에서, 방귀를 뀌어대는 커다란 개와 함께 어둠 속에 있자니 더는 참을 수 없었다. 공간이 필요했다. 신선한 공기를 마셔야 했다. 마침내 침대에서 몸을 일으켜 창문을 살짝 열자 차가운 공기가 틈새로 새어들었다. 훨씬 나았다. 나는 찰리를 옆으로 살살 밀쳐냈다. 기분이 상한 찰리가 침대에서 아예 내려가더니 계단참 꼭대기에서 몸을 둥글게 말고 근처의 어둠 속으로 턱을 내민 채 눈에 극적인 미움을 담아 나를 응시했다. 불쌍한 개. 내일은 더 잘 먹여야지, 나는 속으로 말했다. 찰리가 내 경보장치이자 경호원이라면 제대로 된 음식을 먹을 필요가 있었다. 최상의 컨디션을 유지할 필요가 있었다. 특히 지금, 도끼 살인마들과 죽은 소녀들과 눈에 보이지 않는 이상한 생물들이 밤새 소나무 숲을 절뚝절뚝 돌아다니는 때에는. 비록 그것들이 모두 내 상상 속에만 있다고 해도.

"내 사람이 되어줄래?" 다음날 아침에 내가 깨어나며 막 기억해낸 말이었다. 월터의 꿈을 꾸고 있었다. 그의 유골이 내 주변에 개미총처럼 쌓여 있다가 갑자기 흐르는 모래늪으로 변하면서 누군가의 손이 밖으로 나왔고 뼈만 앙상한 그 손목에는 다이아몬드가 촘촘히 박힌 시계가 채워져 있었다. 시곗바늘은 열시 삼십분을 가리켰다. 그 손가락들을 그러쥐었더니 처음에는 공기만 잡히다 이어서 모피 느낌이 났고, 멀리서는 유리잔이 쨍그랑거리는 소리, 식사 도구가 본차이나 도자기에 닿는 소리가 들렸다. "내 사람이 되어줄래?" 반드시 월터 목소리라곤 할 수 없었지만 독일어 발음이 꽤 흡사했다. 눈을 뜨자 찰리가 있었다. 꼬리를 세차게 흔들고 머리로 내 손과 턱을 쿡쿡 찌르더니 따뜻한 물수건처럼 부드럽고 얇은 혀로 내 볼을 핥았다.

"오, 알겠어, 귀염둥이." 나는 말했다. 휴식이 부족함을 뼈에서, 눈에서, 관절에서, 발에서 즉각적으로 느낄 수 있었다. 나는 계단을 살살 내려간 뒤 부엌으로 가면서 호수 쪽으로 난 창가의 간이식탁 위에 놓인 서류를 강렬히 응시했다. 이제는 종잇장들이 떠오르는 햇빛을 받아 화염에 휩싸인 듯 보였다. 늦은 아침이었다. 보통 찰리는 새벽이 밝기 전에 나를 깨웠고, 나는 바늘 같은 햇살이 지평선 위로 막 솟기 시작할 때—양치하고 세수하고 옷을 완전히 갖춰 입은 채—찰리와 함께 밖으로 나갔다. 햇빛에 환히 빛날 뿐, 식탁 위의 상태는 간밤에 놔둔 그대로였다. 빈 머그컵, 연필, 펜, 질문지, 아직 쓰지 않은 노트. 내 작업이 자랑스러웠다. 밤이 깊도록 점토와 씨름한 뒤 잠들었다가 게슴츠레한 눈으로 작업실에 다시 내려온 조각가가 된 기분이었다. 힘든 작업과 피로에 지쳐 잠자리에 들면서 조각가는 자신이 창조해낸 생명의 형태가 얼마나 탁월한지 깨닫지 못하고 그것을 아래층에 놔두었다. 그것은 밤새 마르며 자체의 형태를 갖춰나갔고 창조자와는 별개로 진짜가 되었다. 그래서 마그다는 진짜가 된 것이다.

나는 부엌에서 문을 열고 찰리를 내보내 아침 첫 볼일을 보게 했고, 닭 요리를 하기 위해 오븐을 예열한 뒤, 싱크대 아래 칸에서 영양제통을 꺼내려고 허리를 숙였다. 영양제가 이상적인 영양원은 아니지만 내게는 필요하다는 걸 알았다. 월터는 늘 깡마른 나를 놀리면서 주변의 다른 여자들과 비교했는데, 나는 가냘프고 앙상하고 가슴이 납작하다며, 그리고 그 여자들은 살집이 두둑하고 가슴이 커다란 돼지라며 양쪽을 동시에 모욕했다. 못되게 굴려는 의도는 아니었다. 그저 그의 유머감각이 그랬을 뿐이다. 약간은 마그다처럼. 월터는 내가 자기 모르게 일을 꾸민다고 생각할 때가 많아서 나는 친구를 사귀기도 힘들었다. 월터가 소외감을 느꼈다는 생각이 든다. 사람들 대부분이 자신을 좋아하지 않음을 감지한 것이다. "사람들은 죄다 멍청이야"라는 말로 그는 자신의 외로움을 합리화했다. 가끔은 자기처럼 지능이 높으면 남들에게 진심으로 받아들여진다는 느낌을 받기가 힘들다고 불평했다. "사람들이 겁을 먹거든." 그는 그런 사람들을 '무식쟁이'라고 여겼다. 때로는 누군가의 과학 저작물을 읽은 뒤 자신이 '이 행성에서 유일한 지적 존재가 아니라는' 위안을 느낀다고 주장하기도 했다. 내 지능에 대해 어떻게 생각하는지는 치사해서 묻지도 않았다. 그는 자신의 성격이 그토록 불쾌한 이유를 완벽히 알았다. 먼리스에서 내가 주최했던 몇 안 되는 파티에서 월터는 더할 나위 없이 모범적으로 행동했다. 그는 자신의 연구에 지원금을 대줄 만한 사람들이나, 자신이 싫어하는 교수를 새로 임용하려는 학장에게 좋은 인상을 심어주는 방법을 알았다. 그럴 때면 그는 매력적으로 굴 수 있었고, 완벽한 남편처럼 행동하며 내 어깨를 감싸안거나 음식 차림이 얼마나 근사한지 말해주고 싶다는 듯 은밀히 내 손에 입을 맞췄다. 그는 품위 있고, 잘생겼고, 정말이지 준수했다. 외모가 준수한데도 주위 사람들을 매우 불편하게 하는 남자가 있다면 성격이 끔찍이도 가혹할 게 뻔하다. 월터가 못생긴 남자였다면 멸시를 받았을 것이다. 먼리스의 시골뜨기들은 멋진 외모에 쉽게 휘둘렸고, 편견이 심한 사람으로 보일까봐 월터를 차갑게 대하지 못했다. "월터, 그 잘생긴 독일인."

바닐라맛 영양음료가 담긴 찌그러진 캔 테두리에서 쥐똥을 씻어내는 내 모습을 월터가 보고 있다면, 그는 그걸 내 손에서 빼앗아 던져버리고 냉장고로 가 버터 한 조각과 스테이크를 꺼낼 것이다. 그러고는 밀크셰이크를 홀짝이는 게으른 십대 아이가 아니라 성숙한 어른처럼 먹으라고 말하겠지. 내가 원하는 걸 한다는 건 얼마나 멋진가. "험한 시절이죠." 동물 보호소 여자가 내게 강아지를 넘겨주며 했던 그 말이 기억났다. 파자마 셔츠 자락으로 캔을 닦은 다음 고리를 당기고 음료를 들이켰다. 위가 차갑게 채워지는 느낌이 들었다. 어린 시절부터 익숙한 맥아의 맛이 났다. 우리는 신선한 치즈 위에 맥아를 뿌리곤 했다. 이 음료는 꼭 진창 같았지만 그게 몸에 좋다는 걸 나는 알았다.

찰리를 산책시키려고 코듀로이 바지와 얇은 면 스웨터를 입었다. 집안에 머물며 서류를 살펴보고 싶었지만 다시 찰리를 실망시킬 순 없었다. 배를 곯게 내버려두고 침대에서 녀석을 밀친 일 때문에 정말로 죄책감이 들었다. "보상해줄게"라고 내가 말하지 않았나? 찰리는 문가에 서서 제 목줄을 입에 물고 있었다. "얘, 좀더 기다릴 수 있잖아." 찰리는 깔깔한 현관 매트 위에 앉아 목줄을 내려놓았다. 나는 양치도 세수도 하지 않았지만 외투가 걸려 있고 장화가 놓여 있는 현관으로 가기 전에 먼저 창가의 간이 식탁으로 되돌아가 잠시 내 작품을 가까이에서 감상했다. 찰리는 참을성이 있었다. 낑낑거리진 않았지만 숨결이 빠르고 무거워지는 소리가 들렸다.

내 이름은 마그다였다. 엎어놓은 마그다의 질문지 뒷면에 내 필체로 쓰인 그 글자가 보였다. 나는 자리에는 앉지 않은 채 펜을 들고 노트를 펼쳤다.

블레이크에게, 나는 썼다.

그런데 사실 그에게 뭐라고 쓸 것인가? 찰리가 현관 매트를 발로 두드렸다. 나는 찰리를 못 본 체하고 눈을 감았다. 호수의 햇빛이 눈꺼풀을 뚫고 들어와 모든 것을 밝은 빨강으로, 핏빛 빨강으로 물들였다. 나는 시를 생각했다. 언젠가 한 번, 혹은 여러 번 들은, 하지만 직접 읽었다곤 할 수 없는 어떤 시의 구절을. 머릿속에 맴도는 노래 가사 같기도 했고, 어쩌면 월터가 곧잘 부르던 노래였는지도 모른다.

핏빛 테두리를 두른 물결.

그 구절을 적었다. 그러자 나머지 구절의 각운을 맞춰야 제대로일 것 같은 기분이 들었다.

블레이크에게

핏빛 테두리를 두른 물결, 그 호수 위로 햇살이 쏟아진다.

그녀가 죽었음을 나는 안다, 그 단서를 손에 넣었다.

나는 보고 찾으려 한다, 발견하고자 한다.

그녀의 시신을.

다음 실마리는?

음, 형편없는 시였다. 월터가 신음을 토하는 소리가 들리는 듯했다. 하지만 블레이크는 러밴트에 사는 청소년일 뿐이다. 그애는 이 시가 탁월하다고 생각할 것이다. 나를 천재라고 생각할 것이다. 나는 그걸 노트에서 찢어낸 뒤 외투를 입고 장화를 신은 다음 찰리에게 목줄을 채우고 집을 나섰다. 자갈길을 내려가 도로를 건너고 풀밭 언덕을 올라가 환하고 평화로운 자작나무 숲으로 갔다. 새들이 노래했다. 나는 목줄을 풀어 찰리를 맘대로 뛰어다니게 했다. 녀석은 이따금 멈춰서 킁킁 냄새도 맡고 볼일도 봤다. 대기에 봄기운이 가득한 그곳에서 나는 나의 우스꽝스러운 시를 양손에 담았다. 좀 창피했다. 거기에 내 이름은 적지 않았다. 외투 주머니에 아직도 조그만 검은 돌멩이들이 있었다. 블레이크의 쪽지를 발견한 때가 겨우 어제라고 생각하니 어리둥절했다. 여기에 그녀의 시신이 있다. 마그다를 처음 알게 된 지 겨우 이십사 시간. 우리는 얼마나 빨리 서로를 알게 됐나! 나는 시를 읽고 또 읽었으며, 그런 다음에는 그걸 잊으려고 애쓰면서 찰리와 함께 자작나무 숲 안쪽으로 깊숙이 들어갔다. 숲길은 전날 아침에 떠날 때 본 모습 그대로였다.

나는 잠시도 방심하지 않고 혹시 놓쳤을지 모를 무언가를 찾았다. 핏방울, 치아, 손가락, 마그다의 더러운 테니스화 한 짝. 혹은, 오 맙소사, 나무 사이로 볼링공처럼 굴러오는 그녀의 머리. 블레이크는 시신이라고 했어, 안 그래? 그건 머리 없는 몸이라는 뜻일 수도 있다. 그 가능성에 대비해 마음을 단단히 먹어야 했다. 마그다의 시신에 머리가 없다면 블레이크는 분명 그 사실을 언급했을 것이다. 머리가 어디에 있는지는 나도 모른다. 혹은 나는 머리를 가져가지 않았다. 블레이크는 괴물이 아니다, 아이일 뿐이다. 게다가 비탄에 잠긴 아이. 나는 그애가 어떻게 셜리에게 마그다가 없어진 사실을 설명할지 궁금했다. "마그다가 월세 내는 날이 내일이야." 그녀는 인스턴트 제품으로 만든 으깬 감자 요리와 마카로니, 그 밖의 뭐든 러밴트 사람들이 뱃속에 집어넣는 것들을 건네주며 그렇게 말할 것이다.

"초과근무를 하고 있겠죠." 블레이크는 대답하겠지. "엄마한테 줄 돈을 벌려고요. 월세를 너무 많이 받잖아요, 엄마. 마그다는 엄마보다 일을 더 많이 해요."

"미안한 기분 들게 하지 마, 블레이크. 네 아버지가 우리를 떠나지 않았다면 아예 돈을 받지도 않았을 거야. 한데 네 아버지가 여기 있다면 웬 여자애가 저 아래서 자는 일도 없겠지. 네 아버진 그런 상황을 참지 않을 테니까. 집에 왔는데 지하실에 낯선 사람이 있다면 곧장 경찰서로 가겠지. 게다가 외국인이라면……
하지만 난 친절을 베풀지 않았니? 그 여자애 때문에 위험을 감수했어. 골치 아픈 일에 휘말릴 수도 있는데. 납치, 나한테 납치 혐의를 씌울 수도 있단 말이야, 안 그러니? 저애는 운이 좋아서 날 만난 거야."

바로 그게 셜리였다. 배려하면서도 우려하고, 모성을 보이면서도 이기적인 사람. 예민한 사춘기의 블레이크는 비탄을 오래 숨길 수 없을 것이다. 얼마나 오래갈까, 나는 궁금했다, 그애가 눈물을 쏟으며 속내를 다 털어놓기까지. 침대로 기어들어온 아들을 셜리가 안고 다독여주면 블레이크는 "마그다가 죽었어요!" 하고 외치겠지. "시신을 숲에 뒀어요. 하지만 이젠 거기 없어요. 사라졌어요. 영원히 사라졌다고요. 아니, 누가 죽였는진 몰라요. 나는 아니에요!"

"쉬, 쉬잇, 아가." 셜리는 말할 것이다. "그냥 악몽일 뿐이야. 그 난잡한 년은 새 남자친구랑 달아난 거야, 엄마가 장담해."

이 장면이 진실이라면, 블레이크가 시신을 거기 두고 나왔다가 되돌아가서 없어진 걸 알았다면 또다시 와볼지도 몰라, 나는 생각했다.

자작나무 숲속 길에서 블레이크의 첫 쪽지를 발견한 지점에 도착했을 때 찰리와 나는 멈춰 섰다. 찰리는 땅을 긁고 냄새를 맡았다. 그래, 뭔가 있다, 우리 말고 누군가가 여기에 다녀갔다. 찡긋거리는 찰리의 코에서, 눈에서, 부드럽게 접힌 귀에서 나는 알 수 있었다. 여우를 보았을 때처럼 바짝 세우진 않았지만 호기심을 드러내는 귀. 과거의 무언가, 어떤 메아리와 조율하는 귀. 나는 찰리가 듣고 있는 게 무엇인지 상상하려 했다. 바람, 날쌔게 뛰어다니는 얼룩다람쥐, 땅을 말리고 데우는 해와 그것을 끌어당기고 식히는 달 따위로 인해 하루 만에 생길 수 있는 변화 외에 달리 변한 건 없었다. 나는 이제 그곳이 익숙했다. 무슨 일인가 일어난 듯한, 뭔가를 추모하는 듯한 느낌이 그곳에 있었다. 월터와 내가 앤티텀*에서 우스꽝스러운 남부연합군 제복을 입은 젊은 남자의 뒤를 따라 들판을 걸었을 때도 그랬다. "바로 이 땅에서 너무도 많은 젊은이가 자유를 위해 싸우다 목숨을 잃었습니다" 따위의 말을 남자는 교육받은 대로 늘어놓았다. 누군가가 죽은 장소, 살아 있던 영혼이 마지막 숨결을 내쉰 장소가 되고 나자, 그 땅에 무슨 일인가가 벌어진 게 분명했다. 그런 생각을 하니 흥분이 치솟았다. 나는 그 자작나무 숲에서 주위의 느낌에 집중했다. 어떤 전율이 있었다, 나는 확신했다. 공기 중에 흐르는 자력磁力을.

걸음을 멈추고 블레이크를 위해 쓴 시를 꺼낸 뒤, 그것을 땅에 놓고 검은 돌멩이들로 눌렀다. 세심히 쓴 시구 주위로 돌멩이를 동그랗게 늘어놓았다. 꽃 한 송이를 끼워 더 예쁘게 꾸밀 수 있으면 좋겠다고 생각했다. 돌멩이들은 흰 종이 위의 석탄처럼 너무 강렬하고 까맸다.

* 미국 남북전쟁 당시 격전이 벌어졌던 샤프스버그의 유적지.

나는 일어서서 수줍은 새 풀잎들을 이리저리 뒤흔드는 바람을 느끼고, 물 위로 머리를 내미는 물고기 같은 자작나무 가지의 순한 새순들을 바라보았다. 머지않아 나무들은 나뭇잎으로 무성해질 테고, 나무들 사이로 내달리는 바람소리가 달라지겠지. 더 요란해지겠지. 아직 바람은 조용하고 부드러웠다. 바람이 불어왔다 나가면서 쪽지 귀퉁이를 들춰대는 예리한 소리가 작게 들렸다. 찰리는 계속 내 옆에 있었다. 어서 집에 돌아가 제대로 된 식사를 하고 싶어 안달한다는 걸 알 수 있었다. 나 역시 마찬가지였다. 블레이크에게 보내는 쪽지를 남겨두고 우리는 돌아섰다. 나는 인생에서 중요한 걸음을 내디뎠다고 느꼈다. 이렇게 거리낌 없는, 혹은 과감한, 혹은 터무니없는 행동을 언제 또 해봤던가?

자작나무 숲을 나와 경사진 풀밭을 지나고 도로를 건너면서, 나는 마그다가 아니라 머릿속에 박힌 그 시구를 생각했다. "핏빛 테두리를 두른 물결." 뭐지? 나는 시를 좋아하는 사람이 아니고 공부한 적도 거의 없으며 도서관에서 읽을거리를 빌릴 때도 시집은 전혀 고려하지 않았다. 시가 존재한다는 사실을 떠올리지 않고 보내는 날이 태반이었다. 아직도 우리 중에 시인이 있다는 사실이 터무니없게 느껴졌다. 그들은 어떻게 먹고살지? 텔레비전이 있는 이 시대에 시가 무슨 쓸모가 있을까? 심지어 훌륭한 소설도 텔레비전 방송이나 영화와 경쟁해야 했다. 도서관에서 휴대전화 방송을 보는 십대 아이들도 본 적이 있다. 러밴트에서는 아무도 시를 읽지 않는다, 학교 수업을 위해서가 아니라면. 가장 가까운 학교는 베스매인에 있었는데, 사실 그곳은 공공도서관에서 고작 한 블록 거리였다. 거기에 가서 물어봐도 되겠다고 생각했다. "핏빛 테두리를 두른 물결." 그건 어느 시에 나오죠? 그런데 시가 아닐 수도 있다. 바로 내가 지어낸 것일 뿐. "나는 시인이야" 하고 문득 깨닫게 될지도.

"나는 시인이야." 찰리의 머리를 문지르며 말했다. 우리는 재빨리 자갈길을 걸어가 오두막집에 도착해 늘 하던 과정을 되풀이했다. 찰리의 목줄을 벽에 걸고 발을 씻어준 뒤 문을 열었다. 내내 걸어오느라 이제는 덥다고 느끼며 외투를 걸고 장화를 벗었다. 오븐 예열이 잘돼서 닭고기의 비닐 포장을 찢고 내장을 따로 담은 봉지를 꺼낸 다음 닭을 팬 위에 툭 던져 오븐 안에 넣었다. 소금, 후추, 향신료 없이. 찰리와 나는 그런 데 신경쓰지 않았다. 내장은 찰리를 위해 달걀 두 개와 함께 기름에 구웠다. 찰리가 그걸 먹는 동안 나는 차가운 베이글과 커피를 간이식탁으로, 내 서류 쪽으로, 내 '책상 풍경'—나는 그곳을 그렇게 여겼다—을 이루는 그곳으로 가져갔고, 음식을 먹으며 햇빛에 타오르는 호수를 내다보았다. 오늘이 그날이다, 나는 결심했다. 월터의 유골을 없애버리겠다. 음, 말 그대로 '없애버리는' 건 아니다. 그런 표현을 쓰는 건 별로 좋지 않았다.

찰리가 식사를 마치고 창가에 있는 내 옆으로 왔다. 배가 든든하게 차서 아주 다정해진 녀석이 내 무릎에 머리를 비볐다. 철성분이 많은 흙냄새와 어렴풋한 배설물 냄새가 났다. 나는 그다지 개의치 않았다. 두 존재가 함께 생활하면 둘의 냄새는 공존의 냄새가 된다. 나 역시 목욕을 해야 하는데 내키지 않았다. 옷을 벗고, 물이 데워지기를 기다리고, 이제는 아주 작아진 내 몸을 다루는 일이 몹시 귀찮았다. 접시를 하나만 가지고 계속 쓸 때처럼 늘 깨끗하게 유지해야 하는 조그만 물건에 불과한 내 몸. 그냥 더럽게 있다가 거룻배를 저을 때 땀을 좀 흘리고 나면 밤에 와인을 한 잔 마시며 목욕을 하는 편이 낫겠다. 마그다에 대해 좀더 생각하고 몇 가지 메모를 추가해야지. 그런 다음 잠자리에 들면 간밤에 잠을 너무 설치기도 했으니 특히 잘 자겠지. 아침에는 찰리와 함께 자작나무 숲에서 오래 많이 걸어야지. 내가 숲길에 놔둔 쪽지가 그대로 있다면, 블레이크에게 보내는 그 시적인 메시지 주위로 검은 돌멩이들이 점점이 놓여 있는 걸 본다면 기분이 묘하지 않을까? 지금 그는 쪽지를 읽고 있을까? 나는 궁금했다. 다른 사람이 읽고 있나? 내가 그걸 놔두는 모습을 이웃들이 보고 쓰레기 투기로 민원을 넣는다는 상상을 잠시 했다. "그 이상한 할머니가 어떤 쓰레기를 숲에 버렸어요. 여기로 나와서 한번 보세요. 좀 웃기는 글이에요."

그들은 전화를 끊고 서로에게 물을 것이다. "그 할머니는 정신이 온전한가? 어린애들 잡아먹는 마녀 아니야?" 나는 그 이웃들을 신뢰하지 않았다.

내 정신은 자꾸만 그 시에 쏠렸다. "다음 실마리는?"

찰리는 카펫 위의 햇빛 웅덩이에 사지를 펼치고 엎드려 있었다. 나는 숨을 깊이 쉬려 애썼다. 차가운 베이글을 씹고 커피를 마셨다. 닭고기는 냄새를 풍기며 잘 구워지고 있었다. 다 익히려면 한 시간은 걸리겠지, 잠시 놔둬도 타진 않을 거야, 나는 추측했다. 그래, 닭고기가 잘못되는 일은 없을 테다. 내 시가 어떻게 됐는지 보고 오면 안 될 이유는 없다. 전혀.

그런 생각을 하며 나는 다시 장화를 신고 외투를 입었다. 찰리의 목에 줄을 채우고 자갈길 아래로 데려가 도로를 건넜다. 풀밭 언덕을 올라 자작나무 숲으로 들어간 뒤 나무들 사이로 발길에 닳은 숲길을 따라가자 쪽지를 두었던 곳이 나왔다. 그곳에서 위아래로 오르내리며 멀리까지 찾고 또 찾았지만 쪽지는 사라지고 없었다. 누군가 와서 가져간 것이다. 검은 돌멩이들까지 없어졌다. 그런데 다시 보니 있었다. 분명 우연이라 할 수 없는 방식으로, 글자 B를 이루며 늘어선 돌멩이들이.

음, 그 정도면 충분했다.

“어서 와, 찰리!” 나는 소리쳤고 우리는 날쌔게 숲을 빠져나왔다. 집까지 가는 데 십 분도 채 걸리지 않았다. 심장이 날뛰었고 누군가 쪽지를 그렇게 빨리 채갔다는 사실에 마음이 심하게 동요했다. 어쩐지 나는 이 모든 게 그저 게임이라고 생각했다. 블레이크는 실제가 아니다. 저 밖에서 나를 지켜보는 이는 없다. 모든 것, 모든 사람, 심지어 마그다까지 내 상상의 산물이다. 지미 목사는 말했다. “가끔은 정신이 농간을 부릴 때가 있습니다.” 그런데 이건 농간이 아니었다. 누군가, B가, 블레이크가 밖에서 내게 의사를 전하고 있었다. 그리고 마그다도 있었다. 그 질문지에 답하며 나는 어떻게 그토록 쉽게 그녀를 그려낼 수 있었을까? 누군가가 내게 답을 알려주고 있는 듯했다. 내 정신 공간에 있는 누군가가 질문지에 뭐라고 쓸지를 내 생각인 양 또렷하게 말해주고 있었다. 하지만 엄밀히 말해 그게 어떻게 내 것일 수 있을까? 나는 그 여자애를 만난 적도 없다. 이 생각에 나는 굉장히 불안해졌다, 오, 정말이지 너무 궁금했다. 정확히 무슨 일이 벌어지고 있고, 이 블레이크란 사람은 누구며, 내게 무얼 원하는 걸까? 그리고 그가 요구하는 게 뭐든 내가 그걸 어떻게 할 것인가? 내가 정말로 이 작은 미스터리를 해결할 수 있을까? 마그다의 썩어가는 시신을 발견할 수 있을까? 내가 그걸 원하나? 왜 찰리가 가서 할 순 없지? 녀석은 늘 죽은 동물이든 뭐든 냄새로 찾아내는데? 음, 좀더 인간적인 미스터리를 해결하는 데는 인간이 더 유능하겠지. 시신은 찰리가 가지 않을 곳, 내가 가지 않을 곳에 숨겨져 있을 것이다. 임무를 맡은 게 아니라면 아무도 가지 않을 곳. "이럴 수가," 불현듯 나는 떠올렸다. "섬이야."

생각이 그 정도에 이르자 나는 안으로 쏜살같이 달려가 오븐을 끈 뒤, 찰리의 발을 닦고 어쩌고 할 정신도 없이 핸드백과 열쇠만 챙겨 현관문을 잠그고 찰리와 차를 타고서 밖으로 달렸다. 나는 공황에 빠졌다. 어디로 가고 있는지도 몰랐다. 신이 난 찰리는 뒷좌석에서 머리를 내밀어 내 어깨에 올리고 앞유리창 풍경을 바라보았다. 우리는 얼굴이 망가진 남자가 있는 조그만 가게를 지났다. 헨리야, 나는 생각했다, 그 사람이 저기 있구나. 이야기의 더 많은 부분이 뚜렷해졌다. 전날 밤에 생각해낸 전체 등장인물의 관계도를 그릴 수 있을 것 같았다. 헨리는 가게를 하는 남자다. 가게 뒤에는 분명 그의 아버지가 살고 있을 조그만 집이 있다. 바로 마그다가 출근해서 노인을 돌보는 곳, 그녀와 헨리가 모종의 관계를 맺고 있는 곳이다. 아주 멀지 않은 어딘가에는 블레이크와 셜리가 있을 것이다. 그리고 리어나도가 있다. 아직 내가 설명할 수 없는 등장인물은 유령 고드였다. 어쩌면 고드와는 대적하지 않아도 될 것이다. 그러고 싶지 않았다. 17번 도로로 접어드는데 온몸에 소름이 돋았다. 나는 차를 몹시 빨리 몰았고, 실은 너무 빨리 몰아서 안전벨트를 매는 것조차 잊고 있었다. 그제야 벨트를 매는데 그 와중에 차가 살짝 진로를 벗어나자 곧바로 경찰차가 뒤에서 경광등을 깜빡였다. 도로에 다른 사람은 없었다. 나는 위험하지 않았고 다른 사람을 위험하게 하지도 않았다.

"뒤로 물러나." 나는 찰리에게 말한 뒤, 차를 도로변에 세우고 머리를 매만졌다. 양치도 세수도 하지 않았다는 사실을 깨닫고 순간 경악했다. 손톱 밑에 검은 때가 끼어 있었다. 아마 눈에는 눈곱이 있었을 것이다. 찰리만큼이나 고약한 냄새를 풍겼겠고.

"미시즈 굴." 내가 창문을 내리자 경찰관이 말했다. 내 시선 높이에 그의 사타구니가 보였다. 꽉 끼는 검은 바지 속에 짓눌려 있을 그의 성기를 상상할 수 있었다. 나는 눈 위로 손그늘을 만들며 실눈을 뜨고 그를 올려다보았다.

"굴이 아니라 걸이지만, 네. 안녕하세요?"

"네, 안녕하세요, 미시즈 굴. 그런데 제가 5킬로미터 정도를 따라오면서 보니 운전을 좀 이상하게 하시더군요. 제가 뒤에 있는 걸 못 보셨습니까?"

"못 봤네요. 여기 제 개가 뒤쪽 시야를 가리고 있었나봐요."

"혹시 술 드셨습니까, 미시즈 굴? 약 드셨어요?"

"약이요? 전혀요. 과속했다면 죄송해요. 제가 과속한 거죠? 좀 급한 일이 있어서요."

"시속 95킬로미터를 훨씬 넘겨 달리셨어요. 여기 규정 최고속도는 70킬로미터고요. 그러니 시간당 25킬로미터를 과속하셨네요, 미시즈 굴. 그건 33.3퍼센트 과속이고요. 어디를 가시기에 그리 서두르십니까? 어디서 약속이라도 있나요? 어떤 운좋은 남자가 기다리고 있어요? 아뇨, 아뇨, 그건 대답하지 마세요. 다 괜찮은 거죠, 미시즈 굴? 누구에게 쫓긴다거나 그런 거 아니죠?"

"오, 아니죠, 그런 거 아니에요."

왜 저리도 궁금해할까? 저 사람이 뭘 알지? 월터가 입이 미어터지게 팝콘을 씹으며 말하는 모습이 떠올랐다. "뻔하잖아. 저 사람은 마그다의 애인이었어. 보나마나 저 남자가 살인자야. 헨리가 아니라고. 리오도 아니고. 어쩌다 그런 멍청한 생각을 하게 된 거야? 베스타, 증거를 보라고. 저 사람은 당신이 그 오두막집으로 이사해서 화가 난 거야. 저 사람은 그걸, 뭐라고 부르면 좋을까, 독신남의 보금자리로 쓰고 있었거든. 바람을 피우려고."

아하, 나는 생각했다. 그래서 경찰관들이 나를 싫어했구나. 월터의 이론을 따져보면서 나는 계속되는 경찰관의 말에 고개를 끄덕였다. 처음에 러밴트로 이사했을 때 그가 날 그토록 못마땅해한 진짜 이유가 있을지도 모른다고 생각하니 기분이 좋았다.

"저 위쪽에 눈에 잘 안 띄는 출구가 있어요." 그가 말했다. "거기서 언제 차가 나올지 누가 알겠습니까? 그래서 우리가 표지판도 세운 거예요. 보이시죠?" 그가 어딘가를 가리켰지만 나는 보지 않았다. 햇빛 때문에 눈이 부셨다.

"정말로 미안해요. 좀 봐줄 수 없어요?" 내 연기가 측은함을 자아내기를 바랐다. 때맞춰 울 수만 있었다면 그렇게 했을 것이다. 내가 얼마나 순진하고 약한지 증명하기 위해, 아는 것도 의심하는 것도 없다는 확신을 주기 위해. 나는 말썽이 생기는 걸 원하지 않았다.

"정식으로 고지서를 발부할 수도 있지만, 이만하면 제 뜻이 전해진 것 같군요." 그가 검은 가죽 장갑에 싸인 굵은 손가락을 내 차창 테두리에 올리고 말했다. 나는 웃으려 애썼다. "이제 속도를 줄이세요." 그가 말했다. "헤이, 친구." 그러더니 갑자기 바뀐 가벼운 목소리로 찰리에게 말을 걸었다. 나의 바보 찰리는 꼬리를 흔들며 앞으로 다가왔다. 그 장갑 낀 손이 열린 창으로 들어와 자기를 쓰다듬기라도 할 것처럼. 마그다의 창백하고 가느다란 목을 틀어쥔 그 장갑 낀 손이 그려졌다.

"미시즈 굴." 그가 말하며 모자를 살짝 건드렸다. 나는 순찰차로 뻣뻣하게 걸어 돌아가는 그를 사이드미러로 지켜보았다. 경찰차치고 이상한 색깔—핏빛 빨강—이라고 생각했다. 그에게는 경찰봉과 권총이 있었다. 죽음의 대리인. 사실 그가 고드일 수 있다. 어두컴컴하고 굶주린 정령, 사악한 유령. 그래, 고드. 그가 거기에 있었다. 나는 그와 직접 대면했다. 누군가 살인을 할 수 있다면, 그건 고드, 생명을 빨아먹는 거머리, 사탄의 병사였다. 그리고 누군가 살인을 덮는 방법을 안다면 그건 경찰관이었다. 나는 다시 창문을 내리고 고드가 차를 몰고 사라지기를 기다렸다.

나는 거기서 차 안에 앉아 하얗게 빛나는 햇빛을 응시하며 잠시 몽상에 빠졌다. 먼리스에서 쇼핑센터에 갔다가 차를 몰고 집으로 향하던 때로 돌아간 기분이 들었다. 아주 잠깐 어린아이가 된 것 같았다. 아무런 이유 없이 신이 나고 머리가 비워지고 그저 계속 살아가며 즐기면 될 뿐, 따로 갈 데도 없이 빨간 신호등 앞에서 대기하는 듯한 기분. 넋을 빼기에는 어울리지 않는 순간이었다, 악과 음모가 눈앞에 있었으니까. 하지만 어떤 이유에선지 나는 활기차고 평온하고 젊어진 느낌이 들었다.

고드가 차를 도로 안쪽으로 몰아 유턴한 뒤 다시 러밴트 방향으로 17번 도로를 달렸다. 오두막집 문을 잠갔던가, 맞나? 그날 시내 외출은 감당할 수 없을 것 같았다. 악과 옷깃을 스친 사람이라면 누구나 그렇겠지만 나는 충격을 받아 몹시 허약해진 상태였다. "깜냥을 넘는 일에 말려든 거야, 베스타." 월터의 말이 들려왔다. "집에 돌아가. 본모습을 찾으라고. 직소 퍼즐이나 맞춰. 텃밭에 물도 주고. 차를 좀 마시란 말이야."

그래서 나는 집으로 차를 몰았다. 오븐 안에 있는 닭고기를 생각했다. 닭고기에 정신을 쏟으며 그걸로 무엇을 할 수 있을지, 덩어리를 어떻게 자르고 저장할지 생각했다. 일부는 냉장고에, 일부는 플라스틱 밀폐용기에 넣어 냉동고에. 어떤 부분을 내 몫으로 하고 어떤 부분을 찰리에게 줄지 생각했다. 마그다에 대해서는 생각하지 않으려고 노력했다. 혼자 힘으로 그 사건을 해결할 만큼 나 자신이 강하게 느껴지지 않았다. 고드는 내게서 용기를 죄다 빨아들였다. 나는 심지어 두렵지도 않았다, 충격으로 멍해졌을 뿐이었다. 오두막집에 다시 들어섰을 때 나는 머리가 닫혀버렸다고 느꼈다.

찰리는 즉시 소나무 숲 안쪽으로 질주해 볼일을 보고 다시 자갈길로 내려오더니 아직 현관을 향해 걷고 있는 내 옆을 쏜살같이 지나갔다. 녀석은 언덕을 내려가 호수에서 첨벙거렸다. 멍하고 둔중한 정신 공간에 빠져 있었는데도, 축축한 나뭇가지를 물고 물에서 허우적거리며 미친듯이 노는 찰리를 보고 나는 웃지 않을 수 없었다. 찰리는 아주 작은 것에도 기뻐했다. 나도 조금이나마 그럴 수 있기를 바라며 더 행복해지려고 노력하겠다고 다짐했다. 왜 나는 마그다 일에 정신이 나가도록 집착할까? 아마 전부 내 상상일 텐데. 그저 나쁜 꿈, 열에 들떠 꾸는 악몽—나는 병을 앓고 나면 온전히 정신을 차릴 때까지 한참이 걸리곤 했다—이었을 수도. 손등으로 이마를 짚어봤다. 맞다, 정말로 조금 뜨듯했다. 낮잠을 좀 자고 일어나면 모든 게 제자리로 돌아오겠지, 나는 생각했다. 살인은 없었어, 미스터리도 없었어.

그때 오두막집 현관문으로 다가가던 나는 제자리에 우뚝 멈췄다. 뭔가가 이상했다. 텃밭이었다. 텃밭이 달라 보였다. 누군가 와서 흙을 손으로 쓸고 다져 누른 것처럼 표면이 매끈해졌다. 나는 장화로나 손으로 수없이 많은 자국과 표시를 남겨놓았었고, 엉덩이에 찍힌 흙 위에는 두 개의 달 모양 구덩이가 생기기도 했었다. 그런데 이제 흙이 잔잔한 수면 같았다. 굉장히 이상했다. 가까이 다가가 살펴보니 누군가 흙을 쓸기만 한 게 아니라 내가 심어놓은 작은 씨앗들까지 빼냈다. 손가락으로 흙을 파봐도 없었고, 씨앗을 심은 줄을 따라 다 살펴봤지만 모조리 사라지고 없었다. 누가 이런 짓을 하지? 새가 흙에서 씨앗을 파먹기도 하나? 새의 날갯짓이 폭풍을 일으켜 땅을 이렇게 매끈하게 쓸어버린 걸까? 아니면 누군가가, 어떤 사람이 교활하게 내 씨앗들을 쏙쏙 뽑아내고 흔적이나 발자국을 없애려고 뭔가—신문이나 빗자루일 수도—를 이용해 땅을 쓸었을까? 미친 짓이자 사악한 짓이었다. 희망의 씨앗을 싹이 틀 새도 없이 없애버리다니, 나는 속으로 말했다. 허망하다, 잔인하다. 나는 울 수도 있었다. 그런데 슬픔이 앙심으로 바뀌었다. 고드에게는 이런 일을 할 시간이 없었다. 그러면 누가? 블레이크, 이게 네 짓이라면, 나는 속으로 생각했다. 다 갚아줄 거야. 누가 이런 짓을 했든 내 분노를 느끼게 해줄 작정이었다. 나는 땅에 침을 뱉고 자물쇠를 열어 안으로 들어가며 찰리를 위해 문을 열어두었고, 내 불편한 심기를 감지한 듯 뛰어들어온 찰리의 발에 진흙이 묻었는데도 나는 상관하지 않았다. 오븐을 다시 틀었다. 닭 굽는 냄새가 집에 가득찼다. 고기를 익게 놔두고 차가운 레드와인 한 병을 따서 간이식탁에 앉았다. 라디오를 틀었다. 바로 조금 전에 열을 내며 집을 나설 때 깜빡 잊고 라디오를 켜놓지 않았다. 케케묵은 재즈 방송 말고 마땅한 채널이 없었다. 지미 목사의 방송은 그날 저녁이었다. 나는 앉아서 씩씩거리며 음악을 들었고, 내 정신 공간에 잡음과 격노가 들끓었지만 와인 반병이 비워질 때까지 결정적인 일은 일어나지 않았다. 닭고기가 익고 있었다.

"넌 여기 있어." 나는 찰리에게 말했고, 찰리의 귀가 잠시 뾰족해졌다. 자리에서 일어선 나는 월터의 유골 단지를 선반에서 내려 겨드랑이에 끼우고 나무로 된 노 한 개를 현관문 밖으로 끌고 나간 뒤 찰리를 집안에 확실히 가두었다. 호숫가에서 거룻배를 돌려 호수 쪽으로 끌어낸 다음 그 위에 올라타 균형을 잡고 밖으로 밀었다. 호수로 나가 수면 위에서 세상이 만화경처럼 움직이는 광경을 보고 있자니 차가운 물로 샤워를 한 느낌이었다.

그리고 내 장화 사이에 월터가 세워져 있었다. 왕관처럼 보이는 근사한 유골 단지. 나는 그의 유골 단지를 없애는 행위에 폐왕의 상징성이 있을 거라고 생각했다. 내 정신 공간을 차지하는 월터를 이제 더는 원하지 않았다. 뭐든 나 스스로 알고 싶었다. 그러면 기분이 더 나아지겠지. 나만의 리듬에 따라 행동할 수 있겠지. 마침내 나 스스로 생각할 수 있겠지. 그날 나는 섬까지 가지 않기로 했다. 마그다의 시신이 거기 있다면 담담하고 침착한 상황에서 발견하고 싶었다. 그래서 약 100미터쯤 나갔을 때 노 젓기를 멈추고 단지를 밖으로 내민 뒤 미세한 빗살무늬가 새겨진 황동 표면에 흐릿하게 비친 내 모습을 마지막으로 본 다음 물에 풍덩 빠트렸다. 끝이었다. 하고 나니 너무 쉬운 일 같았다. 애절한 작별인사도 하지 않았다. 그건 여태까지 아주 많이 했다. 나는 노를 집어 방향을 돌려 집을 향해 배를 저었다.

어쩌면 내 늙은 눈이 나를 속였을지도 모르고, 땅에서 뽑혀나간 씨앗을 본 뒤로 내 예민한 신경이 줄곧 곤두서서 그랬는지 모르지만, 물가를 향해 천천히 배를 저어가는 동안 오두막집 안에서 찰리가 짖기 시작했고, 간이식탁 옆 창문과 호수 사이에 선 소나무 몇 그루 사이로 집안에서 움직이는 뭔가가 보이는 것 같았다. 무엇인지 모를 어떤 형체가 오두막집 한쪽에 있는 식탁을 지나 부엌 안쪽으로 움직이는 것 같았다. 희미한 그림자에 지나지 않는 그 움직임은 그렇게 먼 거리에서 보면 흔들리는 나뭇가지로도, 아슴푸레한 바람결로도, 나무 사이를 건너다니는 새로도 착각할 수 있는 어떤 형태가 집의 창문에 비쳐 왜곡된 것일 수도 있었다. 내 착각일 수 있지만 나는 어둑하고 투명한 형태—사람 크기지만 속이 꽉 찬 몸이 아니라 그림자—가 식탁에서 내 서류를 읽는 모습을 보았다고 생각했다. 처음에는 월터를 탓했다. 호수에 그를 내버릴 필요가 없었다면 내가 집에 남아 식탁 위의 서류를 지켰을 테니까. 그 그림자 인간이 집안으로 들어오지 못하게 막을 수도 있었다. 그 존재와 맞서 싸워 나 자신을 방어할 수도 있었다. 그러지 못한 건 결국 월터를 없애버리려 내가 치러야 할 희생이었다. 월터가 곁에서 나를 보호했기 때문에 나는 싸우는 법을 배우지 못했다. 하지만 이제는 싸울 거야, 나는 결심했다. 더 행복하고 더 정돈된 생활은 잊자. 나는 똑똑하고 굳세게, 내 길을 나아갈 것이다. 찰리도 필요 없어, 나는 화들짝 놀라면서도 그렇게 생각했다. 찰리를 잃는다 해도 나는 괜찮을 것이다. 찰리는 내가 가까워지자 짖기를 멈추고 뒷발로 서서 꼬리를 세차게 흔들며 창밖을 내다보았다. 나는 나무에 거룻배를 묶고 노를 끌어 집으로 가져갔다. 집안은 달라진 게 전혀 없어 보였다. 위층에서 월터의 유골 단지가 있던 침대 협탁의 빈자리가 눈에 들어왔다. 나는 재빨리 책과 잡동사니 장식품들을 다시 정리해 빈자리를 채웠다. 그리고 부엌으로 내려가 오븐에서 닭고기를 꺼내 납처럼 뜨거운 닭다리를 그 자리에서 먹었다. 평생을 황야에서 굶주린 동물이라도 되는 듯이.

나는 책상으로 돌아가 글을 썼다.

내 이름은 베스타 걸이다. 당신이 이걸 읽고 있다면 나는 이미 고드의 손에 살해된 것이다. 나는 그가 마그다라는 이름의 소녀도 죽였다고 믿는다. 아마 그녀의 시신은 내 오두막집 건너편 호수의 작은 섬 위에 묻혀 있을 것이다. 부디 내 개에게 먹이를 주시기를.

다섯

닭고기를 발라내고 따로 싸서 계획한 대로 저장을 마친 뒤, 찰리에게 고기를 먹이고 집안에 가뒀다. "이번엔 경비견이 되어야 해. 누가 침입하면 공격해." 나는 찰리가 끙끙대고 툴툴거리는 소리에도 미적거리지 않고 곧바로 집을 나와 차를 몰고 다시 도서관으로 갔다. 거기서 좀더 조사를 진행해봐야 할 것 같았다. 인터넷에 다시 접속하고 싶었다. 컴퓨터가 나를 이만큼 인도해줬으니까, 그렇지 않나? 그건 신탁이자 안내자 같았다. 탐정에게는 저마다 특별한 지혜의 원천이 있는 법이니까, 안 그런가? 컴퓨터는 내 정신 공간 같았다. 내게 답은 없지만 올바른 질문이 있다, 나는 그렇게 믿었다.

17번 도로를 따라 이번에는 매우 조심스레 차를 몰았다. 다시 고드에게 제지당하고 싶지 않았다. 그러면 괜히 이야기가 지연될 테니까. 나는 책을 읽다가 이야기가 꾸역꾸역 느리게 흘러가면 그만 덮어버리고 싶을 때가 많았다. 질척거리는 중반부, 그런 걸 한 서평자가 어느 날 라디오에서 그렇게 표현했다. 하지만 고드가 나를 죽인다면 마그다와 똑같은 폭력적인 결말에 이른다는 점에서 어느 정도 만족스러운 이야기가 될 순 있겠지, 나는 추론했다. 마그다가 목 졸려 죽었다는 사실, 그건 내가 알았다. 블레이크와 같은 소년의 손은 그런 일을 할 수 없었을 것이다. 누군가를 목 졸라 죽이려면 엄청난 힘이 든다. 그 일이 일어났을 때 마그다는 술이나 약에 취해 무방비로 당했다. 취하지 않고 정신이 말짱한 상태로 대비하고 있었다면 살인자를 물리쳤을 거라고 장담한다. 마그다는 고양이처럼 까칠했다. 기다란 손톱이 있었다. 그녀의 정서 상태는 무미건조하다가도 한순간 광적이고 맹렬하게 변했다. 상대의 눈을 긁어서 파내버릴 수도, 닳아빠진 테니스화로 심장을 쾅쾅 짓이길 수도 있었다. 그런 대단한 생기와 활력이 그 잔혹한 장갑 낀 손에 옥죄여 사라졌다니 무시무시하구나. 그 손이 나를 공격한다면 칼로 찔러버려야지, 나는 상상했다. 마그다의 잭나이프로 손가락을 하나하나 잘라버려야지. 그로써 마그다와 나는 승리할 것이다. 그러면 대단하지 않을까? 마그다의 영혼은 자유롭게 풀려나 원하는 곳으로 날아올라가겠지.

아니면 컴퓨터 안으로 들어갈지도. 그런 상상을 하자 웃음이 터질 뻔했다. 인터넷에는 모든 것이 존재했다. 지구상에 구현된 무한성. 천국과 마찬가지였다. 아마 마그다는 이미 그곳에 있는지도 몰랐다.

눈에 잘 안 띄는 출구가 있다고 고드가 지적했던 굽이를 지날 때 나는 속도를 줄이고 내 이웃집으로 이어진 긴 진입로를 유심히 살폈다. 그 이웃이 오가는 모습은 매우 드물게만 볼 수 있었다. 지난여름 거룻배 위에서 바라본 그들은 철저히 냉랭했고 도로에서 지나칠 때도 항상 나를 못 본 척했다. 그들에게 나는 존재하지 않는 사람, 보이지 않는 사람 같았다. 하지만 사실 그들은 나를 깔보는 쪽에 가까웠다. 나는 그 점이 싫었다. 그들이 싫었다. 고드가 내 차를 세웠던 갓길 옆을 지날 때 나는 몸이 움츠러들었다. 공기 중에 감도는 유황냄새를 맡았다고 장담할 수 있다. 악마, 그 썩어빠진 생물체, 마귀, 고통과 어둠의 천사가 풍기는 냄새를. 타인에게 그런 앙심을 품으니 기분이 짜릿했다. 영감이 떠올랐다. 춤이라도 추는 느낌이었다. 내가 예술가라면, 나는 생각했다. 거대한 캔버스에 광적으로 붓을 놀려 검은색과 빨간색을 칠할 거야. 그러다 땀범벅이 되고 어질어질해서 바닥에 쿵 쓰러지면 세상은 내 위에서 빙글빙글 돌겠지. 그렇게 숨가쁜 상태가 될 수 있기를 바랐다. 지나간 오랜 세월 동안, 나는 그럴 수 없다고 믿었다. 내가 늙었다고 생각했다. 엑스터시는 더이상 가능하지 않고, 남은 건 자족과 평정뿐이라고 믿었다. 내게 그런 생각을 하게 한 월터가 원망스러웠다. 엑스터시를 경험할 능력이 없는 사람, 기쁨과 자유에 극심히 겁먹은 사람은 바로 월터였다. 세상과 멀리 떨어진 먼리스의 집, 아무짝에도 쓸모없고 심지어 소를 방목할 일도 없는 광활한 풀밭에 표류하는 그 농장주택을 선택한 사람은 바로 월터였다. 메마른 흙. 바랭이풀. 풀잎 사이에 숨은 흉한 벌레들의 꾸준한 웡웡거림. 거기선 피크닉도 할 수 없었다. 월터가 허락하지 않았다. 그는 인질범 같았다. 그 세월 내내 인질로 잡혀 있었어, 나는 생각했다. 이제 내 맘대로 할 거야. 나 자신을 풀어줄 거야.

도서관에 도착할 무렵 다시 맹렬히 배가 고팠다. 출입문 옆 자판기에서 스니커즈 초콜릿바를 하나 산 뒤 크게 베어 세 번 만에 다 먹었다.

전에는 이렇게 늦은 시간에 도서관에 온 적이 없던 터라, 열람실 안의 컴퓨터 여섯 대가 전부 사용중인 것을 보고 나는 조금 낙담했다. 컴퓨터를 차지한 청소년 여섯 명은 후드티에 청바지 차림이었는데, 다들 바지가 너무 커서 그중 가장 땅딸막한 아이도 내 눈에는 작은 막대기에 옷을 걸쳐놓은 형상처럼 보였다. 거기 앉아서 화면의 차가운 푸른빛을 받아 파리한 얼굴로 키보드를 두들기는 그들은 베네딕트회 수도사 같았다. 나는 선 채로 조바심을 내며 그들을 바라보았다. 다들 입을 헤벌리고 넋을 놓고 있었다. 그들이 어마어마한 힘을 발휘하는 무언가에 연결되어 있음을 알 수 있었다. 정신 공간이 인터넷이면 이런 일이 생기는구나, 나는 생각했다. 자아에 대한 감각을 잃는 것이다. 사람의 정신은 어디든 갈 수 있는 동시에, 그토록 기를 빨아들이는 무언가에 연결되어 있으면 힘을 잃고 만다. 월터의 유골을 담은 단지처럼 컴퓨터는 이 어린 정신들을 담는 그릇이었다. 나도 인터넷에 접속한다면 이들처럼 되겠지. 내 정신이 이들의 정신에 연결되겠지. 허나 내 정신 공간을 이 게으름뱅이들과 공유하고 싶지 않았다. 여자애들마저도 꼭두각시처럼, 그것 말고 다른 건 존재하지도 않는다는 듯 키보드 위로 웅크리고 있었다. 훨씬 중요한 일을 해야 하는 나이 많은 누군가가 거기 서서 기다리고 있다는 사실은 전혀 알지 못했다.

이 인터넷 폐인들 가운데 하나가 나의 블레이크일까? 나는 자문했다. 어쩐지 가능해 보이지 않았다. 그 도서관 같은 세계의 일상 안에 있는 블레이크를 상상할 수 없었다. 나는 그를 내 젊은 시절의 십대에 가깝게 상상했다. 유연하고, 겉으로는 세상사에 닳지 않은 모습이지만 눈빛에 노기와 슬픔이 있고, 몸에 맞는 옷을 입으며, 부모를 기쁘게 하려는 열의가 있는 아이. 그애는 텔레비전이나 컴퓨터 속 세상의 압박이 아니라 그딴 것들에서 벗어나고 사회에서 성공하고픈 욕망에 시달렸다. 고귀한 이들의 발자취를 따르고 장기적인 영예를 얻으려는 욕망. 단기적인 것만 보는 내 앞의 이 아이들과 달리. 얘들은 도서관에 와서 대체 뭘 하는 걸까? 책에는 손도 대지 않는다는 것만은 분명했다.

블레이크는 여기에 있더라도 컴퓨터를 사용하지 않을 것이다. 도서 열람실에서 나를 기다리고 있겠지. 그래서 나는 책들이 꽂혀 있는 도서관 뒤쪽 열람실로 갔다. 리놀륨 바닥재가 깔려 있고 베이지색 철제 책장이 있는 공간이었다. 도서관을 재단장하면서 도서 열람실은 그대로 두었다니 이상한 일이었다. 보아하니 재정 지원이 그곳까지 이르지 못한 모양이었다. 흐릿한 조명 아래서 서가를 따라 천천히 걸어가는데 그곳에 나밖에 없는 듯했다. 갑자기 지독한 악취가 코를 찔러 걸음을 멈추자 느릿하고 여린 발소리가 들려오기에, 나는 서가 모퉁이 너머를 내다보았다. 나만큼 나이든, 하지만 머리는 반백으로 센 여자가 긴 베이지색 우비 차림에 때묻은 슬리퍼를 신고 있었다. 스무 걸음 정도 떨어진 곳에서 여자는 썩은 생선 냄새를 풍겼다. 베스매인에 노숙자가 있으리란 생각은 해본 적이 없었는데, 여기 이 인간은 분명 극도로 궁핍했다. 어쩌면 여자는 노숙자가 아니라 움막이나 땅굴 같은 데서 살다가 이따금 시내에 터덜터덜 나와서 책을 빌려 가는

지도 몰랐다. 여자가 무엇을 읽고 있는지, 어떤 책을 만졌는지 알고 싶지도 않았다. 마치 그 정보가 내 정신에 독이 되어 모든 책을 거부하게 되고, 이미 냄새로 뒤집힌 뱃속을 더욱 깊이 자극할 것 같았다. 눈에 물기가 차오르기 시작했다.

"요즘 애들이란." 갑자기 여자가 걸음을 멈추고 허리를 굽히며 말했다. 여자는 바닥에 떨어진 책을 한 권 집었는데, 그 움직임이 어찌나 느린지 처음에는 거기에 누워 죽어가는 건가 싶었다. 하지만 여자는 책에서 먼지를 털어내 책장에 꽂은 다음 계속 느릿느릿 걸어갔다. 내가 서가 맨 끝에서 기다리는 동안 그녀는 시야에서 사라졌지만 규칙적인 걸음과 큰 외투가 버스럭거리는 소리는 여전히 들려왔다. 악취도 남아 있었다. 숨을 들이쉬었더니 토할 것 같았다. 그런데 무슨 이유에선지 여자의 괴이한 향취 때문에 강렬한 불쾌감이 이는 와중에도 쾌감이 있었다. 그러다 깨닫고 보니 내가 얼굴을 과장되게 찡그리고 있었고, 얼마나 오래 그러고 있었는지 양볼이 아파왔다. 나는 긴장을 풀고 입으로 숨을 쉬려 했다. 그런 다음 여자가 했던 대로 서가를 따라 걸어가 그녀가 바닥에서 집었던 책을 살펴보았다. 놀랍게도 『윌리엄 블레이크 시선집』이었다. 블레이크. 블레이크. 나는 그 책을 손에 든 채 혼란에 빠져 적어도 일 분간 그대로 서 있었다. 대체 무슨 일이 벌어지고 있는 거지? 나는 유물이나 영기가 서린 물건처럼 그 책을 들고서 닳아빠진 붉은 천 표지를 내려다보았다. 속표지를 펼쳐보니 글은 전부 옛날식 서체로 쓰여 있었다. 책장을 차르륵 넘기며 보는데 성경책 같은 느낌이 들었다. 그 많은 말이 차곡차곡 쌓여 있는 지면 어디에 눈을 두어야 할지 알 수 없었다. 무슨 뜻인지도 알 수 없었다. 그러다 펼쳐진 면은 책등이 갈라진 부분이었는지, 차르륵 넘어가던 책장이 누군가 손가락을 끼워 가리킨 것처럼 갑자기 멈췄고 그때 내 머릿속 목소리가 말했다. "여기."

거기 책장 상단에 밑줄로 표시된 작품은 다 합쳐도 열두어 줄밖에 안 되는 짧은 시 「옛 시인의 목소리」였다.

얼마나 많은 이들이 거기에 빠졌던가!
그들은 죽은 이들의 뼈 위에서 밤새 비틀거리고
근심 말고는 아무것도 모른다고 느끼며
자신이 인도받아야 할 때 타인을 인도하고 싶어한다.

이건 분명 젊은 블레이크, 나의 블레이크가 보낸 메시지였다. 답장으로 시를 보내다니 얼마나 다정한가. 그는 아침에 자작나무 숲에서 내가 남긴 시를 잘 감상했을 것이다. 이 얼마나 특별한 소년인가. 나는 그런 생각을 하면서 예전 같았으면 절대로 하지 않을 일을 했다. 책에서 그 장을 찢어낸 뒤 시를 읽으며 걸어가다 문득 다다른 서가의 백과사전들 사이에 두꺼운 시선집을 끼워넣었다. 그 냄새 나는 여자가 내가 한 짓을 안다 해도 상관없었다. 그 여자는 일종의 경고음이고, 그 이상한 외모와 흉측한 냄새는 내게 멈춰서 바라보라고 알리는 깃발에 불과하다고 생각했다. 오, 다음 실마리를 발견해서 얼마나 기뻤는지. 비록 그게 무슨 의미인지 전혀 갈피를 잡지는 못했지만.

그때 다섯시가 다 되어갔고 사서가 종을 치며—얼마나 구식인가, 나는 생각했다—삼십 분 후에 도서관 문을 닫을 거라고 알렸다. 나는 블레이크의 시를 접어서 외투 주머니에 넣었다. 정신 공간이 맑은 상태에서, 베스매인의 백치들에게서 멀리 떨어져 그 시를 꼼꼼히 읽고 싶었다. 도서관에서 나오는 길에 여자 화장실에 들렀다. 어두운 복도를 따라 도서관 뒤쪽 출입문 옆으로 가면 나오는 그 화장실을 전에도 몇 번 사용한 적이 있었다. 그곳에 가면 공립학교를 다니던 시절의 화장실이 생각났다. 거울 대신 뿌연 유광 철판이 달려 있고, 거뭇하게 변색된 팔각형 타일이 빽빽이 붙어 있으며, 정교하게 모양을 찍어내 가공한 목제 문과 벽판으로 분리된 칸마다 새까만 변좌가 달린 오래된 흰 변기가 있었다. 이 도서관의 변기는 수압이 어찌나 센지 단지 인간의 배설물을 제거하는 것 말고 다른 목적이 있는 것만 같았다. 가령 실내의 기압을 바꾸고 에너지를 빨아들이고 심지어 사람의 정신 공간까지 씻어내버리는, 하고 나는 혼자서 생각했다.

"이런 망할." 물 내리는 소리가 잦아들며 그런 말소리가 들려왔다. 물론 여자였고, 허리를 숙여 칸막이 아래쪽을 기웃거렸더니 베스매인 같은 곳에서는 좀처럼 보기 힘든 무언가가 보였다. 굽 높이가 3센티미터 정도인 보수적인 구두와 베이지색 스타킹을 신은 발. 그 지역 사람들은 좀처럼 그런 구두나 스타킹을 신지 않았다. 베스매인 여자들은 청바지나 레깅스나 운동복을 입었다. 반바지나 미니스커트를 입은 어린 여자애들도 보이긴 했지만, 어른들은 치마나 원피스를 입지 않았다. 베스매인은 숙녀를 위한 곳이 아니었다. 사냥을 하거나 트럭을 모는 사람을 위한 곳이었다. 우아한 곳이 아니었다. 와인은 식료품점에서만 찾을 수 있었고 구비된 것들도 국산 와인뿐이었다. 내가 미리 썰려 나온 냉장 보관용 베이글을 사는 데는 다 이유가 있었다. 일주일에 한 번씩 도넛을 사는 제과점에서 빵도 팔지만 너무 파슬파슬했고 설탕이 듬뿍 들어갔다. 도넛에 쓰는 반죽을 그대로 가져다 빵을 만들지 않았나 싶다. 어떤 측면에서 보더라도 그 지역은 세련되지 않았다. 사람들은 패스트푸드를 먹었고, 집에서 음식을 조리하더라도 채소를 많이 먹지 않았다. 주 남부 전역에 농장들이 있는데 왜 그랬는지는 모르겠다. 땅이 비옥하지 않은 것도 아니었다. 내 씨앗들은 도둑맞지 않았다면 잘 자랐을 것이다. 여자들은 대부분 값싼 합성섬유 옷을 입었다. 블라우스는 홀치기염색을 했거나 반짝거리는 소재였고, 여자들 다수가 팔에 문신을 새겼다. 좀더 '멋스러운' 여자들은 오토바이 뒷자리에 있어야 어울릴 만한 모습이었다. 그리고 더 얌전한 유형, 그저 실용적으로만 보이는 이들은 편안한 옷을 입었다. 테니스화나 드러그스토어에서 파는 고무 재질의 굽 낮은 신발을 겨울에도 신는 듯했다. 내게는 제대로 된 스노부츠가 있었다. 테니스화도 한 켤레 있었지만 훈훈한 계절에는 샌들이나 가죽 워킹슈즈를 더 즐겨 신었다. 러밴트에 올 무렵에는 나 역시 실용적이었지만 먼리스에서 유부녀로 살 때, 내가 숙녀였을 때는 그에 걸맞게 차려입었다. 단추로 잠그는 옷과 자연스럽게 흐르는 치마를 입었다. 그래서 앞코가 막힌 구두와 스타킹을 신는, 지금 화장실 내 옆 칸의 여자 같은 이들을 이해한다고 느꼈다. 거기에 있는 여자는 갈색 뱀가죽에 흠집 많고 뭉툭한 굽 주변이 닳은 구두 밖으로 발이 튀어나와 있었다. 발목이 부었고 두 발 사이의 공간이 넓었다. 발을 넓게 벌린 자세, 어째서?

"이런 망할." 두 발이 타일 위로 또각거리며 모였다가 벌어지더니 조그맣게 끙 소리가 났다. 그러고는 잠시 후에 "저기요" 하는 말소리가 들렸다.

"아, 예. 저한테 말씀하시는 거예요?"

"그래요," 목소리가 말했다. "그 안에 혹시 열쇠 묶음이 있나요?"

나는 본능적으로 방금 물을 내린 변기 안을 들여다보았다. 거기에 앉을 때 열쇠 같은 건 못 본 것 같았다. 그렇다고 나한테 변기 안에 뭐가 있나 점검하는 습관이 있는 것도 아니었다. 볼일을 보고 나서도 안을 쳐다보지 않았다. 왜 그래야 하나. 변기 안에서 열쇠 묶음을 발견하고 놀랄 거라고 누가 예상하겠는가? 그 안에 당연히 있을 만한 것들 외에 뭐든 있을 거라고 누가 예상하겠는가? "아뇨, 어쩌죠. 여기엔 아무것도 없네요."

"변기 뒤쪽이나 화장지 걸개 위에도요?" 목소리가 물었다.

나는 바지를 올린 뒤 핸드백을 틀어쥐고 허리를 숙였다. "아뇨. 여기엔 아무것도 없어요." 나는 말했다. 검은색 변좌에 얼굴을 너무 가까이 들이댔더니 기분이 나빴다.

나는 칸막이 문을 열었다. 여자는 몸집이 컸지만 뚱뚱한 여자들처럼 비대하지는 않았다. 그저 통통한 정도. 뒤에서 보니 손뼉치는 물개가 떠올랐는데, 엉덩이가 납작하고 양손을 기도하듯 가슴에 모은 모습 때문이었다. 여자는 화장실 안의 세면대 두 개 중 하나에 기대어 있었고, 그 모습이 가짜 거울에 흰색과 붉은색으로 흐릿하게 비쳤다. 머리칼은 염색해 헤어스프레이로 모양을 냈는데, 멋진 머리는 아니었지만 정성을 들인 건 분명해 보였고, 꽃무늬 원피스—하늘색 바탕에 파스텔 색조의 수채화풍 팬지—도 세심히 고른 듯했다. 여자는 허리가 거의 없었으며 꽉 조이는 흰 카디건 스웨터는 보풀이 일고 등판이 당겨져 겨드랑이에 주름이 잡혀 있었다. 몸집 큰 사람치고 이상하리만치 가슴이 납작하다는 생각이 들었다. 턱살이 덜렁덜렁했지만 볼썽사나울 정도는 아니었다. 내 쪽을 돌아보는 얼굴은 파우더를 발라 창백했고, 양쪽 눈꺼풀 위로 감청색 화장품이 또렷한 선을 그리고 있었다. 내가 선 곳에서도 코 주변의 늘어난 모공과 펄이 들어가 반짝이는 립스틱 흔적이 보였다. 분명 어딘가의 안내 직원일 거야, 나는 생각했다. 베스매인에 살면서 그만큼 외모에 신경쓴다면 사람들 앞에서 뭔가를 하는 이가 분명했다. 그곳이 정상적인 교외 동네였거나 조금이라도 문명화된 곳이었더라도 특별해 보일 정도였다는 의미는 아니다. 현실적인 도시에서라면 별 볼 일 없었을 여자였다. 하지만 그녀는 조금이라도 노력을 기울였고, 그 점이 특이했다.

하필이면 내 차림새가 유독 형편없는 날에 그런 사람을 마주쳤다는 게 좀 우스웠다. 베스매인 주민들과 비교해서 나는 유행에 뒤떨어진 사람이 아니었다. 내 가장 형편없는 옷차림도 사람들 대부분이 출근할 때 입는 옷보다 나았다. 이 여자는 커다란 가짜 진주 귀걸이도 차고 있었다. 아마 마흔 살가량이었겠지만 더 젊었을 수도 있다. 가난한 사람들은 나이를 추측하기가 불가능했다.

"이런 망할." 그렇게 말하는 여자의 조그만 분홍색 입술이 바르르 떨리는데, 그 모습이 놀랍게도 사랑스러워 보였다. 나는 칸막이 안으로 한 걸음 물러났다. "열쇠를 잃어버렸어요." 그녀가 얼굴을 찌푸리며 말했다. 그러더니 돌아서서 울기 시작했다. 나로선 처음 겪는 일이었다. 여자가 종이타월 걸이로 다가가 손잡이를 돌리는 동안 나는 그 굵은 발목을 바라보았다. 여자는 거친 갈색 종이를 뜯어내 코를 풀었다.

"괜찮아요?" 내가 물었다. 그 밖에 무슨 말을 할 수 있을까? 나는 세면대로 갔지만 손을 씻지는 않았다. 핸드백만 꽉 틀어쥐고 서 있었다. 뭘 어떡해야 할지 알 수 없었다.

"그런 날 있잖아요." 여자가 말했다. "책을 반납하러 왔는데 차를 몰고 집에 갈 수가 없는 거예요. 아마 열쇠를 안에 두고 차를 잠갔나봐요. 이런, 참!" 여자는 다시 코를 풀었다. "게다가 아들이 학교 갔다가 집에 왔을 텐데." 그때 여자가 나를 올려다보았는데, 나는 절망에 빠진 그 얼굴에서 블레이크를 보았다.

"셜리?" 나는 그렇게 말하고는 손에서 핸드백을 놓쳤다. 손이 무감각해졌다. 나는 허리를 숙이며 중얼거렸다. "그렇지, 그렇고 말고. 그들은 이 근처 어딘가에 있어."

"저," 셜리가 말했다. 그녀가 세면대 쪽으로 몸을 기울이자 도기에 눌린 부드러운 배가 쑥 들어갔고 허벅지는 야단스러운 꽃무늬 때문에 어디가 어디인지 알기 힘들었다. "이제 어떡해야 할지 모르겠어요. 보조키가 집에 있긴 한데 여기서 16킬로미터나 떨어져 있거든요. 혹시 아세요……?" 여자가 말끝을 흐렸다. 그녀는 손가락에 침을 묻혀 눈꺼풀 아래쪽의 테두리를 따라 쓱 훔치더니 묻어나온 검은 물질—마스카라—을 종이타월에 닦았다. 다시 코를 풀었다. 그리고 핸드백에서 립스틱을 꺼내 유광 철판에 비친 자신의 흐릿한 영상을 응시하며 발랐다.

"혹시 뭐요?" 내가 물었다. "내가 뭘 알겠어요?" 나는 핸드백을 집어들고 그 안을 뒤졌다. 그러면 무슨 설명이라도 얻을 수 있을 것처럼. 주머니 속에 있는 블레이크의 시는 내가 자꾸만 늦어져서 가지 못하고 있는 어딘가로 나를 데려다줄 차표처럼 느껴졌다. 집에 가서 촛불을 켜고 그 시를 한 줄씩 해독하고 싶었다. 그런데 내 등장인물 중 하나인 셜리가 나타난 것이다. 이것저것 물어보고 그녀의 정체를 드러내야 하겠지만 의심을 사면 안 될 것이다. 내게 호감을 품게 해야 한다. 그녀는 겉으로는 온순해 보였다. 다운코트 안의 나는 너무 깡마르고 허기진데다 침침한 화장실과 타일의 냉기에 질린 터라, 옆에 서 있는 그녀가 나를 안아주기를, 내 몸에 팔을 둘러주기를 바랄 정도였다. 그런 의미로 그녀는 모성애를 풍겼다. 그렇지만 나는 더 가까이 갈 수 없었다. 어떻게든 살인에 개입된 사람일지도 모르니까. 떠올리기 싫은 생각이긴 하지만, 여자들은 언제나 아이들을 죽여왔다. 여자들은 아이들과 가장 가까이 있고 육아의 고난도 가장 많이 겪는다.

"제가 여쭤보려던 건요." 셜리가 이제 내 쪽으로 돌아섰다. 나를 겁내는 것 같지는 않았지만 수줍은지 얼굴을 붉혔다. "우드론 애비뉴나 그 방향으로 나가는 버스가 있는지 아시냐고요. 스쿨버스가 있다는 건 알아요. 하지만……"

"온 길을 되짚어 가봤어요? 난 뭔가 찾을 수 없을 때는 항상 기억을 되짚어봐요. 처음에 안으로 들어와서 뭘 했지? 외투를 걸었던가? 냉장고 문을 열었나? 물을 한 잔 마셨나? 그런 식으로 생각해봤어요? 택시를 부르면 어때요?"

셜리가 한숨을 쉬더니 핸드백 안을 다시 뒤졌다.

"돈이 차 안에 있거든요. 지갑 말이에요. 아마 열쇠 옆에 있겠죠." 이 말의 주장을 내가 어떻게 이해했는지 정확히 말하기는 힘들지만, 어쨌거나 블레이크가 행운의 줄을 당기고 있는 거라고 받아들였다. 셜리가 하는 말이 진실인지 아닌지는 중요하지 않았다. 블레이크는 자기가 셜리와 함께 사는 집, 마그다가 여러

달을 지하에서 살았던 그 집을 내게 보여주고 싶어했다. 셜리의 열쇠와 지갑을 가져간 사람도 당연히 블레이크였다. 셜리도 가담했는지 모른다. 계략의 범위가 얼마나 넓은지, 셜리가 똑똑한지 멍청한지 나는 알 수 없었다. 셜리는 진심으로 속상해 보였지만 연기에 뛰어나서 그랬을 수도 있다. 그런 여자는 연기에 뛰어날 수밖에 없을 테고, 그러고 보니 입은 옷도 상당히 무대의상 같았다.

"차로 데려다줄 수 있어요." 내가 말했다. "어디로 갈지 알려준다면요." 이건 어쩌면 블레이크가 주는 실마리의 일부일지도. 그들은 죽은 이들의 뼈 위에서 밤새 비틀거리고, 근심 말고는 아무것도 모른다고 느끼며, 자신이 인도받아야 할 때 타인을 인도하고 싶어한다.

나는 셜리를 도서관 뒤 주차장에 있는 차로 인도했다. 그녀는 정중하게 집으로 가는 방향을 알려주며 차를 틀어야 할 곳과 속도를 늦춰야 할 곳, 우드론 로드가 우드론 애비뉴로 바뀌는 곳 등을 가리켰다. 한 소년이 어둑해지는 이른 저녁에 자전거를 타고 길가에 나타났다. 어두운색 격자무늬 플란넬 셔츠가 바람에 망토처럼 뒤로 날렸다. 그는 내가 바랐던 모습 그대로였다. 눈빛은 기민하지만 거리감이 느껴지고 눈 주위 피부는 희미해지는 멍자국처럼 주황색에 가까웠다. 이마는 두툼하고 눈 위로 불룩 튀어나왔지만 눈썹은 숱이 적고 피부는 창백하게 황갈색이 돌았다. 턱은 제 어머니와 매우 달리 칼로 자른 듯, 끌로 다듬은 듯 날카로웠고, 입은 얇고 길었으며, 턱선은 날렵하게 뻗어 배의 닻이 연상됐다. 소년은 진입로 가장자리에서 자전거를 멈췄다. 진입로는 흙길이었는데 바퀴에 닳은 부분이 두 줄로 검게 드러나 있고 그 사이 땅에는 어린 새풀이 자라고 있었다.

"제 아들이에요." 셜리가 말했다. "미시즈 굴에게 인사드려." 주차장에서 이름을 물었을 때 내가 알려줬다. "베스타, 뭔가를 줄인 이름인가요?" 그녀가 물었었다. "예쁘네요. 벨비타*가 생각나요. 아니면 홀리 베스트먼트**"

"안녕." 나는 소년이 내 얼굴을 볼까봐 불안해하며 말했다. 그는 양손으로 자전거 핸들을 쥐고 몸을 앞으로 기울인 채 엔진에 발동을 거는 모양새로 페달을 앞뒤로 돌렸다. 티셔츠는 흰색이었고 짧은 머리는 오일을 발라 빗어 넘겼다. 청바지는 그리 많이 헐렁하지 않았고 육중한 검은색 부츠는 밑창이 두껍고 요철이 깊었다. 그는 내게 고개만 끄덕했다.

"집은 열렸니?"

---

* 치즈 상표명.

** 성직자의 제의(祭衣).

"네. 차 고장났어요?" 그가 물었다. 목소리가 낮고 은밀하고 세심했다.

"열쇠를 잃어버렸어. 그래서 미시즈 굴이 차를 태워주셨고."

"내가 보조키를 갖다줄 수도 있었는데." 그는 이렇게 말하면서 이미 자전거 위에서 균형을 잡으며 곧이라도 날아갈 듯했다.

"차에 타." 나는 소년에게 외쳤지만 그는 이미 길을 따라 달리고 있었다. "자전거는 차 뒤에 실을 수 있을 텐데."

"친구 집에 가나봐요." 셜리가 말했다. 우리는 차를 몰고 집 쪽으로 더 들어갔다. "여기예요." 차를 멈출 때 셜리가 말했다. "이제 얼른 들어가서 보조키를 가져올게요. 정말 여기서 기다리셔도 괜찮아요? 안으로 들어오실래요?"

당연히 기다리던 제안이었지만 갑자기 호기심이 사라지는 느낌이 들었다. "아, 아니에요." 나는 말했다. "폐 끼치고 싶지 않아요."

"폐 끼치는 거 아니에요."

"그럴 수 없어요." 나는 말했다.

"알겠어요. 좋을 대로 하세요." 갑자기 퉁명스러워진 셜리가 차 밖으로 끙끙거리며 나간 뒤 등뒤로 문을 닫았다. 집의 외관은 낡았지만 내가 상상했던 상자 모양의 알루미늄 외장 건물보다는 봐줄 만했다. 오래된 목제 외벽에 군데군데 떨어져나간 파란색

칠, 어둑한 창문들과 페인트가 벗어진 흰색 창틀, 현관문 위에 작게 난 둥근 창유리 너머에서 꼬였다 풀렸다를 반복하는 기다란 크리스털 장식물과 정신을 홀리는 물건들, 그리고 현관문 위를 덮은 짧은 주름 모양의 강판 처마. 현관 앞에 있는 두 단짜리 낮은 계단은 옛날식으로 시멘트를 붓고 자갈을 박아 굳힌 형태였다. 나는 셜리가 현관문을 향해 앙증맞게 계단을 오르는 모습을 바라보았다. 문고리를 잡은 뒤에는 의식 같은 행동이 이어졌다. 위로 당겨올렸다가 몸 쪽으로 끌어당긴 다음 원래 위치로 돌리며 어깨로 문을 밀기. 문이 열리자 벽지가 발린 침침한 방이 나왔고 둥글게 휘어져 내려오는 계단이 보였다. 지하실로 가려면 저 계단 아래에 있는 문을 통해야겠지, 나는 혼자서 생각했다. 셜리가 긴장해서 상기된 얼굴로 돌아보았다.

"정말로 들어오지 않으실래요?" 그녀가 내게 외쳤다. "마음이 불편해요. 오셔서 물 한 잔이라도 드시지 그러세요, 미시즈 굴?" 그녀가 문을 연 채 손을 흔들었다.

나는 그러기로 했다. 집안을 보고 싶었다. 셜리는 온화한 여자였다. 그녀는 아무도 죽이지 않았고 그럴 수도 없다는 걸 나는 알았다. 마그다가 지난 이틀 밤 동안 왜 귀가하지 않았는지 궁금해하면서 심지어 걱정하고 있을지도 모른다. 셜리에게는 선의가 있었다. 정직한 사람이었다. 가정주부였다. 집안 바닥은 맨 마루

였고 발길에 닳아 전체적으로 니스칠이 벗어져서 방과 복도 가장자리 주변만 온전했다.

"외투는 벗고 싶지 않으실 거예요. 외풍이 심해서요." 셜리가 말하며 벽지 발린 안쪽 현관의 흰 고리버들 탁자에 핸드백을 내려놓았다. 벽지 무늬는 셜리의 원피스와 크게 다르지 않았다. 회색이 도는 바탕에 노란색과 파란색 꽃무늬인데 손 그림 느낌이 나서 보기에 나쁘진 않았지만 한쪽 벽에 누수가 있었는지 부분적으로 얼룩덜룩했다. 천장 근처에는 벽지가 벗겨진 곳도 있었으며 천장은 절반 넘게 합판이 노출되어 있었다. 파이프가 터졌군, 나는 추측했다. 천장의 나머지 반에는 오돌토돌한 질감의 지저분한 회반죽 코팅이 덮여 있었다. "부엌으로 오셔서 앉아 계시면 제가……" 셜리가 말끝을 흐렸다.

"정말 예쁜 집이네요." 나는 말했다. 부엌은 다른 시대, 나도 지나왔지만 직접 목격한 적은 없는 어느 시대의 분위기를 풍겼다. 나는 월터와 함께 매우 풍족하게 살았던 것이다. 그녀의 부엌은 대체로 황녹색인 공간에 나뭇결을 흉내낸 비닐 벽판이 붙어 있었고, 서랍에는 검은색 철 손잡이가 달려 있었으며, 싸늘한 공기 중에는 베이컨 기름 냄새가 진동했다.

"음, 적어도 깨끗하게는 유지하려고 해요." 셜리가 부엌 안쪽의 서랍을 헤집으며 말했다.

"이런 옛날 집은 유지하기가 꽤 힘들죠. 하지만 아주 멋져요." 나는 말했다. "다 해서 몇 층이에요?"

"침실들은 위층에 있어요. 화장실도요. 화장실 가실래요?"

"아니, 아니에요. 그냥 물어본 거예요. 엄마와 아들만 살아요?"

"네, 우리 아들, 꼬마 신사. 착한 아이죠. 엄마를 행복하게 해줘요."

셜리가 설령 마그다의 죽음에 대해 안다 해도 겉으로는 전혀 그래 보이지 않았다. 하지만 무엇 때문에 저렇게 산만하고 감정적인 거지? 밖에서 자전거에 앉은 블레이크는 확실히 시무룩해 보였고 나를 완전히 못 본 체했다. 현명하군, 나는 생각했다. 우리가 숲에서 마그다에 관해 비밀리에 쪽지를 주고받은 일을 어머니가 모르기를 바라겠지. 냉장고 바로 옆에 있는 지하실 계단은 좁았고 계단 밑에 난 문은 닫혀 있었다. 셜리는 세입자가 있다는 사실을 내게 말하지 않을 것이다. 내가 아무한테도 말하지 않을 거라고 믿더라도 자신을 맘대로 판단할 거라 생각하겠지. 지하실에 세를 들였다고 하면 너무 저급하게 보일까봐 두려울 테지. 차를 타고 올 때 그녀는 내게 사는 곳을 물었다. "데이비드 호수 옆이에요." 나는 말했다. "호숫가 근처에 과거 걸스카우트 캠프가 있던 곳."

"정말요? 아, 저도 어렸을 때 거기 가봤거든요. 그곳 숲에 지독한 덩굴 옻나무가 퍼져 있었어요. 건물에 붙여 지은 조그만 헛간들도 있었고요, 용도는 모르겠지만. 근데 성함이 뭐라고 하셨죠, 베스티나?"

이제 그녀는 손을 씻고 있었고 보조키는 개수대 옆 상판 위에 놓여 있었다. 나는 단서를 찾아 주위를 둘러보았다. 훔쳐보는 건 무례한 짓이지만 셜리는 돌아서 있었다.

"홍수 피해는 없나요?" 나는 질문을 생각해냈다. "비가 올 때 말이에요. 지하실에 물이 차지는 않아요?"

얼굴은 보이지 않았지만 살짝 놀란 기색이 드러났다. "지하실." 그녀가 말했다. "아뇨, 홍수 피해는 없었던 것 같아요."

전화기 옆에 놓인 접이식 스툴 밑에 누런 무언가가 보였다. 나는 조용히 한 걸음 다가가 허리를 숙였다. 헤어브러시의 손잡이였다. 나는 순식간에 브러시를 낚아채 외투의 깊은 주머니 속에 숨겼다.

"지하실에는 잘 내려가지 않아요." 셜리가 말하고 있었다.

"그렇군요." 나는 말했다. 그녀가 수도꼭지에서 물을 한 잔 받았고 나는 손을 들어 거절했다.

"싫으세요? 좋아요. 음, 이제 가면 돼요. 이 모든 걸 어떻게 감사드려야 할지 모르겠네요. 도와주시지 않았다면 어떡했을지 모르겠어요."

나는 그녀의 뒤를 따라 현관문 밖으로 나갔다.

"아들이 엄마를 구하러 왔겠죠."

"그치만 밤늦게 그곳까지 자전거로 달리는 건 위험해서요. 무슨 일이 벌어질지 누가 알겠어요. 사람들이 가끔 운전을 아주……"

맞는 말이었다. 나 역시 야간 시력이 몹시 나빴다. 어둠 속에서는 사물이 뿌옇고 흐릿하게 보였다. 월터는 자신이 퇴근한 뒤면 나를 밖에 나가지 못하게 했었다.

"맞아요. 가로등도 봐요, 간격이 너무 멀잖아요. 전 밤에는 도로도 잘 안 보여요. 전조등만 보일 뿐이지." 나는 차로 다시 걸어가며 말했다.

"걱정이 이만저만이 아니죠." 셜리가 차문을 닫으며 말했다. "그래도 이렇게 아름다운 곳에서 사는 대가겠죠. 전 도시가 싫어요. 지난여름에 세인트바이스로이에 갔는데, 적응하는 데 몇 주가 걸렸는지 몰라요. 그 소음. 다닥다닥 붙은 공간."

"그래도 도시가 재미는 있죠." 나는 말했다. 이제 우리는 다시 베스매인을 향해 저녁놀 속으로 달리고 있었다. "활기도 넘치고."

"저는 여기가 좋아요. 귀찮게 하는 사람도 없고요."

"그건 그래요." 나는 말했다. "나도 여기가 좋아요. 이곳이 싫다는 얘긴 아니에요. 아주 행복해요."

"그 외딴 캠프에서 완전히 혼자 사시는 거예요? 거기 가본 지도 벌써 수십 년이 됐네요. 그게 아직도 남아 있다니 믿기지 않아요, 저로선."

"네, 혼자 살아요. 건물이 굉장히 탄탄하죠. 실은 아주 좋아요. 시골풍이지만 안락하고."

"우리 여학생들은 모두 여름에 거기에 갔어요." 셜리가 말했다. "정말 많은 걸 했는데. 가끔은 딸이 있었으면 좋겠다는 생각이 들어요."

"아, 나도 그래요." 나는 동의했다. 하지만 그저 맞춰주려 한 말이었다. 진심은 아니었다.

"남자애들은 너무 거칠고 어수선하죠. 블레이크는 예쁜 것들을 좋아하는 날 잘 참아줘요. 그리 거칠진 않거든요. 게다가 어휴. 요즘 미식축구 때문에 다들 하는 얘기 있잖아요, 두뇌 손상? 내 아들이 식물인간이 되느니 차라리 게이인 게 낫겠어요. 그 부모들 너무 불쌍해요."

"착하기도 하시지." 나는 말했다.

"제가 말이 너무 많아서 귀 아프시죠." 셜리가 말했다.

"무슨 소리예요. 나 같은 외로운 늙은이가? 가끔 말동무가 있으면 좋죠. 집에서 말 상대라곤 개밖에 없는걸요." 그 말을 하자마자 나는 극도로 불안해졌다. 오후 내내 찰리를 혼자 둔 것이다. 찰리를 데려온 이후로 우리가 그렇게 오래 떨어져 있던 적은 없었다는 생각이 든다.

"더 자주 외출을 하셔야죠." 셜리가 상냥하게 말했다. "자비의 성모 수녀회에서 노인들을 위한 빙고의 밤을 여는 걸로 알아요. 우리 아빠도 돌아가시기 전에 가시곤 했어요."

나는 차를 좀더 빨리 몰았다. 셜리가 몇 가지 제안을 더 내놓았다. 뜨개질 모임, 독서 모임, 봉사활동. 외로우면 자기를 찾아와도 된다고까지 했다.

"정말 다정하시네." 나는 말했다. 정말이었다.

나는 뭐가 그리 두려워 마그다에 관해 묻지 못할까? 그녀가 할 수 있는 최악의 행동은 뭐지? 달리는 차에서 뛰어내려? 차가 메인 로드로 접어들자 셜리는 한숨을 쉬었다.

"뭘 좀 물어봐도 돼요?" 나는 용기를 냈다. 손으로 운전대를 잘 잡고, 마음은 불안했으나 긴장하거나 떨지 않으려고 노력했다. 마그다의 헤어브러시가 외투 주머니 속에서 느껴졌다. 브러시의 손잡이가 여차하면 꺼낼 수 있는 총 같았다. 그게 있어서 마음이 차분해졌다.

"아, 네, 베스타, 물론이죠. 제가 어떻게 도와드릴까요?" 셜리의 말이 전력 회사의 고객 서비스 담당자처럼 들렸다. 먼리스에서 살 때 내가 전화를 걸 때마다 그들은 바로 그런 말투로 말했다, 보통 사람보다 쾌활하고 행복하게.

"이 근처에서 이상한 범죄 소식 들은 적은 없어요? 러밴트 지역이나 베스매인에서요."

"오, 베스타, 이 근방에 마약에 손대는 바보들이 있는 건 아시죠. 이 년 전 여름에 브룩스베일에 있던 트레일러가 터졌어요. 폭파된 거죠. 하늘로 날듯 약에 취해 그 일대를 돌아다니는 사람들이 있어요. 마약을 요리하기 위해서라면 그들은 장소를 가리지 않을 거예요."

"시신은 없었어요?"

"음," 그녀는 말을 멈추고 입술을 꼭 다문 채 답할 말을 생각했다. "사람들은 늘 죽어요, 아닌가요? 애석하게도 인생은 짧아요, 에휴. 그렇지 않나요?"

"그러면 살인은 없었다는?"

"꼭 제 아들처럼 말씀하시네요. 그 나이 남자애들은 섬뜩한 데 매료되잖아요."

"아들이 그래요?"

"있잖아요, 이렇게 폭력이 난무하는 세상에서 우리는 청소년들을 잘 지켜봐야 해요. 애들이 그런 왜곡된 생각을 어디서 얻는지 모르겠어요. 영화겠죠, 아마도."

"컴퓨터죠."

"누가 알겠어요."

"그럼 살인은 없었다는?"

"제가 들은 건 없어요." 그녀는 가슴에서 안전벨트를 잡아당기며 내 쪽으로 몸을 틀었다. "오래된 오두막집에서 혼자 지내시니 겁나세요? 무서운 책을 너무 많이 읽으시나요?"

"바로 그거예요. 머리에 무서운 이야기가 가득해요."

"오늘밤엔 좋은 이야기를 읽으세요, 베스타." 그녀가 말했다. "마음을 편안히 다독여줄 책이요. 해치려는 사람은 없으니 걱정 마세요. 뭔가 이상한 일이 있다 싶으면 얼른 경찰에 연락하시고요. 금방 와줄 거니까요. 하지만 안전하게 잘 지내실 거예요, 전 확신해요."

"저도 그렇게 믿어요. 날 보호해줄 커다란 개도 있고."

"아, 잘됐네요."

차가 다시 도서관 주차장으로 들어섰을 때는 해가 진 뒤였다. 하늘은 형광빛 파랑에 가까웠다. 텅 빈 주차장에는 셜리의 오래된 작은 차 한 대만 남아 있었다. 은색 토요타 코롤라였고, 뒤쪽 창 선반에는 장식용 레이스 매트가 깔려 있었다.

"이렇게 배려와 친절을 베풀어주셔서 감사합니다." 그녀가 말했다. "다시 만난다면 좋겠네요. 쑥스러워 마세요. 여기 이 오지에서 우린 모두 이웃이잖아요."

그 말과 함께 그녀는 밖으로 나가 문을 닫았고, 나는 백미러로 지켜보았다. 그녀는 차문을 열고 들어가 시동을 걸고 나를 향해 깜빡이를 켰다. 내가 주차장 밖으로 차를 몰고 나가자 셜리가 뒤따라 나왔다. 나는 다시 베스매인을 지나 러밴트를 향해 갔다. 약에 취해 돌아다니고 트레일러 주택을 폭파시킨다는 이상한 사람들은 누구지? 정확히 뭘 요리한다는 거지? 요리? 메인 로드가 17번 도로와 만나는 언덕 꼭대기에서 내가 알기로 맥도널드가 있는 상점가의 불빛이 보였다. 거기로 가서 계산대에서 일하는 이들 중에 마그다와 알고 지낸 사람이 있는지, 그녀가 죽기를 바라는 사람이 있는지 따위를 물으면 되겠다고 생각했다. 하지만 그건 경찰이나 할 일이다. 음모나 뒷소문을 듣고 싶지는 않았다. 셜리와 얘기할 때도 굉장히 신중했었다. 나는 블레이크의 시를 꺼내 손에 들고 운전했다. 그들은 죽은 이들의 뼈 위에서 밤새 비틀거리고, 근심 말고는 아무것도 모른다고 느끼며, 자신이 인도받아야 할 때 타인을 인도하고 싶어한다. 블레이크가 가리킨 건 이 비틀거리는 약쟁이들인지도. 아마 그들이 나를 이야기의 끝으로 인도할 것이다. 아마 그들이 몸값을 받으려고 마그다의 시신을 갖고 있을 것이다. 그들이 저 섬에서 날 기다리고 있을까? 블레이크는 알까? 나는 직접 봐야겠다고 결심했다. 시를 무릎 위에 내려놓았다. 마그다의 헤어브러시가 내 다리를 찔렀다. 그것을 꺼내 작은 빗살에 감긴 머리칼을 보았다. 그래, 긴 검정 머리칼. 마그다의 머리칼. 내가 널 찾을 거야, 마그다, 나는 정신 공간 속에서 그렇게 말했다. 차를 더 빨리 몰아 집 앞 자갈길로 들어서서 서둘러 주차하고 핸드백을 챙겨 자갈 위를 뛰다시피 해 현관문으로 다가갔다. 이제 집은 극히 어둡고 조용했으며 하늘에 낮게 걸린 달만 빛나고 있었다. 애초 계획보다 더 오래 나가 있었다. 찰리가 집안에 볼일을 보지 않았기를 바랐다. 냄새가 날 테니까. 게다가 내가 찰리를 야단칠 입장도 아니니까. 현관문은 나갈 때와 같이 잠긴 상태였다.

"어디 있니, 내 사랑? 우리 아기? 정말 미안해. 날 기다린 거 알아. 용서해줘, 예쁜이. 내 착하고 착한 멍멍이 찰리."

찰리는 나타나지 않았다. 사라지고 없었다. 다시 밖으로 나가 소나무 숲 안쪽을 바라보고 오두막집 주위를 걸어다니다 호수 쪽을 내려다보았다. 이제 찰리가 있는 곳을 짐작하기는 힘들겠구나, 나는 깨달았다. 지켜보지 않은 시간이 너무 많이 흘렀으니. 열쇠를 가진 누군가가 와서 찰리를 밖으로 내보낸 게 틀림없었다.

여섯

그간 오래도록 아침이 오면 흐릿한 해가 흰색과 분홍색과 노란색의 부드러운 빛을 호수 위로 반짝이며 아직 내 꿈속과 찰리의 꿈속으로 가라앉고 있을 때 나는 잠에서 깼다. 하지만 하룻밤이 지나고 그날 아침에 깨어날 때 나는 혼자였다. 전날 밤에는 피로에 지쳐서 와인의 도움으로 그럭저럭 잠들었다. 밖에 나가 찰리를 찾아볼 순 없었다. 약쟁이들이 활보하는 그 밤에 돌아다녔다면 너무 위험했을 것이다. 나는 셜리에게 했던 말을 계속 생각했다. "난 뭔가 잃어버리면 온 길을 되짚어 가봐요." 그런데 찰리에 관해서는 그렇게 할 수 없었다. 아무런 도움이 되지 않을 테니까. 그래서 이제 풀어야 할 미스터리가 두 개가 됐다. 마그다와 찰리. 게다가 내 개가 그리웠다. 찰리가 없으니 침대 안이

싸늘했다. 전날 저녁에는 혼자서 구운 닭고기를 먹자니 너무 죄책감이 들고 슬퍼서 베이글 하나로 식사를 마쳤다. 애초에 개를 들인 것도 그래서였다. 월터가 죽은 뒤 먼리스의 텅 빈 집에 흐르던 극도의 고요와 쓸쓸함. 찰리가 없어지고 나니 공허함이 더 심해졌다. 찰리는 왜 지금까지 집에 돌아오지 않았을까? 해는 이미 높이 떠올랐다. 우리는 아침 산책도 하고, 아침밥도 먹고, 계속 함께 살아가야 하는데. 찰리가 그렇게까지 모욕감을 느꼈을까? 내가 저를 영원히 이 오두막집 안에 버렸다고 생각했을까? 누가 집안에 들어왔는지, 누가 열린 문을 잡고서 도망치라고 찰리를 부추겼을지, 분명 손을 휘두르고 겁을 주며 다시는 돌아오지 말라고 경고했을 텐데, 그게 누구인지 궁금해 견딜 수 없었다. "베스타는 죽었어! 이제 어서 꺼져, 이 멍청한 똥개 새끼야!" 고드가 그랬다. 간밤에는 그런 생각을 하지 않으려 애썼지만 해가 뜨고 나서는 그냥 해버렸고 그러자 화가 끓어올랐다. 나는 유린당했다. 공격당했다. 내 추리 방향이 정확한가보군, 나는 생각했다. 고드가 이런 식으로 나를 치고 들어오는 걸 보면. 복수.

옷을 입었다. 도무지 뭘 해야 할지 알 수 없었다. 숨을 몰아쉬고 눈물을 글썽이는 나는 아마 좀 미친 사람처럼 보였을 것이다. 그때까지 며칠째 샤워도 하지 않았다. 대개는 그러면 신경이 쓰였겠지만 이때는 상관하지 않았다. 너무 속상했다. 정말이지 갑자기 엄마를 잃어버린 아이 같은 심정이었다. 전화를 걸 사람이 있었으면 했다. 셜리를 찾을 수 있을까? "내 개가 도망쳤어요" 하면서 나는 흐느끼겠지.

"저런, 딱해라. 제가 근무 끝나고 들러서 도울 테니 함께 찾아봐요. 밖에 음식을 좀 두셨어요? 배가 많이 고파지면 바로 돌아올 거예요. 집이 어딘지는 알 테니까요."

하지만 나는 전화기가 없었고 셜리를 개입시키면 일이 복잡해질 뿐이었다. 경찰에 전화한다면 어떤 웃음소리를 들을지 뻔했다.

"미친 할머니, 늙은 걸스카우트 말이야, 개가 사라졌대." 경찰은 자기들끼리 그렇게 말할 것이다.

"개가 어디 갔을까?"

"멍청한 늙은 똥개."

"아마 도망쳤겠지. 그런 늙은 할망구, 괴물, 마녀 옆에 누가 붙어 있고 싶겠어? 헨젤과 그레텔, 그 이야기 맞지? 숲속에 혼자 사는 미친 할망구 말이야. 아니 그건 골디락스*든가? 뭐가 됐든 나쁜 년이야, 그건 확실해."

---

* 동화 『골디락스와 곰 세 마리』에 나오는 금발 소녀. 숲속에서 길을 잃어 곰들이 사는 집에 들어가 함부로 음식을 먹고 자다가 들킨다는 맥락에서 '침입자'의 은유로도 쓰인다.

짐승 같은 놈들, 그 경찰들, 나를 그런 식으로 말하다니. 내가 과학자의 아내였다는 걸 모르나? 내가 아주 우아한 실크 혼방 원피스를 입고 대학에서 열리는 만찬에 가곤 했다는 걸 모르나? 주 상원의원의 아내가 내 머리 모양을 칭찬하기도 했다. 신문에 내 사진이 몇 번 실리기도 했다. 대학 다닐 때는 합창단에서 노래했다. 일본 서예도 배웠다. 언젠가는 어느 노인의 자동차 바퀴집 안으로 기어들어간 새끼 고양이를 구한 적도 있었다. 그런데 그 경찰들은 무슨 쓸모가 있지? 과속했다고 차를 멈춰 세우는 일? 그들의 정신 공간 속에는 머리 없는 쥐들, 뿜어져나오는 피, 희끗희끗 비치는 목뼈들, 머리 없는 시신을 물어뜯는 목 잘린 머리들이 득시글거릴 거라고 나는 상상했다. 그 괴물들이 무슨 생각을 할지 상상만 해도 속이 울렁거렸다. 고드가 내 개에 손을 댔다면 그를 죽여버릴 테다. 살려달라고 빌게 놔두지도 않을 테다. 그냥 그 굵고 흰 목을 칼로 그어버릴 테다.

월터가 뭐라고 말할지 상상할 수 있었다. 물속 안식처에 들어간 지금도 이 일에 대해 생각하고 있겠지. "여보, 베스타, 당신은 이 일을 감당할 만큼 강하지 않아. 신경이 너무 예민하잖아. 당신은 작은 새 같아. 참새 주제에 매가 되려 애쓰고 있다고. 당신에겐 그런 기백이 없어. 그냥 아이 같은 사람이야. 어서 본모습으로 돌아와 잔소리나 하고 다니셔. 춤도 좀 추고 바닥을 쓸어.

내 귀엽고 보송보송한 아가씨야, 죽음은 당신과 안 맞아." 내가 호수를 영원히 월터로 오염시키고 말았다. 차라리 그를 쓰레기통에 비우고 두꺼운 검은 비닐봉지에 밀봉한 뒤 내가 직접 태우지 못하는 쓰레기를 갖다놓는 카운티 쓰레기장에 내다버렸어야 했다. 내가 쓰레기를 많이 만드는 사람은 아니다. 상품 포장지와 빈 우유갑 외의 쓰레기는 지난여름에 철물점에서 산 커다란 퇴비통으로 처리하려고 최대한 노력했다. 찰리는 언제나 퇴비통에 코를 대고 킁킁거렸다. 고기는 퇴비로 만들지 못한다고들 하던데 닭뼈는 괜찮을 거야, 나는 생각했다. 어쨌거나 찰리는 닭뼈를 먹을 수 없다. 삼키면 바늘처럼 변하니까. 찰리의 목이 찢어지겠지. 위장에서 피가 날 거야. 오, 이런, 나는 외투를 집으며 생각했다. 찰리가 다쳤을지 몰라. 차에 치였을지도. 곰에게 먹혔거나 더한 일이 일어났을 수도. 찰리가 집에 오지 못할 이유가 없잖아, 나는 생각했다. 불구가 되어 덫에 갇힌 게 아니라면 말이다. 떨어진 바위에 맞았을지 모른다는 생각도 들었다. 하지만 러밴트에는 바위가 없었다. 그러다, 이럴 수가, 찰리가 사랑에 빠진 거라는 상상이 떠올랐다. 찰리에게 중성화 수술을 해주지 않았다. 감사히 여길 만한 일이었다. 찰리가 밖에 나가 연애에 넋을 잃고 자연의 의도대로 생식에 몰두하고 있을 수도 있다. 머지않아 녀석은 당당하고 느긋한 모습으로 돌아와 새로운 종류의 존중을 요구하겠지. "봤어, 베스타? 난 이제 아기가 아니야. 자랑스러운 아빠라고. 좀 기다리면 내 강아지들을 보게 될 거야." 그런 생각을 하니 기분이 밝아졌고 웃음도 나왔다. 하지만 확신이 들지는 않았다. 지난 이틀간 일어난 일을 생각하면 어떤 반칙행위가 있었을 거라고 가정할 수밖에 없었다. 고드가 왔었다. 고드가 나를 겁줘서 내 수색 작업에 혼선을 주고 싶어했다. 지금 나를 지켜보고 있을 수도 있다. 짖어줄 찰리가 없으니 나는 저 밖의 소나무 숲에 누가 있는지 알 길이 없었다.

현관문을 열고 휘파람을 불었다. 녀석의 이름을 불렀다. 찰리를 찾으러 나가기는 두려웠다. 찾을 수 없다면 녀석이 떠나버렸다는 의미일 테니까. 찾더라도 그것이 사체일지 모른다. 찾아보는 게 나을까, 찾지 않는 게 나을까? 나는 문밖에 한 발을 내놓은 채 혼자서 논쟁했다. 그날도 창문들 너머로 아름답고 화창한 호수의 아침이 보였다. 섬이 거기 있었다. 나쁜 일이 전혀 일어나지 않은 척할 수도 있겠지. 하루를 시작해 자작나무 숲을 산책하고 아침을 먹을 수도 있겠지. 씨앗을 더 심고 지미 목사의 방송을 듣고 노래가 나오면 춤도 조금 출 수 있겠지. 내게 걱정을 끼치는 개가 인생의 전부는 아니었다. 마그다도 마찬가지였다. 보살펴야 할 나 자신이 있었다. 나는 돌봄이 필요했다. 그날 아침에는 찰리를 찾으러 나가지 않기로 결정했다. 그냥 집에 가만히 있을 것이다. 생각을 할 거고, 생각을 하지 않을 것이다. 찰리가 없는 정신 공간은 어지러운 공황 상태였지만 또한 반이 빈 상태이기도 했다. 내가 채울 공간이 더 있었다.

아마 안전한 내 집에서 모든 걸 파악할 방법이 있을 거야, 나는 생각했다. 조사하러 굳이 밖으로 나가지 않아도 될 거야. 월터는 늘 세상 대부분이 얼마나 이론적인지 말했지, 안 그래? 나무가 쓰러진다면, 그게 정말로 쓰러지는 걸까? 어떻게 확실히 알 수 있지? 눈을 믿어선 안 돼. 오, 월터. 그이는 정말 죽은 걸까? 나는 그의 시신을 단 몇 분밖에 보지 못했다. 단지 내게서 벗어나려고 그 모든 걸 꾸몄을 수도 있을까? "신호를 보내줄게." 그는 말했었다. 그렇게 해달라고 내가 애원했었다. "당신, 죽은 뒤에도 어떻게든 돌아와줄 거야? 꼭 노력해줘. 가능하다면 당신이 있다는 신호를 보내줘. 가능하다면 내 곁에 있어줘. 난 완전히 외톨이가 될 거야. 하지만 약속해줄 거야? 와서 나를 찾겠다고 약속해줘. 굉장히 힘들더라도. 그래주지 않을래? 그래줄 거야? 응?" 그래서 그는 약속했다. 그가 약속하는 걸 내가 보았다. 하지만 나는 믿지 않았다. 눈을 감으면 먼리스에 살던 시절로 돌아갈 수 있다. 신혼여행 때로 돌아갈 수도 있다. 대학 다니던 때로도. 열일곱 살 때로도. 우리집 밖에서 자라던 나무에 열린 오렌지 껍질의 씁쓸한 맛도 느껴질 듯하다. 그 오렌지는 먹으면 안 되는 거였는데 나는 그냥 먹어버렸고 그러면 배탈이 났다. 그런데, 정말 배탈이 났나? 내가 자라긴 한 걸까? 시간이 정말로 흘러갔나? 내 인생에 무슨 일이 일어났을까, 나는 자문했다. 그러면서 손을 내밀어 찰리가 그 부드러운 머리를 갖다대주기를 기대했지만 녀석은 없었다. 다시 한번 내 마음이 무너졌다. 많은 일이 이론적으로만 존재할 수도 있다는 것, 그건 사실이었다. 이 모든 게 내 상상일지 모르지만, 그래도 아팠다. 사랑하는 누군가를 잃는 건 여전히 슬펐다.

나는 라디오를 켜고 커피를 끓였다. 지미 목사였다. 그는 내가 필요할 때마다 방송에 나오는 듯했다. "주께서 말씀하시기를……" 나는 세수를 하러 갔다. "보지 못하는 것이 인간의 죄로다." 나는 마그다의 노란 빗으로 머리를 빗었다. "……그들에게 복이 있나니."

커피를 한 잔 따라 간이식탁으로 가져갔다. 서류는 한데 차곡차곡 쌓여 있었다. 전날 밤에 흐트러진 채로 놔뒀다고 생각했는데 그 기억과 달랐다. 하지만 간밤에 와인을 마셨으니까. 외투주머니에서 블레이크의 시가 적힌 종이를 꺼냈다. 그는 파란색 볼펜으로 밑줄을 그었는데 자작나무 숲에서 발견한 쪽지에 쓰인 것과 같은 종류였다.

얼마나 많은 이들이 거기에 빠졌던가!
그들은 죽은 이들의 뼈 위에서 밤새 비틀거리고
근심 말고는 아무것도 모른다고 느끼며
자신이 인도받아야 할 때 타인을 인도하고 싶어한다.

나는 여전히 이해할 수 없었다. 누군가가 와서 나를 인도해줬으면 했다. 목줄을 채운 개는 어떨까. 그 개가 내 손을 끌어 곧장 마그다의 시신으로 데려가주는 거다. 그러면 미스터리가 풀릴 테지. 찰리도 같은 목표를 이루려 하는지도 몰라, 나는 생각했다. 바로 지금도 마그다를 지키고 있을지도. 헤엄쳐서 섬으로 갔을 거야. 나는 마그다의 시신을 지키며 앉아 있는 찰리를 그려볼 수 있었다. 종일 거기 앉아 내가 자기들을 찾아주기를 기다리고 있겠지. 찰리가 그리웠다. 걱정스러운 나머지 목이 꽉 막혔다.

마그다는 어른이었다. 맞아, 정말로 어른이었지. 그 나이면 어리긴 해도 완전히 성장한, 완전히 발달한 사람이었다. 가슴이 꽤나 크고 아름다워, 나는 상상했다. 그녀의 몸매는 그런 식으로 젊은 풍만함을 띠었다. 몸의 굴곡이 크지만 호리호리하고, 마치 물위에 떠 있는 것 같아 중력도 그녀에게는 아무런 힘을 발휘하지 못하는 듯했다. 호수의 물위를 걷는 알몸의 님프 같았다. 눈을 감으면 그녀의 모습이 생생히 떠올랐다. 눈을 감으면 나는 어디든, 원한다면 달에도 갈 수 있고, 공간 속을 휘도는 정적의 귀청 터질 듯한 메아리를 들을 수도 있었다. 그게 바로 정적의 소리지, 안 그래? 죽음의 소리? 비존재의 소리? 부존재의 마찰? 지구상 사람들 모두가 때때로 죽음에 대해 들어왔다. 얼마나 많은 이들이 거기에 빠졌던가! 내 앞에서 다른 사람들이 살다 갔다.

월터. 그가 숨을 거둔 뒤 나는 그가 사후세계에서 보낼지도 모르는 단서를 발견하게 될까봐 두려워지기 시작했다. 그가 정말로 아직 세상에 남아 침대나 욕실에서 흐느껴 우는 나를, 빵에서 곰팡이를 긁어내는 나를 바라볼지도 모른다는 생각조차 견딜 수 없었다. 몇 시간 동안 가만히 앉아 내 입에서 뚝뚝 떨어지는 침을 바라보았었다. 추도식이 열리는 대학 예배당으로 나를 데려갈 차가 도착했을 때는 옷도 차려입지 않고 있다가 늘 입던 옷을 꿰어 입었다. 그때까지 평생 검은색 옷을 입고 살았다. "정체가 뭐예요?" 월터는 나를 만났을 때 그렇게 물었다. 소개를 받아 만난 자리였고 처음 만난 그날도, 그후로도 나는 검은 옷을 입었다. "블랙위도*, 뭐 그런 겁니까?" 나는 죽음을 위해 옷을 갈아입을 필요가 없었다. 죽음은 항상 옆에 있었다. 우리가 만난 첫날부터 나는 그의 장례식을 위한 옷을 입은 셈이었다. 그 유골. 그

---

* 독거미의 일종으로 암컷이 수컷을 잡아먹는다.

단지. 월터는 여전히 저 바깥 호수에 있었다. 결국 그는 정말로 떠나지 않았다. 그에게 옆에 머물러달라고 한 게 후회됐다. 내 정신 공간 속 그의 목소리는 여전히 참견이 심한 적수 같았다. 내가 행복하거나 슬플 때마다 나타나 내 머리에 생각을 집어넣고 나 자신을 해명하라고 요구했다. 학자와 결혼하지 말았어야 했다. 그들은 언제나 뭔가를 분석하고 주장해야 한다. 자, 이제 주장해봐, 월터, 나는 내 정신 공간에 대고 말했다. 마그다에 대해 주장해봐. 당신이 그렇게 똑똑하다면 말이야. 고드가 그녀를 죽인 거야? 마그다는 어디에 있어? 마그다에게 무슨 일이 일어난 거야?

나는 바깥으로 눈을 돌려 주변 나무들의 대담한 색채와 어우러져 밝아오는 호수를 바라보았다. 내 조그만 섬은 예쁘고 평온해 보였다. 곧 저기로 나가자, 나는 혼자서 말했다. 그런데 마그다의 시신을 발견하면 어떻게 하지? 시신을 끌어다 거룻배에 실은 뒤 노를 저어 물가로 돌아올까? 그런 다음에는? 땅에 묻을까? 충분히 큰 구덩이를 팔 체력이 내게는 없다는 생각이 들었다. 사람을 써야 할지도 모르겠다. 개를 묻을 거라고 말해야지. 아니면 마그다를 조각조각 자를 수도 있겠다. 텃밭에 구멍을 냈을 때처럼 땅에 구멍을 파고 검은 흙 속에 마그다의 작은 조각들을 넣고 덮은 다음 조리로 물을 주고 아침마다 햇살이 빛날 때

부엌 창 너머로 바라봐야지. 마그다의 뿌리가 자라기를, 땅을 가르고 나온 줄기가 따뜻하게 들끓는 봄의 대기로 자라나기를 기다려야지. 그 식물은 어떤 모습일까? 열매가 열릴까? 먹을 수 있을까? 먹으면 죽을까? 어쩌면 그녀의 조각들이 이미 바깥 어딘가에 묻혀 있을지도 모른다. 텃밭에 누군가가 손을 댔다. 그곳에 다른 무언가를 심을 생각이 아니라면 왜 내 씨앗들을 뽑는단 말인가? 그런데 마그다가 자라지 않는다면 끔찍할 텐데. 고기는 퇴비가 되지 않으니까. 곧 썩어서 냄새가 나겠지. 찰리가 텃밭을 파고 잘린 손 하나를 집으로 가져와 소파 쿠션 사이에 묻어둘 수도 있다. 하지만 찰리는 사라졌지. 찰리가 보고 싶었다. 나는 다시 블레이크의 시를 쳐다보았다. 죽은 이들의 뼈. 마그다는 아직 뼈로 남지 않았다. 독수리가 살을 파먹은 게 아니라면. 그리고 하늘을 선회하는 독수리도 보이지 않았다. 그녀는 아직 온전하다. 그래야만 한다. 아직 살아 있을 수도 있을까?

그런 생각을 하니 가만히 앉아 게으름을 부리는 건 어리석은 짓 같았다. 용감해지기로 결심했다. 밖에 나가 찰리를 찾아보겠다. 노력을 기울이겠다. 죽은 찰리를 발견한다 해도 최소한 알게는 된다. 다른 개를 들일 수도 있다. 전과 같지는 않겠지. 찰리는 가족이었다. 나는 목이 조여와 사레들린 듯 기침하며 외투를 입고 핸드백과 열쇠를 챙긴 뒤 오두막집의 문을 닫고서 잠갔다. 누구든 안에 들어가 소파에 잘린 손들을 묻어두는 일이 없기를 바랐다. 아니면 잘린 손들을 소파에 묻었다 다시 가져갔는데도 내가 영영 모르게 되는 일은 더 싫었다. 누군가 와서 손을 묻으려 하는지 아닌지는 알고 싶었다. 문을 열어두지 않는다면 영영 알 수 없을 것이다. 그래서 현관문 자물쇠를 다시 풀고 언젠가 텔레비전 방송에서 본 대로 실행했다. 먼저 흰 실을 감은 실패를 가져왔다. 몇 달 전 베개의 솔기가 터져 깃털이 빠져나오기에—작은 거위 깃털이 입에 가득한 채로 자꾸만 잠에서 깨어났다—그것을 꿰매려고 쓴 실이었다. 실패에서 실을 1미터 정도 풀어낸 뒤 한쪽 끝을 바닥에서 2~3센티미터가량 띄워 현관문 옆 탁자 다리에 묶고 반대편 끝은 찻잔에 묶었다. 그러고서 손잡이에 실을 감은 도자기 컵을 실이 팽팽해지게 당겨 바닥에 놓았다. 침입자가 불쑥 들어온다면 실에 발이 걸리겠지만 꼭 넘어지지는 않을 것이다. 찻잔은 미끄러져 화목난로에 부딪혀서 조각이 떨어져나갈 테고. 그러면 내가 알게 되겠지. 침입자가 찻잔을 제자리에 다시 놔둔다 해도 금이 간 자리가 보이겠지. 무슨 일이 일어났는지 진실을 알게 될 것이다. 나는 가만히 현관문을 닫고 차로 걸어갔고, 창문을 연 채 러밴트 주위를 돌아다니며 찰리를 부르겠다고 마음먹었다. "야, 임마. 찰리. 어서 나와. 숲에서 나와 길로 내려와." 녀석이 내 목소리를 듣고 잽싸게 달려오겠지, 그럴 수만 있다면. 우리는 곧 다시 만날 테고, 그날 밤에는 이불 밑에서 웅크리고 함께 자겠지. 시원한 산들바람이 불 것이다. 나는 찰리를 쓰다듬고 입을 맞추며 다시는, 일 초 이상은, 결코 혼자 두지 않겠다고 약속한다. 찰리는 가르랑거리며 내 얼굴을 핥고 끙끙거리면서 내 옆으로 파고들고 우리는 함께 꿈을 꾼다. 정말로 좋을 것이다.

차 안에서 열쇠를 꽂고 시동을 걸었는데 아무 변화가 없었다. 차가 완전히 방전된 것 같았다. 엔진에서는 딸깍 소리도 부릉 소리도 없었다. 열쇠를 뺀 다음 다시 시도했다. 분명 배터리 문제야, 나는 생각했다. 점프 시동을 걸어야 해. 아마 조명을 켜두었거나 문이 열려 있었겠지. 하지만 내가 차에 대해 뭘 알겠나? 다른 문제일 수도 있다. 전화기가 있었다면 견인차를 부르거나 수리업자를 불러 즉시 견적을 내달라고 했을 것이다. 기름때 묻은 회색 작업복을 입은 남자가 담배를 피우며 호수를 내려다보는 모습이 그려졌다. "정말 좋은 곳에 사시네요. 여기가 예전에 걸스카우트 캠프였다는 거 아세요?"

"네, 나도 알아요. 자, 내 차는 어때요? 도와줄 수 있어요?"

"여기 이건 배선 문제예요. 전선 하나가 절단된 것 같네요."

"절단이라고요?"

"잘렸다는 뜻이죠."

"나도 말뜻 정도는 알아요."

"아, 전 그냥 도와드리려는 거예요, 부인. 제가 부인께 짜증을 돋우려고 이 먼 데까지 왔겠어요?"

"짜증이라뇨, 선생님." 나는 말할 것이다. 아, 씩씩거릴 것이다. "누가 전선을 잘라요? 그게 무슨 뜻이죠?"

"누군가 여기 와서 전선을 잘랐다는 뜻이죠. 뭐, 부인께서 잘랐을지도요. 누가 잘랐는지 제가 어떻게 알겠어요?"

"내가 내 차 전선을 왜 자르겠어요? 사람들은 그런 짓도 하나요?"

"외로운 사람들은 그래요. 왜, 자기 손목 긋고 구급차를 부를 때처럼요."

"세상에나."

"부인이 최초라고 생각하세요?"

"난 최초도 아니고 두번째도 아니에요. 그런 사람이 아니라고요. 아무것도 긋거나 절단하지 않았어요."

"그 말씀이 맞겠죠. 전 그저 전선을 고쳐드리려 온 겁니다."

"그래주시면 감사하죠."

"뭐든 시키세요, 부인."

"베스타라고 부르세요."

"좋아요, 베스타."

"그러면요?"

"그러면 뭐요?"

"고칠 수 있겠어요?"

"고칠 수 없습니다. 여기 이건 돌이킬 수 없는 손상이에요. 죽음 뒤에는 삶이 없다는 거 모르세요? 그냥 끝이잖아요, 모르세요? 죽은 사람은 아무데도 가지 않아요."

"그럴 리가요. 꼭 그래야 한다면 난 걸어서라도 갈 거예요."

"해보시든가요, 미스 베스타. 제가 할 수 있는 말은 단지 이거예요. 숲속으로 들어가면 숲이 있을 뿐이라는 것."

"지미 목사 말로는……"

"지미 목사는 오래전에 죽었어요. 그 라디오 방송이요? 죄다 재방송이에요. 늘 같은 똥물을 계속해서 퍼올리는 거죠. '남편이 고환암이었어요. 그이가 바람을 피우고 있다는 뜻일까요?'"

"내 남편에 대해 어떻게 알았죠?"

"뻔한 추측 아닙니까?"

"나 같으면 추측 못했을 텐데. 난 몰랐어요."

"얼마나 많은 이들이 여기에 빠졌던가?" 그러면서 그는 물가에 쑥 나온 붉은 바위를 가리켰다.

"내가 그걸 어떻게 알겠어요?"

"이런 일들은 알고 계셔야죠. 아무것도 모르는 분인가? 교육을 안 받으셨어요?"

"꼭 우리 남편처럼 말씀하시네요."

"남편분이 부인을 사랑하셨나봐요."

"그이는 이제 저기에 있어요." 나는 호수를 가리킬 것이다.

그러면 찰리가 호수에서 사람의 팔이나 완전한 다리 하나를 입에 물고 첨벙거리며 돌아오겠지.

나는 자동차 덮개를 열어보지 않았다. 쾅쾅 두들겨보거나 바닥에 쌓인 낙엽을 불어내거나 뭐든 해볼 수 있었겠지만 그래봤자 소용없다는 걸 알았다. 그 물건은 죽었고 묻어버려야 마땅했다. 늙어빠진 쓰레기 덩어리. 먼리스에서 그것을 몰고 러밴트까지 갔다. 짐 상자들은 전부 먼리스의 우체국에서 미리 선불로 부쳤고 상자는 하나둘씩 도착했다. 가구는 전부 베스매인의 교회에 있는 자선용 중고품 가게에서 샀다.

나는 자갈길 진입로를 내려가 도로에 들어섰으나 건너지 않고 자작나무 숲으로 이어지는 언덕을 지나쳐 걸어갔다. 블레이크의 단서는 그만 받고 싶었다. 이제 블레이크라면 지긋지긋했다. 그는 내가 인도받아야 한다고 말했지만 나 자신은 누군가를 인도할 만큼 강하다고 느꼈다. 핸드백 안에 찰리의 목줄이 있었다. 찰리를 찾으면 목줄을 채우고 나머지 끝은 내 손목에 수갑처럼 묶을 생각이었다. 이 목줄을 드리며 당신과 혼인합니다, 라는 말이 떠올랐다. 여기서 목줄의 의미는 내가 손에서 빼버린 반지와 마찬가지 아닐까. 반지는 이제 유리로 된 작은 단지 안에 찰리의 유치와 함께 들어 있었다. 어느 날 바닥에서 개의 치아를 찾았는데 찰리에게는 빠진 이가 하나도 없어 보였다. 그래도 그냥 그렇다고 가정하는 거다. 내가 개의 치아에 대해 뭘 알겠는가? 나는 질문하는 유형이 아니었다. 훌륭한 탐정은 탐문보다 추정을 하는 법이고. 나는 찰리가 살아 있다고, 어딘가에 억류되어 있다고 추정할 수 있었다. 마그다를 죽인 자는 블레이크도 셜리도 리어나도도 아니라고 추정할 수 있었다. 살인자는 고드일 가능성이 높다고 추정했다. 정말로 내가 그 모든 걸 추정했다. 그리고 내 차는 간밤에 너무 많이 몰고 다닌 탓에 죽었다고 추정했다. 차의 뭔가가 철커덩, 하고 풀려버린 것이다. 아니면 작은 동물이 기계장치 안으로 기어들어가 전선을 갉아먹었거나. 나는 의도적인 파괴행위는 없었다고, 그리고 날이 저물면 내 모든 미스터리가 풀릴 거라고 추정했다. 이런 문제로 너무 오래 괴로워하지 않겠다. 그런 일들은 엄청난 이야기로 발전하지 않고서 오래갈 수 없는 법이니까. 그리고 이건 엄청난 이야기가 아니다. 소박하고 아늑한 탐정 이야기일 뿐. 쪽지, 사라진 개, 호수에 내던져진 유골단지. 그저 계속 밀고 나가면 해결될 기미가 보이겠지. 곧 마그다가 병원에서 회복하고 나는 그녀에게 꽃과 곰인형을 보낼 것이다. 어쩌면 이 모든 게 엄청난 오해일지 모른다.

정확히 어디로 걸어야 할지 몰랐지만 자작나무 숲은 피해야 한다는 느낌이 들었다. 찰리는 거기에 없을 것이다. 그 어여쁜 나무들을, 햇빛에 흐릿해진 그 부드러운 흰색을 보니 온몸이 오싹했다. 나는 큰길을 따라 걸으며 내 이야기 속의 다른 등장인물들을 헤아려봤다. 헨리가 있었다. 그는 개를 자신의 가게 뒤에 묶어둘 완력과 멍든 영혼의 소유자인데, 아마 고드에게 입은 호의를 갚느라 그런 짓을 했을 것이다. 그리고 그는 찰리가 복종할 만한 투박하고 따뜻한 사람이었다. 헨리의 가게까지 걸어가는 길은 5킬로미터 정도였다. 거기로 가서 전화를 빌려 쓰는 척하며 주변을 뒤지고 다니다 뒤쪽의 문들을 찾아 전부 문고리를 돌려 보면 될 테다. 찰리는 지하실에서 쉭쉭거리는 오래된 라디에이터에 묶여 있을지도 모른다. 물도 못 먹었을지도. 오, 찰리는 그 아래서 정말로 슬프겠지. 고드나 헨리가 우리 불쌍한 찰리를 때리지 않았기만을 바랐다. 나는 도로를 따라 걸으면서 회색 포장도로 가장자리가 부스러지며 맨흙이 드러난 곳만 밟았다. 앞을 바라보면 도로가 어느 부분은 거의 흰색으로 빛났다.

1.5킬로미터 정도를 걷고 나니 도로의 굽이에서 옆쪽 이웃의 진입로로 갈라지는 곳이 나왔다. 소나무 숲과 길고 구불구불한 흙길 사이에 공터가 있었다. 나는 걸음을 멈추고 서서 그 길을

따라가면 무엇이 있을까 생각해봤다. 갓길에서 비바람에 씻긴 주석 우편함이 기둥 위에 얹혀 있었다. 주위에 보는 사람이 없어서 거기로 다가가 안을 들여다보았다. '현재 거주자' 앞으로 발송된 쿠폰 광고지와 병원 청구서처럼 보이는 우편물을 꺼냈다. 외투 주머니 안에 청구서를 넣은 뒤 봉투를 열어봐도 될 안전거리를 확보하기 위해 큰길을 내처 걸어갈 참이었다. 이 이웃이 어떤 의료적 곤경에 빠져 있는지 가능한 한 알고 싶었다. 어쩌면 그 집 여자가 잭나이프를 든 마그다와 드잡이하다 생긴 상처를 꿰매고 받은 청구서일 수도 있다. 여자가 고드의 공범이었을지도. 고드가 마그다를 착취했다면 이웃 여자도 그랬을 수 있다. 하지만 남의 우편물을 절취하는 건 중죄다, 안 그런가? 그런데 나는 범죄자가 아니다. 고드 위에 있으니 그래, 나는 법을 초월한 존재다. 정의의 척도로 보면 경찰보다 더 위다. 그런 내가 하는 일이 절취일 순 없다. 개입일 순 있어도.

그래서 나는 소나무 숲으로 뻗은 흙길을 걷기 시작했다. 너른 하늘 아래서 울리던 낮의 메아리가 어두운 숲 안에서는 순식간에 무뎌지고 줄어들었다. 호흡이 조금씩 거칠고 가빠지는 느낌이 들어 숨을 쌕쌕 몰아쉬며 잠시 쉬었다. 소나무 알레르기가 도져서 겁이 났다. 내게 소나무는 해롭지만 지난 일 년간 그만큼 가까이 가지 않아서 멀쩡히 지낼 수 있었다. 나는 계속 걸었다.

굴하지 않겠다. 흙길에는 동물 발자국뿐만 아니라 그 어떤 발자국도 보이지 않았다. 타이어 자국이 두 갈래로 계속 이어진 자리의 흙이 단단히 다져진 터라 움푹 팬 타이어의 접지면이 도시의 스카이라인 같았다. 이 와중에 그런 상상이나 하다니 우습기도 하지. 폐가 이렇게, 뭐라 해야 할까, 액체로 채워질 때? 폐가 꽉 닫혀버리고 있을 때? 베이킹소다를 넣은 팬케이크 반죽처럼 팽창할 때, 부글부글 끓어오를 때? 가느다란 빨대로 숨을 쉬는 것처럼 공기가 날카롭게 가슴을 찔렀다. 밖에서 보면 나는 허약하고 지친 할머니 같았을 것이다. 이웃의 자갈길 진입로에 도착해 밖에 주차된 그들의 커다란 검은 차와 벽에 회색 미늘판을 붙인 호숫가 오두막집—내 집보다 크지만 더 좋지는 않은—을 보았을 무렵에는 눈앞에 별이 어른거렸다. 빈터로 다가가 잔디밭—거기에는 풀이 있었다—을 비틀비틀 가로지른 나는 호숫가에 털썩 주저앉아 기다렸다. 아무 생각 없이 천천히, 천천히 숨을 쉬자 마침내 폐가 팽창되기 시작하고 심장박동이 느려지면서 숨을 거의 정상적으로 들이쉬고 내쉴 수 있게 됐다. 그때쯤 또렷한 그림자 형체 두 개가 내 오른쪽에 나타났는데, 하늘에 뜬 해의 위치를 고려했을 때 그림자가 지나치게 길어 보였다. 한 명은 남자, 다른 한 명은 여자였다. 그들은 놀란 듯했고 나 역시 마찬가지였을 것이다. 그들은 옷을 잘 차려입었는데 옛날 분위기를 낸 엽서에서 걸어나온 듯한 모습이었다. 스튜디오에서 의상을 갈아입고 서부개척시대나 대략 그와 비슷한 배경 앞에서 찍는 사진처럼 말이다. 그런 사진들을 본 적이 있지만 물론 월터와 내가 그런 걸 찍어본 적은 없다.

"도움이 필요하세요?"

나는 대답하지 않았다. 잠시 세상이 한쪽으로 기우는 느낌이었다. 나는 한 손을 뻗어 풀 속에 묻으면서도 그들에게서 눈을 떼지 않았다. 허리를 꽉 조이고 치마가 풍성한 진갈색 드레스를 입은 여자가 앞으로 한 걸음 나왔다. 머리에는 보닛을 썼다. 보닛의 끈이 목 아래로 늘어진 얇은 턱살을 파고들었다. 고풍스러운 복장을 한 그녀는 우아하면서도 거칠었다. 여자의 남편으로 보이는 사람이 그녀의 팔을 잡아 뒤로 다시 끌어당겼다.

"길을 잃으셨나요?" 여자가 물었다.

"여기는 사유지입니다." 남자가 말했다. "저기는 사유 도로고요. 표지판 보셨죠?"

나는 땅에서 겨우 몸을 일으켰다. 세상이 제자리로 돌아왔고 풀밭은 더 밝고 온화했다. 나비 몇 마리가 날개를 파닥거렸다. 다시 보니 오두막집은 그다지 칙칙하지 않았다. 진한 주황색으로 틀을 칠한 창문에 달린 덧문들이 젖혀져 열려 있었다. 현관 앞 계단 주변의 뿌리덮개 위로 튤립이 자라났다. 창문에는 맑은 새 유리가 끼워져 있었다. 호수 경관은 내 집보다 나았고, 내 작은 섬도 보였다. 카누 한 척이 새로 지은 목제 잔교의 기둥에 부딪혔다. 현실의 삶이, 남편과 아내가 여기에 있구나, 나는 생각했다. 나는 침입자였다.

"정말로 미안해요." 드디어 목이 열리고 나는 말했다. 문득 너무 창피해졌다. "길에서 갑자기 숨이 가빠졌어요. 웬 할머니가 댁의 잔디밭에 와서 쓰러지니 몹시 이상하게 보이겠군요. 사과드릴게요. 길을 잘못 들었나봐요."

무대의상을 입은 형체들이 고개를 갸웃했고, 남자의 눈이 햇빛을 받아 번쩍였다. 마당에 늘어선 소나무의 커다란 가지들 사이로 햇빛이 굽이쳤다. 근사한 곳이었다. 진입로에 있는 현대적인 자동차만 아니면 식민지시대의 농가주택 같았다. 박물관 같기도 했다. 배우들이 옛날 사람을 연기하고 관람객들은 주변을 산책하다 내키는 대로 들어가 그들이 우유를 휘저어 버터를 만들고 라드로 비누를 만들고 양고기를 굽고 베를 짜고 뜨거운 강철을 망치로 두드리는 모습을 볼 수 있는 그런 박물관.

"걸을 수 있겠습니까?" 남자가 물었다. 그는 내가 자기들의 사유지에서 어서 나가주기를 바라는 것 같았다.

"아, 네, 그럼요. 제가 좀 허약해 보이죠, 알아요." 나는 대답하고 잠시 멈췄다. 병원 청구서가 외투 주머니 안에서 바스락거렸다. "난 괜찮아요, 괜찮아. 제가 저 소나무에 알레르기가 있나 봐요."

그러고서 우리는 말이 없었고 남자는 안달했다. 여자가 뭔가 속삭이자 그는 자리를 뜨더니 구겨진 양복 재킷의 뒷자락을 펄럭이며 안으로 들어갔다.

"도로로 나가는 길을 찾도록 도와드릴까요?" 여자가 물었다. 그녀가 느린 걸음으로 내게 다가오는데, 바퀴 위에 올라 끌어당겨지듯 움직임이 부드러웠다. 점점 크게 다가오는 그녀의 얼굴을 보니 머리가 핑글핑글 돌았다.

"난 괜찮을 거예요." 나는 말하고서 외투 주머니에서 의료비 청구서를 꺼내려다 주춤하며 멈췄다. "물어봐도 될지 모르겠지만, 그 옷차림은 특별한 행사를 위한 건가요?"

"제가 암이에요." 그녀가 말했다.

"저런, 유감입니다."

"작은 파티를 열려고 해요. 저를 위한 파티예요. 제가 떠난 뒤보다는 지금이 나을 테니까…… 항암치료를 하지 않거든요."

"그렇군요."

"빅토리아 왕조 사람들은 죽음에 집착했어요. 그게 주제예요."

"주제요?"

"파티의 주제." 그녀가 말했다. "살인 미스터리 파티로 꾸미기로 했어요. 남편이 재미있을 것 같다고 해서. 작은 게임이죠, 뭐. 참석자들 중에 그런 걸 좋아하는 사람들이 있거든요. 제 친구들이요."

나는 무슨 말을 해야 할지 알 수 없었다. 그 우연—우리가 모두 살인 미스터리에 개입됐다는 사실—이 처음에는 음모가 아니라 공통점 같았다. 정신이 말짱하지 않았던 것이다. 나는 이웃에게 내가 터득한 것을 전부 알려줄 생각이었다. 마그다의 살인사건을 어떻게 해결할지 지브스에서 배운 모든 것을. 하지만 여자는 내게 이상한 표정을 지었다. 내가 자기를 깔보기라도 한 것처럼. 그녀가 뒤로 물러섰다.

"이 근처에 사세요?" 여자가 다소 냉랭하게 물었다.

"바로 옆집이에요." 내가 말했다.

"바로 옆 캠프 말씀인가요? 걸스카우트 캠프?"

나는 고개를 끄덕였다.

"어렸을 때 거기 간 적이 있어요. 그곳이 매물로 나왔을 때 우리가 살 생각이었어요. 그런데 제가 병에 걸렸죠. 저는 포트 메리에서 자랐어요." 포트 메리는 가장 가까운 해안도시로 주립 교도소가 있는 곳이었다. 언젠가 그 부근을 차로 지나간 적이 있는데, 첨탑과 둥글게 감긴 가시철조망이 즐비한 모습이 항구 주위로 자욱한 안개 속에서 높이 솟은 요새나 성곽 같았다. "저 조그만 섬으로 카누를 타고 오갔던 기억이 나네요. 사람들이 모닥불에 둘러앉아 하던 유령 이야기가 있었어요."

"유령 이야기요?" 나는 말하고서 하하 웃으려 했는데 낄낄거리는 소리가 나왔다.

"고드가 언젠가 당신 이름을 말해준 적이 있는데. 성함이 뭐였죠? 좀 있으면 그 사람이 여기로 올 거예요. 우리가 고드에게 수사팀장 역을 맡기고 셜록 홈스로 분장하고 오라고 했거든요. 하지만 늘 그렇듯 제복 차림으로 오겠죠."

"그 검은 가죽 장갑을 낀……" 내가 말하기 시작했다.

"네." 그녀가 말했다. "맞아요. 미시즈……"

"굴이에요." 나는 혼란을 주지 않으려고 그렇게 대답했다.

하늘 어딘가에서 구름이 지나가자 마당을 비추던 햇빛이 어두워졌다. 싸늘한 바람이 불어와 몸이 떨렸다. 여자의 몸을 감싼 숄이 이제 보니 어깨 위에 늘어진 거미줄 같았다.

"폐가 안 된다면," 내가 온순하게 물었다. "물 한 잔만 주시겠어요?"

여자는 말을 멈췄고, 마당 쪽 창문의 거의 안 보일 정도로 투명한 유리창들을 실눈을 뜨고 바라보는 그녀의 얼굴에 걱정이 스쳤다.

"오래 걸어가야 해요." 나는 밀어붙였다. "개를 찾아다니고 있거든요. 찰리. 본 적 있어요? 온종일 찾는 중이에요. 그런데 차가 고장나서 걸어다니고 있죠."

"걱정되시겠어요."

"겁에 질렸어요, 맞아요. 찰리는 내 유일한……" 그러다 말을 멈췄다.

"아, 그렇죠, 당연하죠. 들어오세요." 여자는 말을 그렇게 하면서도 나를 의심스럽게 바라보았다. 자기 죽음을 위해 파티를 여는데 초대도 받지 않은 사람이 나타나는 건 부적절하고 무례하다고 생각하는 것 같았다. 그녀가 손짓했고 나는 풀밭을 건너 집을 향해 그녀를 따라갔다. 자꾸만 방향이 바뀌는 바람을 뚫고 천천히 걸었다. 균형이나 공간과 차원에 대한 감각이 아직 다소 둔했기 때문이다.

"죄송하지만." 문가에 다다르자 그녀가 내 장화를 가리키며 말했다. 적갈색 솔잎과 흙과 낙엽이 들러붙어 있었다. "방금 바닥을 청소했거든요. 손님들이 한 시간 안에 올 거고요."

"물론이죠." 나는 말했다. 그런데 장화를 벗으려고 허리를 숙이다 기절한 모양이었다. 중간에 기억나는 건 전혀 없는데 별안간 진한 주황색 면벨벳 소재로 된 긴 의자 위에서 정신이 들었다. 밝게 빛나는 창문으로 호수 표면에 반사된 햇빛이 번뜩여 몸이 움찔했다. 오래된 그랜드피아노, 광택이 흐르는 어두운색 소파 테이블 위에 흐드러진 칼라릴리 꽃, 전부 헝겊으로 장정된 수많은 책, 도서관처럼 양쪽 벽면을 꽉 채운 책장이 보였다. 슈베르트의 피아노소나타 음반이 재생되고 있었다. 과거의 다른 시대, 다른 나라로 이동한 느낌이었다. "여기가 어디지?" 나는 자문하며 찰리가 그 자리에서 핥아줄 것처럼 손을 내밀었다. 눈앞에서 실내가 살짝 핑 하며 돌았고 몰약* 향을 태우는 냄새가 났으며 다른 방에서 뭔가 쨍그랑거리는 소리가 났다. 나는 팔을 밖으로 뻗은 채 다시 잠들었는데 어느새 누군가가 내 손목을 잡고 있었다. 강하고 차가운 손가락들.

"이 사람, 괜찮아." 남자 목소리가 말했다. 위를 올려다보니 이상한 흰 블라우스를 입은 유령처럼 하얀 남자가 있었다. 그가 내 손목을 부드러운 면벨벳 위로 다시 올려놓았다. "괜찮으실 거예요. 기절하셨을 때 맥박이 약했어요. 하지만 이젠 회복하신 것 같습니다. 베나드릴**을 좀 드세요. 걸으실 수 있겠어요?"

"모르겠어요."

여자가 형광 분홍색 알약 두 개를 내밀었다.

"드세요, 미시즈 굴. 좀 어떠세요?" 여자가 물었다. "전채요리

* 감람과 나무의 진액으로, 향수나 방향의 용도로 쓰인다.

** 알레르기 약.

를 가져왔어요. 파티용으로 만들었는데, 지금은 이게 전부네요, 유감스럽게도." 나는 베나드릴을 받아 옆쪽 탁자의 컵에 담긴 물과 함께 삼켰다. 여자가 조그맣고 정교한 한입 음식이 담긴 은접시를 가리켰다. 조그만 키쉬, 고기로 감싼 아스파라거스 줄기, 맵게 양념한 달걀, 크로켓, 산양유 치즈 타르트 조각. 나는 이 음식 하나하나가 내 욕실에 두는 잡지 〈더 구르망〉의 과월호에서 본 것들임을 알아보았다. 남자를 다시 보고 싶지는 않았다. 믿을 수 없는 사람이라는 직감이 들었다. 그를 보면 뱀파이어가 생각났다. 그가 조그만 동물의 사지를 자르는 모습이 그려졌다. 그는 내가 거기에 있는 걸 좋아하지 않는 듯했다.

"괜찮으실 거예요." 여자가 말했다. 입을 헤벌리고 몸을 움츠리며 휘둥그레진 눈으로 그들을 바라보는 내 모습이 조금 정신없어 보였던 것 같다. 두 사람은 귀신 들린 골동품 초상화처럼 나란히 서 있었다. 그림의 제목은 〈신사와 그의 아내〉.

"내가 정말로 기절했어요?" 내 목소리는 바깥의 소나무 숲에서 들려오는 듯 작고 멀었으며, 독에 물든 저 너머 세상의 희미한 메아리 같았다. 실내 벽에는 차분한 회색 페이즐리무늬 벽지가 발려 있었다. 모든 게 매우 세련되고 장식적이었다. 내 오두막집과 허름한 중고가구, 페인트칠한 거친 판자 바닥, 어두운색 벽판을 붙인 방들, 삐걱거리는 소리, 오래된 소파의 뭔지 모를 얼룩 따위와는 전혀 달랐다. 이건 꿈속일까? 나는 눈을 감고 긴 의자의 등받이 쪽으로 고개를 젖혔다. 신사와 그의 아내가 속삭이는 소리가 들렸다.

"저 여자는 대체 여기 와서 뭘 하는 거야?"

"개를 찾고 있대."

"개가 어떤 종류라는데?"

여자가 목청을 가다듬더니 목소리를 높였다.

"개가 어떤 종류라고 하셨죠?"

"종류?" 나는 거의 잠에 빠진 채 말했다.

"당신 개 말이에요."

"도망쳤어요." 나는 중얼거렸다. "평소와 너무 다른 행동이에요." 나는 찰리를 다시 떠올렸다. 적어도 그러려고 노력했다. 기억나는 건 기껏해야 찰리의 주둥이 모양과 촘촘한 털 색깔이었다. 키는 내 무릎 정도였다. 나는 찰리를 묘사할 말들을 끄집어내려 했지만 고작 나온 말은 "크고 갈색이에요"였다.

"개가 혼자 돌아다닌다면 걱정스럽죠. 아시다시피 이 지역에 사냥꾼들이 있어서요."

"늑대도요."

"동면하던 곰도 나오고 있습니다. 누구든 숲에서 헤매면 위험하죠, 밤에는요." 남자가 말했다.

눈이 껌뻑껌뻑하다 열렸고, 나는 앉으려고 몸을 일으켰다. 앞쪽 소파 테이블 위에 전채요리가 담긴 은접시가 놓여 있었다. 손을 뻗어 하나를 집으려 했지만 허공만 잡힐 뿐이었다.

"구급차를 불러야 할까?"

남자가 뭐라고 툴툴거렸다. "개 말입니다." 그러고서 형사 같은 말투로 물었다. "언제 도망쳤습니까?"

"지난밤에요." 나는 대답했다.

"소리를 들은 것 같아요."

나는 벌떡 일어나 앉았다. 머리가 맑아지기 시작했다.

"무슨 말이에요?" 내가 물었다. "내 개 소리를 들었다고요?"

"지난밤에 자정 지나서요." 남자가 피아노 쪽으로 걸어가며 말했다. "마당에서 뭔가 부스럭거리는 소리가 들렸어요. 너구리보다는 컸죠. 그 소리에 자다 깼습니다. 광견병에 걸렸나요?"

"물론 아니죠." 나는 말했다.

"다른 거였을 수도 있잖아." 여자가 말했다.

"개였을 수도 있지." 남자가 말했다. 그가 피아노 의자에 앉아 털이 난 길고 흰 손가락 하나로 높은음 건반을 눌렀다. 그 소리가 슈베르트의 음악과 불협화음을 이루며 요란하게 울렸다. 나는 몸을 움츠렸다.

"개가 그렇게 된 일은 유감이에요." 여자가 말했다. 걱정거리를 털어내고 싶은 모양이었다. "일어나실 수 있겠어요, 미시즈 굴?" 나는 그녀가 준 이상한 음식 조각들을 다시 보았다. 먹지 않는 게 현명할 듯했다. "우리 손님들이 곧 올 거예요. 주무시도록 침대를 내드릴 수도 있지만, 죄송하게도……"

"괜찮으실 거야." 남자가 말했다. "본인 이름은 아세요?" 남자가 조롱하듯 물었다. "대통령이 누군지는 아세요?"

"네, 네, 난 괜찮아요. 그러지 마세요." 나는 손을 내저으며 대답했다.

"여기 손가락이 몇 개죠?" 그는 길고 비뚤어진 손가락 두 개를 들어올린 채 눈으로는 계속 피아노 건반을 내려다보았다. "기억상실증이 끔찍하게 나쁜 일이라는 뜻은 아닙니다만. 헨리만 봐도 그렇고. 잘살고 있는 것 같잖아요. 기억을 잃지 않았다고 가정할 때보다 잘사는 것도 같고." 남자가 중얼거렸다.

"헨리라고요?"

"가게 남자요. 얼굴에 총을 맞았잖아요." 여자가 말했다.

"끔찍해라." 나는 말했다. "그런 일은 잊고 싶겠네요."

"뇌 손상이죠." 남자가 미끈한 검은 머리를 두드리며 말했다. "어디선가 읽었는데, 매번 의식을 잃을 때마다 뇌의 한 부분이 죽는답니다."

"그건 사실이 아니라고 생각해요."

"의사세요?" 남자의 목소리는 무심했고 기만스러웠고 깔보는 투였다.

"남편이 박사였어요." 내가 말했다. "세상을 떠났지만 생전엔 박사였죠. 의식 상실에 대해 남편에게 그런 말을 들은 적은 없어요. 말씀하신 의미는 매번 잠들 때마다……"

"저이는 그냥 장난이에요." 여자가 말했다.

"그냥 장난이죠." 남자가 말했다.

"남편분 돌아가신 일은 유감이네요."

"아, 오래전 일이죠." 나는 그렇게 시작했다가 하마터면 월터의 유골과 재를 호수에 던져버렸다는 말까지 할 뻔했다. 하지만 거기서 멈췄다. 허가 없이 인간의 유해를 버리는 행위는 범죄에 해당할 수도 있다. 이웃에게는 나를 환경오염 행위로 고소할 근거가 있을 테고, 실은 나라도 그렇게 했을 것이다. 나는 월터의 정신 공간을 흩뿌려서 호수를 영원히 오염시키는 자해를 범했다. 이제 월터는 데이비드호수를 유유히 누비며 헤엄쳐 다녔다.

"여기 저한테 자기계발을 위한 책이 있어요." 여자가 그렇게 말하며 책장으로 가서 책을 한 권 꺼냈다. "『죽음』이라는 책이에요. 제게는 굉장히 도움이 됐어요." 남자가 일어서더니 가슴을 쫙 펴고 거만하게 아내를 향해 걸어가 그녀의 손에서 책을 낚아챘다.

"가지세요." 그가 책을 내밀며 말했다. 나는 고개를 들어 그를 바라볼 수 없었다. "이 책을 보시면 애도 과정에 도움이 될 겁니다. 남편을 잃고 이번에 개까지. 힘드실 거예요." 그의 목소리는 내 심장을 찌르려는 듯 날카로웠다. 하지만 찌르지는 못했다.

"고맙기도 해라." 나는 그렇게 말하며 책을 받아 그게 무슨 위안이라도 될 것처럼 가슴에 안았다. 그 남자를 보니 월터가 생각났다. 내 약점을 지적하고, 나를 위로한답시고 자신의 대단한 지성이나 생각들을 들이댄다는 점에서 그랬다. 책을 펼치자 단어들이 눈앞에서 빙글빙글 돌았다. 여자가 한숨을 쉬었다. "분명히 도움이 되겠군요." 나는 말했다. "지금은 뭐든 도움이 되겠죠. 어떤 단서라도." 그러고서 책을 닫았다. "우리 찰리를 찾기 위해서라면 무슨 일이든 할 거예요."

"그래요, 미스터리를 해결하셔야죠. 하실 수 있어요. 건초 더미에서 바늘 찾기보다는 낫죠, 숲에서 개를 찾는 일은. 찾으실 거예요. 미시즈 굴." 내가 슬퍼 보였는지 여자는 나를 현관문으로 데려가려고 안달을 내면서도 이렇게 말했다. "미스터리를 해결하는 최선의 길은 단서들을 보는 거예요. 그런 다음 그 단서들을 조합해 가장 말이 되는 그림으로 만드는 거죠. 그러면 범죄를 재현할 수 있어요."

"누가 범죄라고 했다는 거야?" 남자가 성난 목소리로 말하며 피아노로 이상한 단삼화음短三和音을 눌렀다.

"아, 그냥 가정이지. 살인 미스터리 디너파티에서는 살인자가 밝혀지기 전에 형사가 범죄를 재현하게 되어 있잖아."

"저도 다 알아요." 나는 말했다. "미스터리에 익숙하거든요."

여자는 도움을 주려고 애썼지만 남편은 심하게 짜증을 냈다. 그러더니 내 생각을 읽기라도 했는지 또 물었다. "걸으실 수 있겠어요?"

"그럴 것 같아요." 나는 일어서며 말했다. "혹시 땅을 파낸 흔적이 있던가요? 우리 찰리가 땅 파기를 좋아하거든요."

"우리 땅은 이미 다 팠습니다." 남자가 퉁명스레 말했다. "그 밖에 우리 사유지에 땅을 판 곳이 있다면 메우라고 요청하겠습니다."

"물론 그러셔야죠." 나는 다시 중심을 잡으며 말했다. 신사라면 내게 다가와 자기 팔에 기대게 하고 적어도 현관문까지는 부축해 배웅할 법도 하지만 아니었다. 그는 거기 계속 앉아서 곧 뭔가 으스스하고 불안한 곡을 연주할 것처럼 피아노 고음부의 희고 검은 건반들을 눌렀다. 여자가 전채요리를 슬쩍 내려다보기에 나는 예의를 차리려고 허리를 숙여 하나를 집었다. 금방이라도 부스러질 듯한 산양유 치즈 타르트 한 조각. 그 위에는 꿀이 뿌려져 있었다. 〈더 구르망〉에서 그 요리법을 보았을 때 산양유 치즈와 꿀은 기이한 조합이라고 생각했지만 음식은 맛있었다. 여자가 칵테일 냅킨을 내밀었다. 그러다 남자가 기이한 꾸밈음을 고음으로 연주해 우리는 둘 다 깜짝 놀랐다.

"어서 가야겠군요." 나는 말했다.

"개가 있는지는 유심히 보겠습니다." 남자가 말했다. 나는 그가 그러지 않기를 바랐다. 그 남자가 우리 찰리에게 가까이 가지 않았으면 했다.

"기운 회복하세요, 미시즈 굴."

"오, 저는 괜찮을 거예요. 그저 과하게 흥분해서 그럴 거예요. 만나서 반가웠어요." 나는 거짓말을 했다. "그리고 이 책은, 다시 한번 감사합니다."

"경찰엔 신고하셨어요?" 여자가 물었다. "동물보호소에는요? 수렵 감시사무소에는요? 시내 곳곳에 전단지를 붙여보세요. 헨리의 가게 같은 데다요. 아니면 온라인으로 하세요. 사람이 실종된 경우에도 사라진 뒤 이십사 시간이 수색에 결정적이라고 하던데요."

"네, 네." 나는 갑자기 난처하고 의기소침해져 성급히 대답했다. "어서 그렇게 해봐야겠네요." 그러고서 기분이 좋은 척하려 애쓰며 복도를 따라 걸었다. 그 집을 이해할 수 없었다. 밖에서 보면 단순한 시골풍 건물 같은데 안에서는 어쩐지 왕궁 같았다.

아마 내가 신경이 뒤틀리고 헛것을 봐서 그랬을 것이다. 우리는 탁 트인 아치형 입구를 지나 식사 공간으로 갔다. 긴 타원형 식탁에 광택이 도는 도자기 식기가 깔려 있었다. 와인잔과 나뭇가지 모양 촛대도 있었다. 부엌에서는 고기구이 냄새가 났다. 찰리가 근처에 있다면 울부짖으며 침을 흘려서 오븐 앞에 웅덩이가 생기겠지. "멋지군요." 나는 말했다. "오, 참, 부인도요. 부디 완쾌하시길 빌어요. 즐거운 시간 보내시고요. 저를 집안에 들여주셔서 감사해요. 제가 너무 폐를 끼치지 않았기를 바랍니다."

"무슨 말씀을요." 여자가 고개를 저으며 말했다. "저는 그저 지상의 마지막 날들을 남편과 보내려고 집으로 돌아온 것뿐이에요."

"멋진 시간 보내세요."

나는 그 집을 나와 마당을 가로지르고 그들의 검은 자동차를 지난 뒤 소나무 숲 속으로 난 흙길을 뚫고 걸으면서 여전히 가슴에 안은 책을 손가락으로 똑똑 두드렸다. 구체적인 물건을 들고 있지 않았다면 바로 전까지 일어난 일을 꿈이라고 느꼈을 것이다. 환각으로 겪은 일이라고. 그런 걸 일으킬 수 있는 식물의 포자가 공기 중에 있는 건 아닐까? 매 순간이 의도적으로 계획한 듯 흘러갔다. 하늘 꼭대기를 넘어간 해는 이제 언덕 위 자작나무 숲을 향해 내려오고 있을 것이다. 다시 숨이 찼지만 이번에는 그리 심하지 않았다. 천천히 숨을 쉬었다. 마그다에 관한 쪽지도 그들이 죽음 게임 파티를 위해 만든 물건일 뿐일까? 월터가 좋아했을 법한 놀이였다. "게임은 종류를 막론하고 멍청한 사람들에게 현실에 대한 통제권이 있다고 느끼게 해주기 위한 거야. 하지만 사람들에게 통제권은 없지. 그들도, 당신이나 나도, 베스타. 우리는 이상하고 잔혹한 우주에서 살고 있어. 다른 차원에서는 죽음이 아예 존재하지 않을지도 몰라." 월터라면 이 이웃 사람들을 매혹했을 거라는 확신이 들었다. 그는 괴짜들에게 끌린다고 말했었다. 그 둘은 지하저장고에 수년간 갇혀 있던 사람들처럼 보였다. 여자는 얼굴에 허연 화장품을 자글자글 갈라질 정도로 두껍게 발랐는데 손에는 바르지 않았다. 음식에 화장품이 들어가는 게 싫겠지, 나는 추측했다. 불쌍한 여자. 여성으로서 뭔가 어려움을 겪은 거야, 나는 직감했다. 아마도 자궁암.

산양유 치즈의 맛이 입에 남았다. 조심스레 숨을 쉬면서 소나무 숲을 지나는 동안 입에 개처럼 침이 고여서 이따금 뱉어냈다. 그러다보니 잠시 떠오른 건, 러밴트로 이사하기 전 먼리스에서 아직 어리고 다소 멍청했던 강아지 찰리 때문에 생긴 일이었다. 찰리를 동네 공원에 데려갔었다. 목줄 없이 개를 풀어놓고 달리게 할 수 있는 곳이었는데, 찰리가 다른 개들과 어울리는 법을 배우고 운동하기에도 좋을 거라고 생각했다. 어릴 적 찰리는 활력이 대단해서 녀석을 지쳐 나가떨어지게 하는 건 불가능했다.

그 크고 오래된 집 아래층을 몇 바퀴고 씽씽 돌면서 내가 꾸려놓은 짐 상자를 넘어뜨리곤 했다. 짐은 책과 펜을 비롯해 전부 월터의 물건이었다. 오래된 참고 서적들과 처음 몇 장만 쓰다 만 기다란 메모장들로 이루어진 요새였다. 그것을 몽땅 굿윌 상점에 보냈다. 대학에도 연락해 그의 기록물을 학교 도서관에서 활용할 건지 물었으나 월터는 이미 모든 중요한 서류를 그들에게 남긴 상태였다. 그 파일들은 그의 비서가 학교 사무실에 보관하고 있었고. 그는 집에서 늘 바쁘게 지냈지만 실은 재미삼아 뭔가를 끄적일 뿐이었던 것이다.

"이분은 베스타예요." 반려견 공원에서 누군가가 말했다. "유명한 독일인 과학자의 아내였죠!" 그게 내가 소개되는 방식이었다.

"아, 그이는 인식론을 연구하는 학자였어요, 진짜 과학자가 아니라."

먼리스에는 늑대 같은 커다란 개를 데리고 나온 나이든 여자들 무리가 있었다. 시내에서 함께 걸어다니는 그들을 본 적이 있는데, 처음에 그 모습을 보고 찰리를 들일 생각을 했었다.

"우리 애들은 다 컸는데 집에 오지도 않아요. 애들이 손주를 낳고 근처에 산다면, 어쩌면 그걸로 만족하겠죠. 하지만 개와는 다른 종류의 관계를 맺어요. 시간이 흐르면, 남편이 오래 산다해도, 관계가 시들해지잖아요. 어떤 남자도 개와 같은 위안을 주진 못해요. 사람들은 멀어지기도 하고요. 하지만 개는 늘 우리 옆에 남아 있을 거예요. 개는 젊은 여자가 좋다며 우리를 버리지 않아요. 힘든 하루를 보냈다고 우리를 차갑게 대하거나 무시하지 않고요. 저 옷보다 이 옷을 입으면 더 안 예쁘다고 생각하지도 않죠. 개를 한 마리 들여요, 베스타." 이 여자들이 내게 말했었다. 그래서 나는 그렇게 했다.

공원에서 찰리는 내 손을 떠나 우스운 꼴로 질주하며 이미 형성된 관계 안에서 편안한 다른 개들의 주위를 맴돌았다. 그러더니 단풍나무 사이로 들어가버렸고, 나는 찰리가 못된 짓을 할 거라는 느낌이 들었다. 뭔가 죽은 것을 파내거나, 다른 개가 수십 년 전에 묻어둔 뼈를 발굴하거나, 썩은 다람쥐나 머리가 없고 등에 타이어 자국이 난 채 구더기가 들끓는 토끼를 내게 가져올지도 모른다고. 하지만 그날 찰리가 찾은 건 죽은 무언가가 아니었다. 다른 개의 물기 촉촉한 대변이었다. 거기에 얼굴을 처박고 데굴데굴 구르는 바람에 목과 가슴이 똥으로 범벅이 됐다. 거의 즉시 헛구역질을 시작했고, 역겨워하며 몸을 탈탈 터는 동안 걸쭉한 침이 사방으로 튀었다. 나는 대변과 침이 섞이는 그 광기의 현장을 멀찍이 서서 지켜보았다. 헛구역질을 하고 또 했지만 어쨌든 녀석은 몹시 행복해했다. 그러다 고개를 들어 경악하는 나를 보았을 때는 돌연 이 모든 게 얼마나 비위생적인지 깨달은 양

움츠러들며 나무에 기댔다. 그러더니 개 사료를 한 무더기나 토해냈다. 공기를 머금어 크게 부푼 알갱이들 하나하나가 먼리스의 추운 아침에 김을 모락모락 풍기고 있었다. 이제 어떡하면 좋지? 내가 찰리에게 '개 사료'를 먹인 건 그날이 마지막이었다. 치욕스러웠다. 개를 데리고 나온 다른 여자들은 비스듬히 비치는 햇빛을 받으며 인생이 잘 흘러가서 아주 행복하고 기쁘다는 듯 우쭐거렸다. 그런데 거기 설사를 뒤집어쓴 내 어린 찰리가 있었다. 녀석을 차에 태울 수는 없었다. 도움을 청할 수도 없었다. 어쨌거나 그들이 어떻게 돕겠는가? 양동이에 물을 받아다 준다? 오, 나를 딱하게 여기는 그들의 시선을 견딜 수 없었다. 월터가 죽었을 때 그들은 냄비 요리와 꽃을 가지고 와서 이 나라가 영웅을 하나 잃은 양 굴었다. 아마 다들 월터에게 홀딱 반했던 거겠지. 그 음탕한 것들. 아무짝에도 쓸모없는 암탉들.

나는 찰리의 목에 목줄을 걸며 대변을 만지지 않으려고 조심했지만 당연히 손과 바짓가랑이가 엉망이 됐다. 나는 녀석을 데리고 차를 길가에 놔둔 채 눈에 띄지 않게 조심하며 공원을 걸어 나왔다. 두 시간이 걸려 집까지 걸어갔는데 뜰의 수도 호스가 고장이었다. 어쨌거나 뜰에는 호스로 물을 줄 것이 전혀 없기도 했다. 아무리 비료나 물을 듬뿍 주어도 먼리스의 메마르고 생기 없는 흙에서는 아무것도 키울 수 없었다. 나는 부엌 창문을 열고 개수대의 스프레이 분사기를 밖으로 당겨야 했고, 그걸로 찰리를 씻기려고 애썼다. 녀석의 온몸에 설거지용 세제를 뿌렸는데, 개수대 호스의 수압이 어이없을 정도로 낮았다. 털 표면의 오물만 벗겨내는 데도 한 시간이 걸렸다. 그런 다음 낡은 수건으로 개를 감싸 샤워실로 데려갔다. 샤워실이 더 안전하고 물이 덜 튈 테고, 섬유유리로 된 문을 잠글 수 있으니 녀석이 펄쩍 뛰어나갈 수 없겠지 생각했다. 그래서 나도 옷을 벗고 한 시간 가까이 함께 씻었다. 미처 고무장갑을 낄 생각도 못했다. 그런 생각은 떠오르지도 않았다. 그저 샴푸를 묻히고 또 묻혀 손가락으로 박박 문지르며 따뜻한 물 아래서 찰리를 꽉 붙들고 내내 말을 걸었다. 찰리는 자기가 벌받고 있다는 걸 이해하는 듯했지만 내게 얼마나 큰 불편과 수모를 초래했는지는 너무 어려서 모르는 듯했다. 그 여자들은 내가 어디에 갔는지, 무슨 일이 있었는지 물을 터였다. "차가 그대로 있는 걸 보고 자기가 납치된 건가 생각했어요. 우리 다 공원을 나올 때도 차는 있는데 자기는 보이지 않아서. 어디 간 거예요? 경찰을 부를까 생각까지 했다니까요."

나는 밤에 그 길을 다시 걸어가며 찰리도 끌고 갔다. 처벌의 의미였다, 정말로. 녀석이 겁먹었다는 걸 알았다. 밥도 주지 않고 말을 걸지도 않았다. 그게 내가 찰리를 벌주는 방법이었다, 말없이 냉랭해지는 것. 그게 얼마나 잔인한지 월터에게 배웠다. 때로 그가 밤에 집에 돌아올 때, 저녁식사를 오븐에 데워두고 서재의 조명도 아늑하고 편안하게 켜둔 채 소파에 앉아 책을 읽고 있으면, 그는 옆으로 획 지나가며 내 머리를 후려치기라도 할 듯이 소파 등받이에 외투를 내던졌다. "안녕, 베스타"나 "잘 지냈어?"라는 말도 없이. 아무 말도 없이. 나중에 침대에 누워서 탄식하며 학생이나 동료나 마감이 임박한 논문 따위에 대해 불평했다. 마치 자기 일이 너무나 중요한데 삶의 사소한 문제들에 치이고 있다는 양. 그는 삶의 사소한 문제들이 뭔지도 몰랐다. 이미 결혼생활 초기에 그런 문제는 전부 내게 떠넘겼다. 죽을 때까지 삼십 년 동안 그는 한 번도 식료품점에 가본 적이 없을 것이다.

나는 숨을 깊게 들이쉬고 걸음을 늦췄다. 소나무 숲 속으로 난 오솔길의 끝이 트여 있었다. 이웃이 준 책 『죽음』의 딱딱한 모서리를 손가락으로 두드렸다. 생김새나 진청색 헝겊 장정 모서리의 빳빳한 촉감이 비슷해서 언젠가 월터가 내게 준 책이 떠올랐다. 그냥 입 닥치라고 준 책이었던 것 같은데, 제목은 『현상론의 위안』이었다. 내가 뭔가를 불평할 때마다 그는 현실이란 경험하는 이의 지각인데, 내 지각은 근본적으로 결함이 있다고, 그건 내가 자기와 같은 교육을 받지 못해서라고 지적하기만 했다.

"그럼 그게 누구의 잘못인데?" 나는 물었다.

"확실히 내 잘못은 아니지. 난 인생이라는 체스 게임에서 또다른 말에 불과해." 이건 그가 내게서 훔쳐서 오히려 나를 조롱할 때 써먹는 은유였다. 내가 우리의 먼리스 생활을 멍청이와 하는 체스 게임에 비유하는 실수를 저지른 것이다. 무슨 일이든 일어나기를 너무 오래 기다리고만 있다고, 위협적이든 뻔하든 상대가 어떤 수를 두어야 나도 뭐든 할 게 생기지 않겠느냐고.

『현상론의 위안』은 그리 많이 읽지 않았다. 존재론적인 문제를 생각하면 우울해졌다. 내가 꿈속에서 살고 있다고 느껴졌고, 내 정신에 아무런 힘을 발휘할 수 없는데도 그 정신에 의지해 나를 둘러싼 현실 전부를 상상으로 만들어내야 한다고 느껴졌다. 나는 눈앞의 광경이 마음에 들지 않으면 스스로를 탓했다. "좀더 좋은 걸 만들어봐." 나 자신에게 말했다. "장미꽃밭을, 백만 달러를, 크루즈선을, 흘러간 노래를, 샴페인을 만들어. 월터는 다시 청년이 되고 너 역시 젊어져서 해질녘에 춤을 추는 거야. 따뜻한 천상의 바람이 너희의 발을 데크 위로 들어올려. 걱정할 일도, 수치스러워할 일도 하나 없어." 그러면서 눈을 감았다가 뜨면 내 옆 베개 위에는 기름기 도는 머리칼에 대머리가 되어가는 월터의 머리통이 보였다. 그는 여전히 준수했지만 우리 사이에 연애 감정은 남아 있지 않았다. 그것마저 내가 그에게서 만들어냈나 싶었다. 나는 아마 너무 많은 걸 원하고 너무 편안하기를 바랐을 것이다. 도망칠 수도 있었지만 그런 이야기들은 다 끝이 안 좋았다.

이웃의 자갈길이 17번 도로와 합류하는 소나무 숲 가장자리에 이르렀을 때는 이미 해가 지고 있었다. 어떻게 이럴 수가 있지? 조사를 거의 못했는데 곧 집에 돌아가야 하다니. 밤이 내린 뒤까지 러밴트를 배회하고 싶지는 않았다. 먼지투성이 외투를 걸친 늙은 여자가 손안에 『죽음』을 쥐고 숲을 향해 휘파람을 불면 보기에 좀 이상하겠지. 파티에 가던 고드는 차를 세우고 내게 정신이 나갔느냐고 물을 게 틀림없고. 하지만 찰리가 아직 밖에 있었다. 그냥 돌아서서 집에 가는 나 자신을 용납할 수 없을 것 같아 가게로 걸어가 헨리가 찰리를 인질로 잡고 있는지 확인하기로 했다. 집에 갈 때는 택시를 부르면 되겠지. 핸드백을 가져오지 않았지만 외투 안주머니에 비상용 10달러 지폐가 한 장 있었다. 아니, 그렇다고 생각했다. 확인해보니 안주머니는 비어 있었다. 전에 거기서 돈을 꺼낸 적은 없었다. 누군가가 그걸 훔쳐간 게 틀림없다. 이웃의 의료비 청구서도 없는 걸 보니 그것도 함께 훔쳐갔다. 그 남자구나, 나는 추정했다. 남자가 나를 앞마당에서 응접실로 질질 끌고 가 긴 의자 위에 눕히고 내 약한 맥박을 재는 모습을 상상할 수 있었다. 그가 내 가슴에 귀를 댔다. 심장이 뛰는 소리가 들리기를 바라며, 혹은 바라지 않으며. 내가 정신을 잃은 동안 그 남자가 또 무얼 했을까 궁금했다. 내 몸에 그렇게 손을 대고 있었으니 주머니에도 쉽게 손을 넣을 수 있었을 것이다. 잔디밭에 앉았을 때 외투 지퍼는 잠겨 있었다. 긴 의자 위에서 깨어났을 때는 열려 있었고. 그는 도둑이었다. 내가 찰리를 찾지 못하게 방해하고 싶었을 것이다. 고드와 한통속이 되어. 모두가 한통속이었다. 셜리마저 고드를 신뢰하는 듯했다. "경찰에 연락하세요. 금방 와줄 거예요."

급격히 어두워지는 도로를 따라 걷는 동안 차는 한 대도 지나가지 않았고, 그래서 나는 책을 펼치고 무작위로 한 단락을 읽었다.

아무도 당신의 설움을 모른다. 슬픔을 표현하면 동정을 사기 쉬우므로 그저 가만있는 편이 제일 낫다. 예민한 여성이나 젊은이들은 동정에서 위로를 받기도 하고, 그래서 더욱 큰 위로를 얻기 위해 눈물을 왜곡해 피상적인 멜랑콜리로 바꾼다. 어떤 이들은 이 피상적인 위안에 의존하여 자신을 어둠 속에 붙잡아두면서 주위 사람들로 하여금 끊임없이 기운을 '띄우'도록 애쓰게 한다. 어떤 이들은 이를 '우울'이라고 부른다. 누군가 당신에게 어떻게 이겨내고 있는지 물으면 슬프지 않다고 대답하는 습관을 들여라. 애통한 마음을 드러내면 죽은 이들은 당신이 자신의 부재를 값싸게 다뤘다고 느낀다. 자기가 죽어가는 동안 당신이 비밀스레 바랐던 타인의 관심을 얻어내려고 자신의 죽음을 이용하고 있다는 듯이. 당신이 마음껏 애도하면 죽은 이들은 자신이 살해당했다고 느낀다. 꼭 울어야 한다면 목욕할 때나 밤에 혼자 잘 때 울어라. 당신의 슬픔은 오로지 죽은 이에게만 바쳐야 한다. 상황을 혼동하기는 매우 쉬우며 이는 신중해야 하는 또하나의 이유다.

무슨 이런 말도 안 되는 소리를, 나는 생각했다. 그 책이 명하는 것과 정반대로 하기 위해 오히려 비참해지기로 했다. 걸으면서 눈에서 눈물을 짜내려 했다. 머리 위에서 어두워지는 하늘이 도움이 됐다. 처음에는 나를 화나게 하는 모든 것을 생각했다. 월터의 끊임없는 비하, 먼리스에서 견딘 지루한 일평생, 좌절된 꿈, 낭비된 열정, 납치당한 개, 도둑맞은 10달러 지폐. 그런 생각을 하니 마음이 요동쳤다. 내 외로움과 다가오는 죽음을, 아무도 날 모른다는 사실을, 아무도 내게 신경쓰지 않는다는 사실을 생각했다. 이제는 세상을 떠난 지 오래인 부모와 그들이 내게 준 사랑이 얼마나 빈약했는지를 생각했다. 월터를, 매스꺼울 정도로 부드러운 그의 손길을 생각했다. 그는 나를 다정하게 대하려 할 때조차 업신여기고 통제하는 태도를 보였다. 나는 제대로 된 사랑을 받아본 적이 없었다. 아무도 내게 이렇게 말해준 적이 없었다. "당신은 굉장해. 당신의 신랄함과 신경증적 기운마저도. 그 의심 많고 경직된 성격과 숱이 줄어드는 흰머리와 주름진 허벅지까지도." 나도 예전에는 젊고 아름다웠지만 그때도 내게 키스하며 "당신은 정말 젊고 아름다워"라고 말해준 사람은 없었다. 내게 뭔가를 원한 사람이 아니라면. 그리고 그런 사람은 월터였다. 항상 무언가를, 뽐내도 좋다는 허락을, 힘을 휘둘러도 좋다는 허락을 원했던 월터. 나는 그 끔찍하고 해롭고 거만한 남자를 만나지만 않았다면 누릴 수도 있었을 사랑을 생각하며 울고 또 울었다. 자갈길을 향해 고개를 떨군 채 눈물을 줄줄 흘렸고, 그 눈물은 바닥에 떨어져 내 뒤로 작은 자취를 남겼다. 어쩌면 나중에 찰리가 지나가다 그 자취를 따라오겠지. 불쌍한 찰리. 지구상에서 나를 사랑한 유일한 존재인데, 그런 찰리마저도 떠나버렸구나. 머리가 욱신거리기 시작했다. 다시 어지러워졌다. 달이 떠올랐다. 곧 별이 나오겠지. 앞쪽에 헨리의 가게에서 나오는 노란 불빛과 딱 하나 있는 주유기, "차가운 맥주"라고 쓰여 있던 걸로 기억하는 표지판의 뿌연 분홍색 네온빛이 보였다.

안에 들어가니 헨리는 계산대 뒤에서 돌아선 채 담뱃갑들을 정리하고 있었다. 나는 빵과 시리얼 매대 사이에 숨었다. 그런 가게가 영업을 이어나갈 수 있다는 게 놀라웠다. 그곳에 정기적으로 가는 사람들은 러밴트 주민 가운데 베스매인의 상가에 갈

기름값이 아쉬운 이들뿐일 거라고 나는 생각했다. 그런 가난한 사람들이 동전을 세는 모습이나 트럭에서 2리터들이 탄산음료를 들이켜는 모습을 본 적이 있었다. 나는 정말이지 운이 좋았다. 걸스카우트 캠프는 값이 아주 쌌으니까. 나는 그 가난한 사람들과 그런 질긴 피부로 역경을 헤쳐나가는 삶에 대해 생각했다. 그들은 이 『죽음』이라는 책의 지시처럼 슬픔을 삼키고 용기를 내고 자신을 지울 수 있는 사람들이었다. 헨리의 가게에서 나는 리놀륨 바닥에 끽끽거리는 장화 소리를 내며 매대 사이를 걸어다녔다. 하나 있는 냉장 진열대 안에는 1.8리터들이 우유병이 세 개, 치즈 대용품 두어 통, 버터, 마가린, 얇게 썰어 비닐에 포장한 베이컨 등이 있었다. 베이컨 포장지 위에는 "99센트"라고 쓰인 커다란 형광 주황색 스티커가 붙어 있었다. 가게는 기본적인 가정용품—스프레이 소독약과 세제, 다양한 철물, 큰 상자에 든 성냥, 병과 캔에 든 음식, 그 외 잡다한 물품—을 팔았다. 진열대는 조그만 둥근 구멍들이 뚫린 황백색 알루미늄 소재였다. 나는 『죽음』을 빵덩어리 아래에 슬그머니 밀어넣었다. 이제 그걸 갖기 싫었다. 그리고 그런 책을 들고 걸어다니며 수상쩍은 사람처럼 보이고 싶지 않았다. 그건 정말이지 이상해 보일 것 같았다. "저 여자는 밖에 나와 돌아다니며 죽은 이를 애도하나봐" 하고 헨리가 생각할 것 같았다. 하지만 헨리가 생각이란 걸 했는지는 잘 모르겠다. 그는 뒤통수 한쪽이 뭉개졌는데, 곳곳이 희고 얇은 피부로 덮여 있고 간혹 검붉게 변해 남색이 된 곳도 있는 곤죽 같은 반흔조직 위로 긴 흰머리를 빗어 덮었다. 그에게 말을 걸기가 조금 불안했다. 전에 이 가게에 왔을 때는 옆에 찰리가 있어 그의 얼굴로 가는 관심을 분산시킬 수 있었고, 그의 눈을 똑바로 보지 않기도 쉬웠다. 하지만 이제는 그와 나, 그리고 어두워져가는 바깥의 저녁뿐이었다. 내가 가게로 들어갈 때 그는 아무 말도 하지 않았다. 청력 손실도 있나 싶었다.

"찾는 물건이 어디에 있는지 아시겠어요?" 그가 갑자기 돌아서지도 않은 채 물었다. 그리 멍청한 사람 같지 않은 말투였다. 나는 용기를 짜내 빈손으로 계산대로 걸어갔다.

"아주 당황스러운 상황인데요." 나는 금전등록기 옆 작은 선반에 놓인 껌을 내려다보며 말했다. "돈을 집에 두고 온 것 같은데, 게다가 제가 잃어버린 개를 찾으려고 나와서 돌아다녔거든요. 이제 집으로 걸어가기엔 너무 늦었고 내 차에 문제도 있고요. 혹시 지나가는 개를 본 적 있나요?"

"여자분이 밤에 혼자 걸어다니면 위험해요." 그가 거의 꾸짖는 투로 말했다. 나는 애써 고개를 들어 그의 얼굴을 보았다. 두개골 한쪽이 닳아 없어진 듯한 모양새였다. 산탄총이 머리의 어느 쪽을 날려버렸는지 알 수 있었다.

"집에서 나올 때는 밤에 걸어다닐 생각이 아니었죠." 나는 방어적으로 말했다. "그럼 근처에서 개를 보지 못했다는 거죠? 다른 이상한 일도 없었고요?"

"이상함은 상대적이죠." 그가 말했다. 그는 계산대 아래로 손을 뻗어 전화기를 꺼냈다. 기름기가 끼고 군데군데 지문이 남은 검은색 구식 전화기였다. "손님 개를 본 적은 없어요." 그가 말하며 다시 계산대 아래로 손을 뻗었다. 이번에는 얇은 베스매인 지역 전화번호부를 꺼냈다. "유기 동물 관리소 전화번호를 찾아보세요. 그리고 리오 스미스의 번호도요. 내가 아는 사람 중에 유일하게 자기 차로 사람들 실어나르는 일을 해요. 전화비는 다음번에 가게에 오시면 주세요."

"뭐 하나 여쭤봐도 될까요, 사장님? 이름이 마그다인 소녀에 대해 들어보셨어요?"

"막달라 마리아?" 그는 비웃으며 말하고는 높은 스툴 위에 앉았다. "기독교인이신지 몰랐네요."

"오, 아니에요. 그냥 궁금한 게……"

그는 날아가버린 한쪽 머리를 긁적였다. 분명 끔찍한 두통에 시달렸을 것이다. 그런 두통은 어떤 느낌일지 상상조차 되지 않았다. 직접 물어보고 싶었지만 이제 내 손에는 수화기가 들려 있었다. 전화번호부를 획획 넘겨 리오 스미스의 번호를 찾았다. 전화를 걸며 머리가 뭉크러진 남자에게 미소를 짓고 고개를 끄덕였다. 그가 살아남았다는 게 기적이었다. 발견되고 구조된 일을 차라리 원망하진 않는지 궁금했다. 아니면 스스로 살아남은 걸까? 일어서서 머리에 수건을 대고, 뇌의 파편들을 어깨에서 털어내고, 병원으로 차를 몰고 갔을까? 그런 사건에 대한 이야기들을 어디선가 읽었다. 전화 신호음이 울리고 또 울렸지만 아무도 받지 않았다. 전화를 끊었다.

"받질 않네요."

"제가 차로 모셔다드릴 수도 있어요." 헨리가 말했다.

"오, 그런 일은 꿈도 꾸지 않아요." 나는 말했다. 그러면서 뒷걸음질로 매대 사이로 들어갔다. "제 개가 여기 들르면 붙잡아놔 주실 수 있나요?"

"모르는 분의 개를 맡고 있어도 될지 모르겠는데요."

"제 이름은 베스타예요. 베스타 굴."

"베스티뷸*이요?" 남자가 혼자서 낄낄거렸다. "그럴 리는 없겠죠." 그러고서 고개를 저었다.

나는 가게를 나왔다. 헨리가 염탐한다고 의심할까봐 가게 앞 주차 구역의 성긴 자갈에 미끄러지는 소리를 냈고 포장도로 위

---

* Vestibule. 큰 건물의 현관 혹은 대기실을 일컫는 말.

에서 장화 신은 발을 쿵쿵 구르며 가게가 보이지 않을 때까지 걸어갔다. 그러고는 살금살금 되돌아와 숲—대부분이 키 작은 소나무들과 관목들—으로 들어간 다음 가게 뒤쪽으로 최대한 조용히 걸어갔다. 뒤쪽으로 난 창에서 흘러나오는 불빛이 보였고 뒤쪽 모퉁이 주위로 높은 철책이 세워져 있었다. 더 다가가서 보니 울타리가 자물쇠로 잠겨 있었다. "찰리?" 나는 속삭여 불렀다. 철책 사이로 들여다봐도 보이는 거라곤 가게 외벽을 따라 첩첩이 쌓인 맥주 상자들과 뒤집힌 목제 상자 하나뿐이었다. 그 주위 자갈밭에는 담배꽁초가 널려 있었다. 나는 부드럽게 휘파람을 불었다. 찰리는 짖거나 끙끙거리지 않았다. 내 소리를 들었다면 그렇게 했을 텐데. 찰리는 안에 있지 않았다. 나는 안도했다. 내 개를 돌려받기 위해 헨리와 싸울 필요는 없었다. 그렇긴 해도, 찰리는 대체 어디에 있을까?

관목들을 뚫고 다시 길로 나와 17번 도로 위를 뛰며 달빛에 빛나는 두 줄의 희미한 흰색 중앙선을 따라갔다. 저 선만 쭉 따라가면 안전하게 집에 도착하겠지, 나는 생각했다. 대기에 싸한 금속성 냄새가 감돌았고, 하늘은 맑았지만 폭풍우가 몰려오는 게 느껴졌다. 마그다의 시신이 실제로 존재하는 죽은 몸이라면 증거는 깨끗이 씻겨가고 말겠지. 내가 신을 믿었다면 신호를 보내달라고 빌었을 것이다. "무엇을 해야 하는지 알려주세요." 정신 공간으로 올려보낼 말이 그것밖에 생각나지 않았다. 정신 공간은 도로를 걷고 있는 내 머리 위의 온 우주 공간과 같은 것이었다. 그 위에 별이 얼마나 많은지는 누구라도 상상조차 하기 힘들 것이다. 위를 쳐다보기가 두려웠다. 신이 보낸 답을 별들이 알려줄까봐 두려웠다. 나는 그럼 어떡하지? 월터가 살아 있었다면 내 옆에 차를 세우고 당장 타라고 성화겠지. "왜 그렇게 어리석은 짓을 하는 거야, 베스타? 차에 타. 저 하늘에 신은 없어. 거창한 음모도 없어. 당신이 바쁘게 움직이지 않으니까 이런 일이 생겨. 무료해서 그런 거야. 없는 일을 지어내기 시작해. 자, 허튼짓은 그만 멈추고. 집에 와서 자란 말이야. 쓸데없이 몸을 혹사하고 있잖아."

"오, 알았어, 월터." 나는 말했을 것이다. "당신이 옳아."

"당신은 흰 토끼를 뒤쫓고 있다고. 차에 타."

그런데 뭔가를 뒤쫓는 일에 대해 월터가 무얼 알았던가? 그는 한자리에 가만히 앉아서 생각하고, 그것을 글로 쓰고, 자신이 생각하고 쓴 것이 옳다고 다른 이들을 설득하는 일로 생계를 꾸렸다. 그런데 그런 식으로 세상이 바뀐다고? 그가 한 일이 그렇게 막강하다고? 나는 이론이라면 신물이 났다. 중요한 건 사람의 행동이지 거만하게 떠들어대는 말의 내용이 아니었다!

"내가 당신을 잘 이해했는지 한번 보자고. 당신은 무료하다고 하는데 실은 전 세계가 당신 손끝에 있어. 당신은 내가 사준 컴퓨터를 써볼 생각도 안 하잖아."

그것이 우리가, 월터와 내가 마지막으로 했던 싸움이었다. 그는 내게 먼리스의 그 커다란 집에서 행복하고 만족스럽게 지내라고 설득했다. 이런 생각을 했던 기억이 난다. "당신이 어서 죽었으면. 그 종양이 자라고 또 자랐으면 좋겠어. 그 암이 재빨리 당신을 죽이기를." 그리고 몇 주 내내 그의 고환 안에 있는 그것을 생각했다. 처음에는 조그만 고름집으로 시작했다가 내가 거기에 대고 쏘아대는 격노와 함께 곪아터지고 있는 그것을. 나는 월터에게 느껴온 신랄한 독기를 정신 공간을 통해 전부 내보내서 그가 숨을 들이쉴 때마다 폐를 통해 그의 몸에 파묻었다. 정말로 그렇게 나는 그를 죽였다. 내 머릿속에서. 한번은 지미 목사가 '심령적 죽음'이라는 걸 언급한 적이 있었다. 내가 월터에게 초래한 게 그것일 테다. 나는 월터가 고통받는 모습을 보기 힘들었나? 음, 그랬지, 당연히. 그건 인정해야 한다. 끔찍했다. 그는 내 남편, 내게 하나뿐인 사람, 유일하게 사랑한 남자였다. 그가 고통받는 모습을 보는 건 내가 고통받는 것과 같았다. 그가 죽는 모습을 보는 건 고문이나 마찬가지였다. 그리고 내게도 다소 책임이 있다고 느꼈다. 컴퓨터 수업을 들을 때 처음으로 지브스에 물어본 질문들 가운데 하나는 "암이 생기면 어떤 느낌이 드나요?"였다.

도로의 굽이를 지날 때 이웃의 시골집에서는 음악소리도 크리스털이 챙그랑거리는 소리도 웃음소리도 들리지 않았다. 집에서 나오는 불빛은 희미했지만 빽빽한 검은 나무들 사이로 붉게 빛나는 빛을 볼 순 있었다. 휘파람으로 찰리를 부를까 생각했지만—숲속 어딘가에서 구덩이에 빠져 있다가 내 소리를 들으면 짖을지도 모르니까—어떤 소리도 내기가 무서웠다. 문제를 일으키고 싶지 않았고, 한편으로는 찰리가 거기에 없다고 믿었다. 찾아다녀봐야 소용없었다. 찰리는 떠났고 나는 그 사실을 받아들여야 했다. 나는 걸으면서 울었다. 그렇게 슬퍼하고 마음껏 비통해하니 속이 시원했다. 초췌했고 피로했고 목말랐고 배가 고팠다. 위로를 받아야 했지만 나를 위로해줄 사람은 아무도 없었다. 그래서 스스로 위로하기로 했다. 머릿속에 새로운 목소리를 만들어냈다. "불쌍한 우리 베스타." 이 다른 베스타가 정신 공간에서 일으키는 반향을 느낄 수 있었다. 아마도 폭풍우의 싸한 기운은 그녀였을 것이다. 내 주위로 다가와 월터를 대신하는 새로운 영혼.

길가에 내 집 우편함이 나타나자 깊은 안도감이 들었다. 우편물을 받는 일이 거의 없어서 우편함도 잘 점검하지 않았다. 이때 안에 손을 넣었을 때도 쿠폰 광고지 한 장밖에 없었다. 오두막집으로 가는 마지막 구간을 걸어갈 때는 밤의 대기에 기이한 정적이 감돌았다. 마치 나무들이 내가 지나가는 동안 숨을 멈추고 있는 듯했다. 처음에는 자동차가, 그다음에는 호수와 오두막집이 시야에 들어오고, 폭풍우가 닥치는데도 구름 한 점 없이 보름달이 빛나는 하늘을 마침내 인정하고 올려다보았을 때, 나는 맹세코 어떤 속삭임을 들었다. 단 하나의 단어, 알아들을 순 없지만 나무 사이로 부는 바람처럼 확실한 그것은 인간 소녀의 목소리였다. 틀림없는 나의 마그다. 자갈길을 걸어 현관문으로 걸어가는 동안 나를 보는 마그다의 눈길이 느껴지는 것만 같았다. 그런데 그때 길에 있는 무언가에 발이 걸리면서 나는 텅 빈 텃밭의 흙바닥에 얼굴을 박고 쓰러졌다.

그리고 갑자기 숲에서 소리가 넘쳐흘렀다. 귀뚜라미, 생명의 웅성임, 모든 것이 동시에 소리를 냈고, 내 귀 안에서 무언가가 툭 풀려나왔다. 심장이 고장날 때처럼 덜컥 하는 충격과 함께 귀가 먹먹할 만큼 세상이 요란해졌다. 월터가 죽고 몇 달 뒤 나는 그에 대해 뭔가를 발견했었다. 집에 있던 그의 업무 공간에서 서류와 파일과 메모장들 사이에 있는 작은 노트를 한 권 찾았다. 수첩에 가까운 작은 것으로, 블레이크가 마그다에 대해 내게 처음 쓴 쪽지의 사분의 일 정도 크기였다. 그 안에다 월터는 대학에서 만난 여자들, 아마 그에게 도움을 청하러 갔다가 오히려 착취당했을 학생들의 이름을 끄적여놓았다. 그가 탐냈던 그들의 특징을 열거하고, 그들을 자신의 품과 바지 안으로 꼬여내기 위해 벌일 만한 심리작전을 묘사했다. 독일어로 쓰여 있었는데, 그의 필기체는 딱딱하고 변덕스러웠으며 자기 글에 지레 흥분했는지 열렬하고 현란했다. 맨디. 팔다리가 길고 살결이 가무잡잡하며 나를 "외국 억양이 귀여운 천재"라고 생각함. 동물을 좋아함. 고양이 얘기를 해준다. 쇼펜하우어 책을 줘서 머리를 혼란스럽게 한 다음 설교를 한다. 그리고 그레첸. 키가 작고 땅딸막하며 가슴이 큼. 나는 독일어 사전을 찾아가며 글을 해석하면서 나열된 이들에 대한 설명을 전부 읽었다.

비키
조이
테리사
새라
완다
퍼트리샤
클래리스
캐런
소피

진

에마

캐서린

패티

로지

에이미

리베카

조앤

나는 그 노트를 그의 다른 모든 서류와 함께 쓰레기통에 던졌다가 그 쓰레기가 수거된 뒤에 후회했다. 다 태워버릴걸, 배짱 있게 집을 몽땅 불태우고, 그 분필 같은 유골을 어딘가의 개방 하수도 배수구에 뿌려, 월터가 했던 생각 전부를 이 추저분한 지구의 내장 안에 남아 있을 소변과 대변 속으로 스며들게 할걸.

내게 에로틱한 기억은 대부분 사춘기의 것이었다. 갑자기 콧수염이 솟아나고 바지 속 근육이 살짝 튀어나와 아버지를 떠올리게 하는 남자애들에게 강박적으로 빠져들었다. 항상 나는 다리가 튼튼한 남자들을 좋아했다. 어느 날 오후에 내가 자란 소도시의 축제에 갔는데 공동체 정원 조성기금 마련을 위한 키스 가게가 있었다. 달러 지폐를 손에 쥔 열띤 젊은 신사들이 그 유연한 입에서 바비큐 소스를 닦아내며 간이 진열대 너머에 있는 여자들에게 다가가는 모습을 본 기억이 난다. 실제 키스 장면은 보지도 못했고, 정욕을 아기처럼 감싸안은 그 남자들의 어깨와 기울인 뒤통수만 보았을 뿐이다. 오, 나는 남편과 사랑에 빠지면서 너무 많은 것을 박탈당했다. 예전에 나는 정말로 예뻤는데 지금은 형편없이 망가져버렸다. 입에 흙이 가득 든 늙은 여자일 뿐. 나는 분노에 휩싸여 몸을 뒤집고 하늘을 보며 숨을 돌리다가, 저 위에서 수치심도 없이 반짝이고 깜빡이고 일렁거리는 수많은 별들의 그 뻔뻔함에 다시 숨이 턱 막혔다. 많은 이들이 나처럼 다 타고 꺼져버렸는데도 별들은 여전히 깜빡깜빡 빛났다. 여전히 살아남아 거기 매달린 별들이 이렇게 말하는 듯했다. "날 기억해! 난 한때 아름다웠어! 내가 없더라도 내 빛은 계속 반짝이게 해! 절대로 잊지 마!" 지난 시간을 그렇게 살아온 나는 겁쟁이였다. 하지만 더는 안 돼, 나는 결심했다. 비록 두렵고, 어리숙하고, 정서적으로 타락했고, 나를 고통스럽게 한 모든 것을 교묘하게 부정해왔지만 그래도 버틸 거야. 다시는 안 돼. 나는 땅에 푹 퍼진 채 몸 아래에 깔린 흙을 덥히며 마그다처럼 벌레들에게 머리칼을 내맡기다 자리에서 일어섰다. 허기 때문에 머리가 빙글빙글 도는 와중에 주변을 더듬으며 조금 전에 발에 걸린 물건을 찾아봤다. 부드러운 비닐로 포장된 소포였다, 다름 아닌 내 전신 위장복! 집안으로 들어간 나는 라디오에서 나오고 있는 바그너의 음악을 듣고 깜짝 놀랐고, 내가 만들어놓은 덫을 향해 별생각 없이 곧장 걸어갔다가 바닥을 데굴데굴 구르는 찻잔 소리에 불을 켜기도 전에 심장마비로 쓰러질 뻔했다. 나는 얼굴에서 흙을 닦아내고 입었던 옷을 벗은 뒤 밖에서 가져온 어둠의 옷으로 갈아입었다.

일곱

저녁식사는 굳이 데우지 않았다. 와인도 잔에 따르지 않고 병째 빨아 마셨다. 차갑게 엉긴 닭고기를 손가락으로 발라 먹으며 젤리 같은 기름이 입술에 묻고 이에 들러붙어도 개의치 않았다. 개수대 앞에 서서 씹고 빨고 삼켰고, 교향곡을 들으며 오래된 도기 개수대 안을 빤히 내려다보았다. 가만히 고여 있는 물에 커피 가루가 점점이 박혀 있었고, 흰색 바탕에 검은 형체로 나를 되비추는 물웅덩이는 밤하늘과 정반대였다. 식사를 끝낸 뒤에는 서서 숨을 쉬며 마음을 가라앉혔다. 창문에 쭈글쭈글하고 번들거리는 내 얼굴이 비쳤다. 이마가 땀으로 번쩍거려 활기차 보였다. 바깥 전등을 켜자 흙 위에 내 몸이 찍힌 자국이 보였다. 범죄 현장에 그린 윤곽선 같았고, 장화 발자국은 측정과 분석이 필요한 흔적 같았다. 나는 눈을 비볐다. 그러고서 다시 창밖을 보았을 때, 찰리가 있었다. 그저 거기에 앉아 있었고, 창을 통해 나를 주시하는 두 눈은 두 줄기로 붉게 빛났다. 나는 헉 하고 숨을 쉬며 유리를 똑똑 두드렸으나 찰리는 움직이지 않았다. 동상처럼 나를 빤히 바라볼 뿐이었다. 믿을 수 없었다. 처음에는 찰리가 충격을 받아 멍한 거라고, 아마 겁을 먹었을 거라고 생각했다. 나는 어둠의 옷을 입은 채 기대감에 들떠 숨을 몰아쉬며 찰리가 어떤 상태인지 보려고 밖으로 나갔다. 다쳤나? 겁을 먹었나? 찰리를 품에 안고 머리에 입맞추며 도닥거리고 위로하고 싶었다. 밖에서 혼자 아무도 모를 무언가를 하며 하룻밤과 하룻낮을 보낸 터라 너무 겁먹었구나, 나는 생각했다. 이윽고 찰리가 네 발로 서더니 내가 다가가자 소나무 숲 쪽으로 뒷걸음질쳤다. 오, 찰리, 나는 속으로 말했다. 네 엄마도 못 알아보니?

"찰리." 나는 크게 불렀다. 내 쪽으로 부르려고 무릎을 찰싹 치자, 충격적이게도 찰리는 주둥이 한쪽을 말아올려 긴 송곳니를 드러내고 콧구멍을 벌름거렸다. 나는 똑바로 서서 허리에 양손을 올렸다. 이 말도 안 되는 상황은 뭐지? 나는 생각했다. 찰리는 이제 집에 돌아왔으니 새끼고양이처럼 그르렁거려야 옳았다. "이리 와, 당장." 나는 말했다. 하지만 더 다가가지는 않았다. 찰리를 놀라게 해서 다시 저 숲속으로 달아나게 하고 싶지 않았다.

녀석은 꼼짝도 하지 않고 당장이라도 떠날 듯 땅을 딛고 서 있었다. 나는 다른 수단을 쓰기로 하고 땅에 쭈그려앉아 부드럽고 감상적인 목소리를 냈다. "이리 와, 아가." 나는 말했다. 찰리는 텃밭 주위를 따라 앞뒤로, 양옆으로 왔다갔다했다. "해치지 않을게." 나는 부드럽게 꼬드겼다. 당연히 찰리를 해칠 생각은 없었다. 이 녀석이 머리가 어떻게 된 건가? 나는 찰리의 불안과 적의를 이해하려고 노력하면서, 녀석은 본능의 노예인 동물에 지나지 않는다고, 아직 충격에 빠져 있는 거라고 스스로를 다독였다. 정신적 외상을 입었을지도 모르지만 내 냄새를 맡는 순간 녹아내리며 다시 예전의 찰리로, 내 반려견으로 돌아올 거라고 생각했다. 하지만 당장은 어둠 속에서 두려워하고 경계하는 야생의 늑대였다. 배가 고프겠구나, 문득 그런 생각이 떠올랐다. 침이 입에 매달려 있다가 녀석이 거부의 의미로 고개를 저을 때 얼굴로 튀었다. 나는 천천히 뒤로 물러나 오두막집 안으로 들어간 뒤 냉장고에서 닭고기를 꺼냈다. 부엌에서는 잽싸게 돌아다녔지만 밖에 나와서는 걸음을 늦췄다. 찰리는 전전긍긍했다. 내가 움직일 때마다 옆으로 획 피하며 입을 말아올려서 투광조명의 강한 흰 빛에 송곳니가 번뜩거렸다.

"네 닭고기야." 나는 분명히 말하고 허리를 숙여 제물을 바치듯 뚜껑을 연 밀폐용기를 땅에 내려놓았다. 나를 보는 찰리의 눈빛이 마치 사자 같았다. 녀석이 으르렁거렸다. 그렇게 불신을 받고 위협적인 존재로 치부되고 무시와 거부를 당하고 나니 마음이 깊이 상했다. 나는 안으로 들어가 열린 현관문 저편에 서서 찰리를 지켜보았다. 멈춰 서서 닭고기를 쳐다보다가 이따금 고개를 들어 나를 보며 확인했다. 뭐야, 내가 뛰쳐나가 저를 공격이라도 할까봐? 몇 분이 지나 찰리는 마침내 승복했다. 흙 위를 살금살금 걸어 밀폐용기로 다가간 녀석은 결국 머리를 숙이고 닭고기를 재빨리 낚아채더니 텃밭 가장자리 한곳으로 튀어갔다. 그곳은 안전하다고 여기는 듯했다. 내가 감히 들어설 수 없는 어떤 힘의 장이 거기에 있기라도 한 것처럼.

이건 말도 안 돼, 나는 생각했다. 서운하고 걱정스러웠지만 벅찬 안도감도 느껴졌다. 어쨌거나 찰리를 잃진 않았다. 나는 찰리가 차가운 닭고기를 갖고 쭈그려앉아 발로 뼈를 누르고 살점을 뜯어먹는 모습을 서서 바라보았다. 오두막집 현관 문간에 서서 그렇게 보고 있자니 찰리가 장난치고 있는 것 같기도 했다. 나는 긴장을 풀고 라디오에서 흘러나오는 〈아름답고 푸른 도나우〉를 들었다. 찰리에게 혼자만의 공간과 시간을 줘야겠다. 저 밖에서 뭘 보았는지 누가 알겠는가? 오래도록 집에서 살다가 밖에서 하룻밤과 하룻낮을 보내면, 나 같으면 외계인의 우주선에 납치된 기분일 것이다. 하지만 세상의 영역 너머를 보기 위해서라면 그런 공포를 겪을 가치도 있지 않을까? 어쩌면 찰리는 저 밖에서 마그다를 보았는지 모른다. 나는 남은 와인을 마시러 안으로 들어간 뒤 창밖으로 뼈를 씹고 있는 찰리를 바라보았다. 아까 내가 기름기 묻은 주먹으로 쾅쾅 쳤던 창문이 닭기름으로 얼룩져 있었다. 와인을 다 마시고 나서 새 병을 따기로 마음먹었다. 특별한 날을 위해 아껴둔 레드와인 한 병. 내가 차를 몰고 먼리스를 떠나올 때 뒤쪽에 실어 가져온 몇 가지 물건 중 하나로, 월터가 사놓고 수십 년간 그대로 두자고 우겼던 1990년산 무통 로쉴드였다. "뭔가 특별한 일이 일어나면 이걸 마시자고." 그는 말했다. 그래서 이 술을 다른 와인들과 함께 지하실 선반에 옆으로 누여놓았었는데, 이사할 때 이것만 빼고 나머지는 먼리스의 무료급식소에 기부했다. 병들을 세서 상자에 넣어 교회 뒤쪽의 콘크리트 벽에 쌓으면서 그게 얼마나 터무니없는 일인지는 생각조차 하지 않았다. 진녹색 유리병에 담긴 그 보르도 와인은 피처럼 보였다. 와인 따개를 보관하는 서랍을 연 나는 그 안에서 전에 보지 못한 무언가를 발견했다. 플라스틱 손잡이가 달린 검은색 잭나이프였다. "마그다." 나는 혼자 생각했다. 마그다가 나를 위해 이걸 남겨놓았구나.

칼은 예상보다 더 무거웠다. 그걸 손에 들고 칼날을 어떻게 펼치는지 살펴봤다. 금속 가장자리를 눌렀을 뿐인데 칼날이 벌떡 튀어나왔다. 금속 표면은 뿌옜지만 칼날은 날카로웠다. 먼리스에서 살 때 심야방송의 광고에서 본 것과 같은 종류의 칼인 듯했다. 토마토를 껍질이 전혀 눌리지 않을 정도로 부드럽게 썰 때처럼 파이프도 싹둑 절단하는 그런 칼. 칼날 끝을 엄지손가락 밑의 부드러운 살에 대고 살짝 찔러 피가 티끌만큼 고이게 해봤다. 맞다, 칼은 아주 날카로웠다. 나는 칼날을 접었다. 마그다의 칼이라는 확신이 들었다. 마그다는 밖에 나갈 때마다 그 칼을 뒷주머니에 넣었다. 걸어서 일하러 갈 때, 고드가 그녀를 이민 당국에 신고하지 않도록 그의 요구를 들어주기 위해 여기 소나무 숲으로 나올 때도. 왜 그냥 도망치지 않았을까? 왜 죽어야만 했을까? 그녀는 모종의 거래에서 빠져나오려고 고드에게 임신했다고 말했을 것이다. 그러면 고드가 욕정을 잃을 거라고 생각했지만 그는 오히려 그녀를 죽여버렸다. 가혹하고 잔인한 세상이었다. 칼을 지니려 했던 마그다가 옳았다. 불쌍한 것, 재빠르게 그걸 쓰지도 못하고 고드의 육욕에서 터져나온 분노의 무게에 짓눌리고 말았구나. 그런 걸 나는 그다지 즐기지 않았다. 도리 없이 참을 수밖에 없는 것을 견디며 숨막히게 짓눌리는 그런 상태. 하지만 월터는 매우 좋아했다, 그런 것 같았다. 그는 늘 독일어로 짧은 비명처럼 소리를 내질렀다. 내 이름을 불렀으나 내가 듣고 그가 날 사랑한다는 걸 알라고 그러는 게 아니라, 항상 '씨발'이나 '젠

장'과 붙여서, 내 이름이 무슨 욕이라도 되는 듯, 자신의 성적 관대함에 경탄하기 위해 그걸 써먹어도 된다는 듯 내 이름을 불러댔다. "와, 난 정말 잘해. 내가 이렇게 즐기는 걸 보면 알 수 있지." 그런 의미였다. 하지만 마그다는 다른 경험을 했을지도 모른다. 리오에게서 제대로 된 사랑을 받았고, 그 다정함과 배려를 다시 떠올리며 견뎠을 것이다. 고드가 자신을 그녀에게, 그리고 그녀 안으로 밀어붙일 때마다. 나는 상상할 수 있었다.

닭고기를 다 먹은 찰리는 이제 뼈를 묻으려고 흙만 있는 텃밭에 구멍을 팠다. 밤새 거기 있을 분위기였고 나는 피곤했다. 종일 너무 걸어다녀서 다리에 경련이 일어난데다 와인 때문에 머리가 빙빙 돌았다. 자러 올라가면서 불을 하나도 끄지 않았고, 찰리가 안으로 들어오려 할 때를 대비해 현관문도 활짝 열어두었다. 찰리가 살아 있고 수상쩍게나마 내게 다시 돌아왔음을 아는 것만으로 불안이 멈췄다. 나는 침대에 누워 졸았다 깼다를 반복하며 라디오를 들었다.

지미 목사의 방송이 나오고 있었다.

"가정에서 분노를 끊어내고 삶에서 기쁨을 되살리세요. 그러면 당신은 경건한 아이들을 갖게 되고, 그들은 하느님의 목소리를 곧바로 경청하도록 키워질 것입니다. 그들은 하느님의 목소리를 경청할 겁니다. 그리고 그들의 아버지인 당신의 말을 경청할 겁니다. 저는 집에 가면 가족과 함께 저녁을 먹습니다. 모두 식탁에 둘러앉으면 저는 아이들에게 말하죠. '오늘 하느님이 네게 뭐라고 말씀하셨니?' 그러면 아이들이 말합니다. '아, 하느님은 그저 이렇게 말씀하시던데요.' '오늘 제 마음속에서 하느님이 하신 이런 말씀을 들었어요.' '하느님이 이렇게 말씀하셨어요.' 그 아이들은 하느님의 목소리를 듣고 있는 겁니다. 왜인지 아세요? 아버지인 제 목소리를 듣도록 아이들을 훈련했기 때문입니다. 저는 하느님이 같은 말을 백 번씩 반복해야만 아이들이 듣게 되는 걸 원치 않습니다. 아이들이 하느님의 말씀을 듣고 즉시 반응하기를 바랍니다. 그렇게 되려면 저는 아이들을 어떻게 훈련해야 할까요? 아버지인 제 목소리를 듣고 즉시 반응하게 하는 겁니다. 이 방식을 따르고 당신의 인생이 바뀌기를 바랍니다."

"감사합니다, 목사님." 치직거리는 전화선 너머로 한 남자가 말했다.

"자, 안녕히 계십시오, 됐죠? 다음 상담자."

"네, 감사합니다." 목소리가 어쩐지 친숙했다. "화가 나요. 그럴 이유도 있어요. 그럼 어떡해요?"

"미안합니다, 뭐라고요? 거기 계세요?"

"네, 여기 있습니다." 젊은 여자는 목소리가 탁했고, 외국인인 게 분명했으며 억양이 강했다. 월터가 아니라 마그다처럼. 나는 세심히 들으며 침대에 누운 채 눈을 감았다. 눈으로 무엇이든 보면 주의가 분산돼 잘 들을 수 없을까봐.

"아, 다시 말해주세요, 아가씨. 아까 제대로 알아듣지 못했어요."

"네, 알겠습니다. 뭔가 좋지 않고, 화가 나고, 잘못된 게 없지도 않으면요. 뭔가, 그래요, 잘못된 게 있어요. 화가 나고 그럴 이유도 있어요. 그럼 어떡하죠?"

"제가 당신의 말을 정확히 이해했는지 봅시다, 성함이……"

"마그다." 내 눈에 눈물이 고였다. 여자가 목청을 가다듬었다. "마그달레나 타나스코비치."

"성함이, 마그달레나?"

"네네."

"마그달레나, 제가 잘 알아들었는지 말해주세요. 그러니까, 당신이 느끼는 분노가 타당할 때 어떡해야 하는지 알고 싶은 거죠? 아까 말한 대로, 그럴 이유가 있을 때, 말이에요."

"네. 때로는 그게 옳다고 생각하거든요."

"음, 마그달레나. 아까 마지막 상담자에게 제가 말한 대로 정당한 노여움도 죄입니다."

"네, 저도 그건 알아요. 하지만 누군가가 나를 다치게 한다면요?"

“첫번째로, 하느님께서는 우리가 감당할 수 없는 일은 절대로 겪게 하지 않으신다는 성경 말씀을 유념하기 바랍니다. 하느님께서는 우리가 스스로 아는 것보다 더 우리를 잘 아십니다. 어려움을 이겨낼 수 있을 거예요. 빌립보서 4장 13절 말씀입니다. ‘내게 능력 주시는 자 안에서 내가 모든 것을 할 수 있노라.’ 당신은 괜찮을 겁니다. 자, 하느님께서 아브라함에게 말씀하셨습니다. ‘너는 네 친척들을 떠나 내가 지시하는 곳으로 가야 하리니.’”

“모든 이의 마음속에 사랑이 있는 건 아닙니다. 하지만 무슨 일이 있어도 당신은 하느님 말씀에 따라 살아야 합니다. 야고보서 1장에 나오는 말씀입니다. ‘내 형제들아, 너희가 여러 가지 시험을 만나거든 온전히 기쁘게 여기라.’ 이는 사람들이 당신을 다치게 할 때, 사람들이 당신을 적대할 때 행복을 느끼라는 말씀입니다. 어떤 면에서, 학대를 당함으로써 예수님의 이름으로 고난을 겪을 수 있다는 것을 기쁨이자 특권이라고 여기십시오.”

“자, 여성들이 자신의 분노가 정당하다고 생각하게 되는 가장 큰 이유는 남편의 배신이라고 하겠습니다. 그리고 저는 그런 여성들에게 전하는 말을 당신에게도 하겠습니다. 저는 이 말을 거듭해서 하고 또 합니다. 아무리 여러 번 말해도 충분하지 않은 듯해요. 하느님은 당신이 과거에 한 일을 용서하셨다는 사실을 기억해야 합니다. 가장 중요하게 기억해야 할 사실이에요. 당신은 하느님을 여러 번 배신했어요. 아닌가요, 마그달레나?"

"모르겠어요, 아마도요."

"두번째, 사람들은 당신을 실망시킬 겁니다. 그 사실을 받아들여야 해요. 사람들은 당신의 기대를 저버릴 거예요. 때로 우리는 타인을 너무 높은 단 위에 올려놓기 때문에 그들은 그 기대에 절대로 부응할 수 없고, 그러면 우리는 실망하게 됩니다. 그러다 그들이 휘청거리면 우리는 화를 내죠. 가장 친한 친구가 당신을 배신할 수도 있어요, 분명히. 그 누구도 완벽하지 않습니다. 시편에서 다윗은 말했습니다. '나를 배신한 자가 원수였다면 나는 개의치도, 상처받지도 않았으리라. 하지만 그는 곧 너로다, 나의 친구.'"

"그리고 세번째, 용서는 결심입니다. 감정이 아니에요. 해야만 하는 선택입니다. 이렇게 말해야 합니다. '나는 이 사람을 용서한다.' 그리고 무슨 일이 있어도 기어이 용서해야 합니다. 여전히 화가 나고 아무것도 바뀌지 않더라도 말입니다. 그리고 네번째, 그들에게 가서 말해야 합니다. '당신을 용서합니다. 비록 당신이 내 기분을 상하게 했어도 용서합니다. 사랑합니다. 이 문제를 고쳐봅시다.' 나라면 이 네 가지 단계로 대응할 겁니다."

"뭔가가 나를 다치게 해도 감사합니다, 용서합니다, 이렇게 말한다고요?" 마그다의 목소리는 내가 늘 상상하던 대로 냉소적이고 신랄하고 달콤했다. "당신은 그러니까, 하느님이라면 누가 용서해주세요, 할 때 좋아, 그러지 뭐, 어차피 망할 년인데, 할 거라고 생각한다는 거네요. 그러니까 당신은……"

"듣고 계십니까, 여러분. 분노의 고통, 분노가 그것을 품은 사람의 마음을 상처 내고 옆에 있는 모든 이들에게 독을 뿜는다는 사실을요? 기도합시다."

나는 차가운 바람이 방에 들이친 듯 몸을 덜덜 떨었다. 마그다의 칼을 손에 쥐고 개폐 장치가 있는 금속 테두리를 불안하게 눌렀다. 월터를 절대로 용서하지 않겠다. 그의 배신에 대해 내가 사죄를 구하지는 않겠다. 누구든 나를 괴롭히면 칼날을 들이대겠다. 나를 기분 나쁜 눈길로 쳐다보기만 해도 썰어버리겠다. 지미 목사는 육욕의 쾌락에 굴복하는 위험성에 대해 짧은 설교를 하며 방송을 마쳤다.

아래층에서 찰리가 돌아다니는 소리가 들리자 나는 라디오 듣기를 멈췄다. 찰리가 마침내 안으로 들어온 것이다. 나는 머리가 멍했고, 피로와 와인과 라디오 때문에 속이 약간 매스꺼웠다. 침대에서 일어나 계단을 터벅터벅 내려갔다. 처음에는 무거운 발걸음으로 느릿느릿 내려가다가 아직 현관문이 열려 있고 찰리가 놀라서 다시 달려나갈 수 있다는 생각이 들자 바짝 긴장했다. 나머지 계단을 살금살금 밟으며 내려가는데 호수를 면한 부엌에서 무거운 숨소리가 들렸다. 찰리가 기분이 언짢을 때 내는 노인 같은 소리였다. 나는 조용히 현관으로 다가가 문을 닫았다. 이제는 전자오르간으로 편곡된 교회 음악이 흘러나오는 라디오도 껐다. 부엌 전등도 끄고 찰리를 향해 사뿐히 다가갔다. 찰리는 식탁 아래서 웅크리고 있었던 것 같았는데, 내가 다가가자 일어서서 등을 돌렸다. 너무 잔인하고 냉정했다. 기분이 끔찍했다. 찰리에게 다가가 우리 사이를 되돌리고 싶었다. 그리고 어떤 식으로든 다치지 않았는지 확인하고 싶었다. 긁힌 상처를 소독하거나 심지어 꿰매야 하는지도 몰랐다. 내게 이토록 마음을 닫고 화내는 걸 보면 야생에서 보낸 하루가 끔찍했던 게 틀림없다. 나까지 애정을 구하며 스트레스를 주는 건 너무 이기적이겠지, 나는 생각했다. 그래서 보통 때라면 쭈그려앉아 찰리의 머리를 쓰다듬었을 텐데 그러지 않고 허리만 숙였다. 그저 찰리의 얼굴을, 노란 전등 불빛을 받아내는 은빛 머리와 강아지였을 때부터 벨벳처럼 매끄러웠던 목둘레의 주름을 들여다보려 했을 뿐이다. 바로 그때 찰리가 둥지처럼 깔고 앉은, 갈가리 찢긴 종이를 보았다. 책상 위에 있던 종이—블레이크가 보낸 쪽지, 시, 내가 쓴 글, 전부—를 찰리가 찢어발겨놓았다. 종이로 만든 새둥지처럼 보였다. 앙심을 품고 한 짓이 분명했다. 내가 마그다의 행적을 좇느라 저를 방치한 것에 대한 복수였다. 잠시 개를 때리고 싶은 충동이 들었지만 내가 그럴 리는 없었다. 찰리는 내 노트에서 빈 속지까지 찢어냈다. 뒤틀린 제본 스프링과 딱딱한 판지 표지가 의자 다리 근처에 죽은 동물처럼 놓여 있었다. 나는 그것을 조심스레 들었다. 찰리가 그걸 다시 보면 더욱 불안을 느낄 테니 어서 치워버려야겠다, 나는 생각했다. 블레이크의 쪽지가 사라져서 슬펐다. 노트를 쓰레기통으로 가져가며 안을 펼쳐보니 너덜너덜한 속지 몇 장이 간신히 매달려 있었다. 그중 한 장의 뒷면에 볼펜으로 꾹꾹 눌러쓴 글씨와 그것을 덧칠해 지운 자국이 있었다. 내가 쓴 기억이 나지 않는 무언가의 시작 부분이었다. 부엌 불을 다시 켜고 덧칠해 지운 글자들을 찬찬히 살펴봤다. 창문을 향해 종이를 들면 어둠이 어떻게든 종이에 드리워 글씨들을 읽을 수 있었다. 그녀의 이름은 마그다였다. 그녀는 죽었고 당신이 할 수 있는 일은 없다. 나는 아니 여기서 글이 끊겼다. 잘못 시작한 글이었다. 유일하게 온전히 남은 증거. 하지만 그게 어떻게 거기에 쓰였지? 생각이 안 났다. 그 속지를 뜯어내고 스프링에서 찢겨나온 너덜너덜한 조각들을 제거한 뒤 접었다. 이제 성스러운 물건이 두 개가 되었다고 느꼈다. 이 종이와 칼. 어떤 기운이 꽉 찬 물건들이었다. 이제 나는 무장을 했다. 그 무엇도 나를 해치지 못할 것이다. 그래도 현관문은 잠갔다. 이렇게 우리 사이가 어긋났는데도 찰리는 나를 보호해줄까? 궁금했다. 미친 남자가 쳐들어와 내 머리에 총을 대는데도 찰리가 그저 앉아만 있는 장면을 상상했다. 하품을 쩍 하면서 잠이 깨 짜증스러울 뿐이라는 듯 입맛을 짭짭 다신다. 그러고는 다시 정신없는 개꿈으로 돌아가겠지. 고드가 밖에서 창문을 통해 들여다보고 있을지도 모른다. 바로 이 순간에도 사냥용 소총으로 나를 겨누고 있을지도. 밖에 누가 있다면 찰리는 알겠지. 동물들은 감각이 뛰어나니까. 벽이 있다고 해서 인간처럼 감각이 무뎌지지 않는다. 자갈길 진입로에서 쥐가 열매를 긁어대는 소리만 들려도 문을 발로 긁으며 낑낑거리고 캉캉거리고 짖어댔을 녀석이다. 내가 밖으로 내보내줘 낮 동안 실컷 뛰어다닐 수 있을 때까지. 하지만 찰리는 조용했다. 너무 조용해, 나는 생각했다. 그런 정적은 부자연스럽게 느껴졌다. 귀에 손가락을 대고 내가 귀를 먹은 건 아닌지 확인했다. 심장이 안에서 뛰는 소리, 느리고 얕은 숨소리까지 다 들렸다.

나는 부엌 등을 끄고 바깥의 소나무 숲, 그 어둠을 내다보았다. 거기에 뭔가 있었다. 누군가가 나를 지켜보고 있었다. 느낄 수 있었다. 확실했다. "어리석게 굴지 마, 베스타. 상상일 뿐이야." 나는 속으로 그렇게 말하려 했지만 그건 내 머릿속 월터의 목소리였다.

나는 눈앞이 흐려지도록 고개를 저으며, 그 목소리를 머리에서 몰아내고 사물을 다른 방식으로 본다면 어떤 일이 일어날지 알아내고자 했다. 아무것도 볼 순 없었지만 누가 나를 바라보고 있다는 느낌만은 계속 남았다. 바깥을 응시하며 머릿속 월터에게 말했다. "우리가 처음 만났을 때 내 나이는 당신의 절반에 불과했어, 월터. 어떻게 그런 게 괜찮다고 생각할 수 있었어?"

"당신이 굉장히 적극적이었잖아, 베스타. 난 당신을 전혀 압박하지 않았어."

"내가 그 더러운 잡지들에 대해 모를 거라고 생각했어?"

"오, 제발, 베스타. 남자는 남자야. 우린 야생동물이라고. 태고의 욕망이 있어. 당신도 불감증만 아니었다면 그런 욕망을 느꼈겠지. 수치스러워할 일이 아니야."

"당신이 나를 만지도록 놔뒀던 게 수치스러울 뿐이야."

"유감이야, 베스타. 당신이 스스로 바라는 만큼 아름답지 않아서. 그래도 수치스러워할 건 없어. 몸매는 아주 매력적이었거든. 그리고 그 정신도. 원했다면 선생이 될 수도 있었을 거야. 자, 얼굴 좀 보자." 월터가 요구했다. 그의 손이 시가 연기와 애프터셰이브 로션 냄새를 풍기며 내 턱을 감싸쥐려고 다가올 때 깜깜한 창문에 그 모습이 비쳤다. "아직도 사랑스럽군, 베스타. 하지만 당신 눈을 볼게. 당신은 수치를 모른다고 했지? 그런지 한번 보자고. 당신이 얼마나 크고 용감한지 보여줘."

나는 눈을 부릅뜨고 어둠을 노려보았다. 내가 두려움을 모른다는 것, 강하다는 것, 다른 이들만큼 유능하고 똑똑하고 자격이 있다는 것을 증명하려면 어떻게 해야 할까? 누군가 내 뒤에서 기어오르는 것처럼 목덜미의 솜털이 일어서는 느낌이 들었다. 유령, 펼친 손, 내 목을 움켜쥐고 조르려고 쭉 뻗은 손가락들. 으르렁거리는 소리에 문득 돌아선 나는 네 다리로 버티고 선 찰리의 모습을 보고 숨을 헉 내쉬었다. 찰리가 머리를 아래로 낮춘 채 입술을 바르르 떨면서 송곳니를 드러냈고 불빛을 받은 두 눈은 마법사의 해골, 사악한 등불처럼 노랗게 빛났다.

“찰리?” 나는 그 어느 때보다 작은 목소리로 말했다. 찰리는 숨을 크게 내쉬며 자신만의 은밀한 굴에서 침입자나 최고의 적수를 맞닥뜨린 짐승처럼 나를 노려보았다. 나는 존재 자체로 격렬한 폭력을 촉발하는 무지한 버러지였다. 찰리가 분노로 머리를 덜덜 떨고 입술을 바들거리자 송곳니에서 침이 뚝뚝 흘러 러그에 작고 동그란 어두운색 얼룩들이 생겼다. “찰리, 왜 그래?” 녀석이 다가왔다. 긴장한 등근육이 바짝 선 채 천천히 움직이는 모습이 멍청한 동물을 사냥하는 늑대의 느린 포복 같았다. 그간 숲에는 아무도 없었음을, 외부의 위협은 전혀 없었음을 나는 깨달았다. 여태 나를 지켜보고 있던 건 바로 찰리였다.

찰리가 위로 펄쩍 뛰어올라 목 쪽으로 입을 내밀었을 때 내 머릿속에 무엇이 지나갔는지 모르겠다. 내 손이 옆으로, 아래로, 바깥으로 움직였고 높은음의 비명이 내 입, 아니면 찰리의 입에서 흘러나오더니, 이윽고 녀석이 요란하게 깨갱거리며 허둥지둥 물러나 사라졌고, 나는 피를 뒤집어쓰고 손에는 마그다의 칼을 꽉 쥔 채 부엌에 서 있었다. 내 안의 생명이 솟아올랐고, 살아남으려는 욕망이 그런 행동을 하게 했다. 나를 죽이려는 것을 죽이는 본능적인 반응. 그 점에서 나는 재빠른 본능이 자랑스러웠다. 그날 밤에 나는 직접 내 생명을 구했다. 다른 누구도 그렇게 하지 못했을 것이다. 나는 혼자였고, 그래서 영웅이었다. 하지만 이제 내 불쌍한 찰리는 칼에 찔렸다. 나는 그 눈부신 활약을 펼치다 찰리의 목은 아니지만 가슴뼈 근처 어딘가를 칼로 베었다. 어쩌면 내 본능은 칼날을 찰리의 심장에 조준했는지도 모른다. 손에 묻은 피에서 흙처럼 씁쓸한 냄새가 났다. 나는 개수대에 칼을 떨어뜨리고는 아무 생각 없이 피를 맛보았다. 그런 다음 찰리에게 갔다. 아기 때처럼 울고 있어서 찾기 어렵지 않았다. 몸안에서 이루어지는 어떤 작용이 소리로 나오는 것처럼 발작적이지만 리드미컬한 울음. 식탁 아래서 종잇조각 둥지를 피로 적시고 있는 찰리에게 다시 다가가자 녀석은 깜짝 놀라 고개를 들었다. 나를 노려보며 머리를 떨고 으르렁거리고 아까처럼 송곳니를 내보였다. 찰리를 만지기는 불가능하겠구나, 나는 깨달았다. 식탁 아래서 피를 흘리다 죽을 때까지 내 접근을 허락하지 않겠구나. 그리고 다가가서 찰리를 품에 안고 내가 가한—자기방어였다, 나는 안다—상처를 살펴볼 수 있다 한들 무엇을 해줄 수 있을까? 나는 의사가 아니었다. 상처를 꿰맬 수 없었다. 찰리를 살릴 수 없었다. 전화기가 없으니 도움을 청할 수도 없고 차가 고장났으니 함께 동물병원에 갈 수도 없었다. 그게 어디인지도 몰랐다. 헨리의 가게로 다시 걸어가볼까, 나는 생각했다. 거기서 경찰에 전화해 찰리를 데려가게 할까. 하지만 경찰이 찰리를 그냥 '보내버리'지는 않을까? 아니다, 나는 혼자서 견뎌야 한다. 허리를 숙여 식탁 아래서 몸을 흔들고 떠는 찰리를 바라보는데 녀석이 숨을 점점 느리게 쉬며 잠잠해지는 듯하더니 눈을 감았다. 자기 가슴을 내게서 숨긴 채 몸을 웅크렸다. 찰리가 숨을 한 번씩 쉴 때마다 몸이 오르락내리락하는 게 보였다. 몸 아래쪽에서는 피가 흘러나왔다.

나는 침통하게, 존중하는 마음으로 울었다. "잘 가라, 내 귀여운 아가." 죄책감이나 분노는 느끼지 않았다. 월터가 떠났을 때와는 달랐다. 그때는 숨을 죽이고 시간이 멈추기를 절절히 바랐으며, 어서 불이 켜지고 나가는 길이 보이기만을 기다렸다. 찰리의 죽음은 완전히 달랐다. 부드러웠다. 평화로웠다. "넌 정말로 좋은 개였어." 나는 그렇게 말하고 마침내 손을 뻗어 그 부드러운 머리를 쓰다듬었다. 때로 동물에게는 이런 일이 일어나지, 나는 속으로 말했다. 사람에게 광포해져.

나는 어둠의 옷을 입고 어둑해지는 나무들 사이에 나를 숨기며 소나무 숲을 향해 간다. 하느님, 날 찾아봐요, 나는 속삭인다. 손에는 직접 쓴 쪽지를 움켜쥐고 있다. 그녀의 이름은 베스타였다. 그것이 내내 내가 쓰려던 말이었다. 내 이야기, 내 마지막 대사. 내 이름은 베스타였다. 나는 살았고, 또 죽었다. 아무도 나를 알지 못할 것이다, 누가 나를 알기를 바랐던 적도 없지만. 하느님이 다가오면 나는 쪽지를 내민다. "이 표를 받으시고 저를 악에서 구해주시겠어요?" 이렇게 물을 때 나는 이를 드러내고 냉소적인 웃음을 짓는다. 하느님은 내 손에서 쪽지를 받고 아무것도 아니라는 듯, 고속도로 휴게소에서 사 마신 탄산음료의 영수증이나 다를 바 없다는 듯 구겨버린다. "우스운 짓 하지 마, 베스타." 하느님이 말한다. "내 작은 비둘기."

나는 이제 전력을 다해 달린다. 얼굴에 바람이 느껴진다. 하느님이 따라오지만 나는 어둠 속으로 사라진다. 어쩌면 이 숲에서 영원히 살 수도 있겠어, 나는 생각한다. 이미 독성 공기가 스며들어와 목구멍을 꽉 닫아버리는 느낌이 든다. 아니, 감정이 북받쳐서 그런지도 모른다. 숨을 쉴 수가 없지만 그래도 달린다. 그래, 그래, 난 여기서 죽을 거야. 내 방식대로 할 거야. 흙으로 돌아가는 방식은 내가 결정할 거야. 굵은 나뭇가지들 사이로 흘러가는 바람이 겹겹의 드레스를 입은 여인처럼 한들거리고, 달빛은 반짝이로 장식한 그녀의 옷깃에서 빛난다. 그녀는 바람결이 지날 때마다 부드럽게, 하지만 결연하게 춤춘다. 달리는 속도가 느려지는 느낌이 들 때 나는 축축한 나뭇잎으로 된 부드러운 침대에 누워 그 춤을 바라본다. 소나무들이 흔들거린다. 내 영혼이 떠오른다.

이곳에서 평온하게 정신 공간을 누빈다. 이제 나는 어둠의 일부가 되었다. 완벽하게 섞여든다.

"정신이 하는 일이란 참 이상하기도 하다."

오테사 모시페그는 앞선 두 편의 소설에서 괴로운 현실에 짓눌린 인물들이 예기치 않은 사건을 통해 자기 나름의 해방을 이루는 이야기들을 해왔다. 불행한 부모의 정서적 학대에서 비롯된 심적 억압과 자기혐오로부터 탈출을 꿈꾸는 여자(『아일린』), 우울과 무기력에 빠져 약물에 의지한 일 년간의 잠을 통해 새사람으로 거듭나려는 여자(『내 휴식과 이완의 해』)를 주인공으로 삼은 전작에서 모시페그는 무심하고 냉정하지만 블랙유머가 섞인 문장으로 호감과 비호감, 현실과 환상 사이에 아슬아슬하게 걸친 독특한 인물들을 창조했다. 어두운 심리를 드러내는 거침없는 묘사와 억눌린 여성의 삶을 바라보는 냉소적인 시선, 어떻게 보면 허무맹랑한 소재를 저돌적으로 밀어붙여 희극적인 상황에 묵직한 주제의식을 버무리는 서사는 모시페그의 독창적인 스타일을 이룬다.

세번째 장편소설인 『그녀 손안의 죽음』에서도 모시페그 특유의 개성이 빛난다. 남편과 사별하고 오지의 호숫가에서 개 한 마리를 데리고 홀로 사는 칠십대 노인 베스타가 산책길에서 마그다라는 여자의 죽음을 암시하는 쪽지를 발견한 뒤 혼자 사건을 해결하려고 애쓰다 이름만 자신으로 바뀐 쪽지를 남기고 사라진다. 베스타가 마그다의 죽음을 추적하는 사흘간의 행적을 다룬 이 소설은 살인 사건을 중심으로 한 흥미로운 추리물처럼 시작하지만 실제로 살인이 일어났는지, 누가 누구를 왜 어떻게 죽였는지는 관심사가 아니다.

베스타는 탐정처럼 사건 해결을 위해 직접 뛰겠다고 결심하지만, 기껏해야 도서관에서 인터넷 지식 검색 사이트에 들어가 질문을 하거나 이웃을 염탐하거나 야산과 집 주변을 배회할 뿐이다. 그리고 검색중에 우연히 발견한 추리소설 작법을 토대로 사건을 상상하고 인물의 개요를 작성하며 마그다의 삶과 죽음의 이야기를 창조하는 행위는 탐정보다는 소설가를 닮았다.

눈으로는 바깥세상을 보지만 머릿속 세상에서 한 발짝도 나오지 않는 베스타에게 눈에 보이는 모든 것은 지난 삶을 반추하